바다로 가는 택시

바다로 가는 택시

초판 1쇄 인쇄 2009년 11월 10일
초판 1쇄 발행 2009년 11월 15일

지은이 | 김창환
펴낸이 | 전승선
펴낸곳 | 자연과인문
등록 | 300-2007-172

주소 | (우110-320) 서울시 종로구 낙원동 58-1 종로오피스텔 605호
전화 | (02)735-0407
팩스 | (02)744-0407
이메일 | poet1961@hanmail.net
홈페이지 | www.jibook.net

값 13,000원
ISBN 978-89-961414-5-7 (03810)

좋은 독자가 좋은 책을 만듭니다.

바다로 가는 택시

김창환 지음

바다로 가는 택시

"프로필을 적어 주세요."

잠시 망설여졌다. 돌이켜 보니 자랑할 만한 삶은 절대로 아니었다. 다른 꿈을 위하여 멀쩡한 직장 때려치우고 농사짓다가 쪽박 차고 거름장사, 밥집 아저씨, 도토리묵집 아저씨를 거쳐 통영의 택시기사가 된 내 프로필을 되짚어 보니 웃음이 났다. 혼자 책상 앞에 앉아 실실 웃다 보니 뻔뻔스럽게도 부끄럽다는 생각보다는 오히려 자랑스럽다는 생각이 살그머니 고개를 들었다. 로또복권도 그것을 사는 사람이 당첨되는 법! 아무나 망하나 진정 꿈을 현실에 옮길 줄 아는 용기 있는 사람만이 망하는 것이다. 그 대가라는 것이 결코 적은 것이 아니기에 겁도 나겠지만, 극복하고 대들 줄 아는 자만이 망할 자격도 있는 것이다.

그러고 보면 내 프로필은 망해온 기록이기도 하지만 꿈을 꿔온 기록이기도 하지 않은가. 꿈이 떠오르지 않으면 불안했다. 어떤 상황에 직면해 있더라도 그 상황을 토대로 꿈을 꾸려고 노력했다. 거름장사를 할 때에도 전국의 거름을 다 내 손아귀에 쥐고 흔드는 상상을 했고, 두붓집 아저씨가 되었을 때도 전국의 두부를 다 내 손으로 만들고픈 꿈을 꿨었다. 물론 꿈이란 것이 이루어 지지 않는 것이 더 많다는 것도 모르지는 않았지만 그래도 꿈은 항상 거창했다.

아무런 연고도 없는 타향인 통영에서 택시에 앉아 결코 짧지 않은 6년

반이라는 시간을 보내오고 있다. 불행하게도 꿈을 꿀 그 어떤 실마리도 잡을 수가 없었다. 이제는 이 먼 타향 땅에 주저앉아 버리고 마는구나 하는 생각에 많이 답답했다. 절망한 채 주변을 돌아보니 나를 바라보는 내 가족이 보였다. 내 부모님과 딸아이, 그리고 그녀가 한없이 안쓰러웠고 또 미안했다. 밥 먹으러 가야 한다는 사실도 잊은 채 처마 밑에 쪼그리고 앉아 동무들과 딱지치기에 열 올리다가, 가지고 간 딱지를 다 잃어버리자 찾아온 낭패감과 함께 갑자기 엄마의 얼굴이 떠오르던 내 어린 날처럼 그녀의 무르팍이 떠올랐다. 택시에 올라 통영 시내를 이리저리 밀려다니면서 마음은 하루 24시간을 집으로 달려갔다. 택시운전을 하면서도 머릿속으로 그녀와 커피를 마셨고 그녀의 무르팍을 베고 누웠으며, 딸아이를 가슴에 안고 있었고 내 부모님께 든든한 아들이고자 했다. 그랬다. 내 가족이 있기에 다행이었다. 특히 못 생긴 그녀가 내 곁에 있어 줘서 더욱 그러했다.

나도 아버지인 것은 어쩔 수 없는지 문득 딸아이에게만은 멋있는 아빠가 되고 싶었다. 내가 살아온, 살아가는 이야기를 해 주고 싶었다. 그래서 내 이야기를 쓰게 되었다. 어찌 보면 이렇게 들어앉아 넋두리를 쓰자고 지난 시절 그리 난리 치고 살아왔는지도 모른다. 24시간을 꼬박 나가서 일하고 24시간 쉬는 택시일, 쉬는 날 못 잔 잠만 자는 택시기사의 일상에 글을 쓴다는 것은 그리 녹록하지 않았다. 때로는 글을 쓰고픈 욕망에 택시를 소홀히 한 날도 많았다.
'글을 쓰면 돈이 나와, 밥이 나와'
표정은 분명히 그리 말을 하는 듯한데도 용케 입 밖으로 뱉지 않고 다시 삼켜버리는 그녀가 고맙기도 했다.

　내 이야기에는 삶의 철학이나 사상 같은 것은 애당초 없다. 나 스스로 철학적이지 못하고 달콤한 꿈을 좇아 앞만 보고 내달리던 놈이었기에 그렇다. 단지 산골에서 자라고 대관령에서 제멋에 취해 폼나게 살다가 쪽박 찬 덜떨어진 촌놈이 아무 연고도 없는 타향에 흘러들어 살아가는 이야기가 들어 있을 뿐이다. 필부의 사는 이야기, 더 이상 꿈을 꿀 수 없게 된 촌놈 하나가 가슴을 누르고 택시기사로, 아빠로, 아들로, 신랑으로 살아가는 이야기가 들어 있을 뿐이다. 그렇더라도 내 이야기를 읽으신 분들은 빙그레 웃으시기도 하고 돌아 앉아 눈물 훔치시기도 하리라 생각한다. 내 이야기가 그 분들의 가슴에도 이미 다 들어있는 그분들의 이야기이기도 하기 때문이다.

　끝으로 내 이야기를 책으로 엮을 수 있도록 배려를 해 주신 ‘자연과 인문’ 출판사 대표 전승선 시인께 진심으로 감사드린다.

2009년 10월 통영, 둔전마을에서
김 창 환

|목 · 차|

제1부

바다로 가는 택시

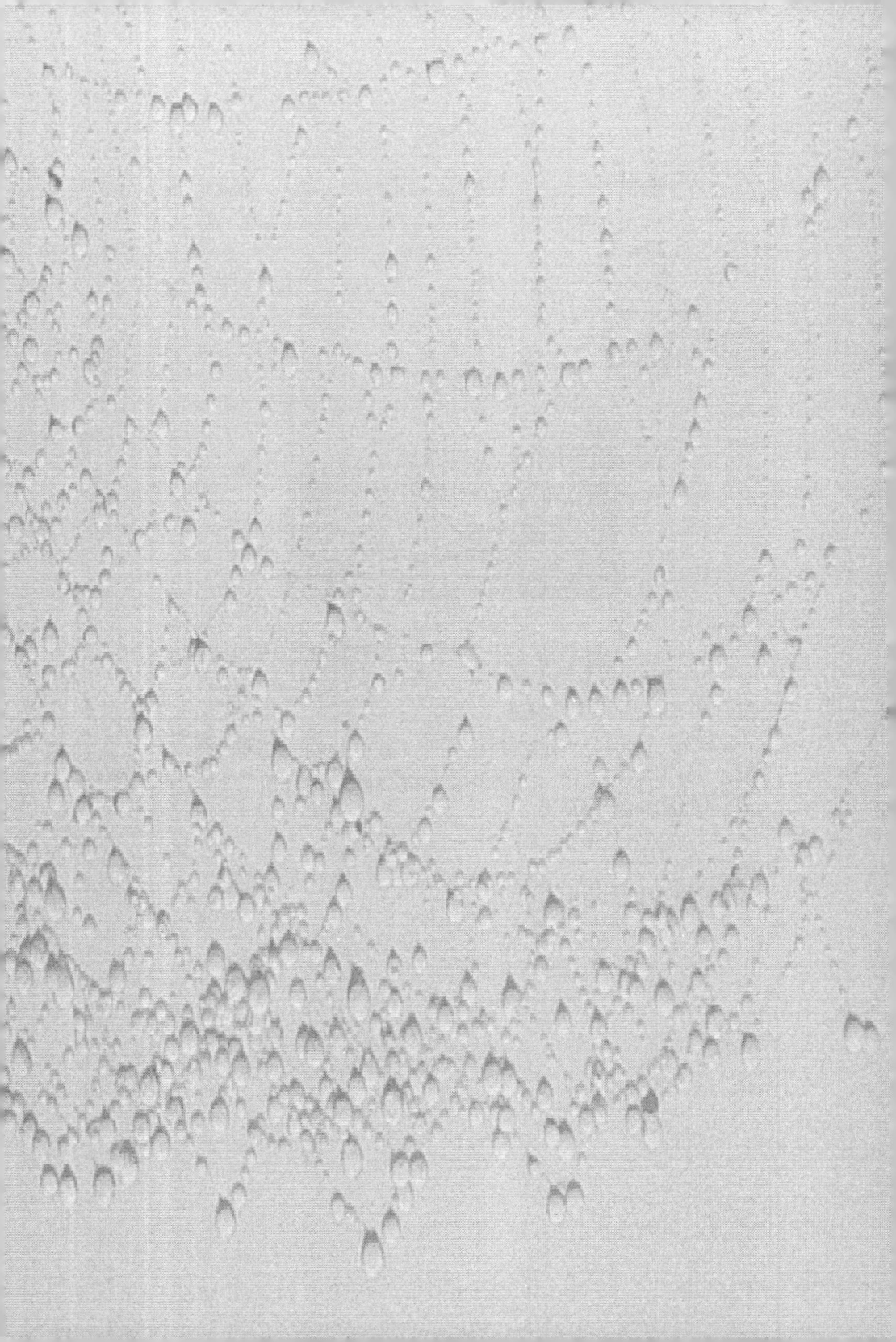

기사와 기사 마누라

　나이 사십을 훌쩍 넘긴 채 타향에 흘러들어 택시기사가 된 사람을 붙잡고 '왜 택시기사가 되었소?' 라고 물어보면 그는 순간적으로 입을 다물고 먼 하늘을 본다. '어쩌다가 타향인 이곳에 흘러들어 택시기사가 되었을까.' 하고 멍청한 표정으로 지난날을 되짚는다. 암울했던 시간을 회상하고, 결정 전후의 갈등을 되짚고, 고민의 터널을 빠져나와 이제는 새로운 생활이 시작되어 '얼마라도 벌 수 있으리라.' 하는 기대를 불과 십여 초 만에 표정으로 몽땅 말해 주고 만다. 그리고 웃으며 '그냥요.' 라고 대답을 한다.

　나 역시 그렇게 택시기사가 되었다.
　"당신 괜찮겠어? 그 몸으로?"
　"뭐 어떻겠어. 여름에는 시원하게 에어컨 틀고 겨울에는 따뜻하게 히터 틀고 편안히 앉아서 하는 일인데."
　걱정스러워 하는 그녀와 노모와 딸아이를 가슴에 담고 딸아이 초등학교 1학년이던 2003년 5월 5일 어린이날에 처음으로 택시에 올라앉았다. 운행을 시작하고 한 시간쯤 지났을까, 그녀에게서 전화가 왔다.

"손님 태워봤어?"

"응, 한 명!"

"잘했어 당신."

나는 마치 백 점 맞은 어린아이와 같이 들뜬 목소리로 대답했고 그녀 역시 들뜬 목소리로 칭찬해 주었다. 첫날 사납금을 내고 남은 돈 사만 원을 잠들어 있는 그녀의 화장대 위에 곱게 올려둘 수 있었다. 그리고 잠이 들었다. 뭔가 축축한 기분이 들어 눈을 떠 보니 그녀의 눈물이 내 뺨에 떨어지고 있었다.

"내 소중한 신랑이 이제는 택시기사가 되어 버렸네."

그녀와 더불어 이 세상을 살면서 그날처럼 뜨거웠던 포옹은 단연코 없었다. 24시간 중 20시간 가까이 택시에 앉아 있는 일이라는 게 중노동이란 것은 불과 한 달도 되지 않아 이미 느끼고 있었다. 소변을 참아가며 시내를 뺑뺑이 돌다가 잠깐 쉬고 싶어 택시에서 내리면 다리가 후들거려 제대로 걸을 수도 없었고, 처음 며칠간은 소변이 노랗다 못해 붉은 기운까지도 보였으니 어떨 때는 '나 이러다 죽는 것 아닌가?' 라는 방정맞은 생각조차 들었다. 물론 그녀에게 내색할 수는 없었다.

하지만 집에 들어오면 마냥 즐거웠다. 팔순의 부모와 딸아이 그녀 그리고 나, 다섯 식구가 지지고 볶는 일, 이것을 유지한다는 것 하나만으로도 행복했다. 수입이 일 원도 없이 몇 달간을 버티다가 가계부의 수입란에 '40,000' 이라는 숫자를 써넣고는 마치 과자를 얻은 딸아이처럼 함박웃음을 짓던 그녀. 크건 작건 간에 수입이란 것이 일정하게 들어오니 거기에 맞추어 진 생활이 시작되었고, 서로 말은 하지 않았으나 생활에 맞춰진 목표금액이 내 마음속에 설정되어 버렸다. 그렇게 서너 달이 지나자 그녀가 통장을 하나 보여 주었다.

"당신 그동안 정말 고마워. 한 달에 사오십 만원씩 남았어."

그녀, 망할 놈의 여편네가 아예 사람을 잡을 작정을 하고 마각을 드러냈고, 나는 순진하게 칭찬받았다는 사실에 감격하여 그녀의 꼬임에 넘어갔다. 잘못하다가는 아주 가는 줄도 모르고 말이다.

겁도 많고 별것 아닌 체면에 얽매이고 자존심을 내세워 일을 그르치고 나와 상관없는 일에 공연히 끼어들어 안쓰러워하고, 그러면서도 불뚝 성질로 손님과 승강이를 벌여 가끔 장거리 손님을 놓쳐버리는 나 같은 얼뜨기가 프로 택시기사가 된다는 일은 그리 만만한 일이 아니었다. 나는 오늘도 새벽일을 나설 때 간절히 기도를 한다. 오늘은 끼어드는 다른 택시에 절대로 양보하지 말자. 가진 돈이 모자라지만 급한 일이 있어 꼭 가야 하니 좀 태워달라고 사정하는 연놈들을 절대로 태워주지 말자. 담배 꼬나물고 택시에 올라타는 어린놈들을 못 본 듯이 그냥 태우고 가자. 요금 시비를 붙여오는 술 취한 것들에게 차비 안 받을 테니 빨리 꺼져라 라고 말하지 말고 악착같이 돈을 받아내자.

끼어들기, 불법유턴 신호에 의지하여 뒤차를 가로막고, 술 취하여 흔들거리는 놈들을 승차거부 하고……. 독하게 마음먹고 난리를 쳐보지만 채 삼십 분도 되지 않아 허탈감에 빠져 바닷가로 밀려나고 만다. 나는 왜 이 세상을 바보처럼 살아가는지 모르겠다. 남들하고 똑같은 시간을 일해도 남들이 집에 가져가는 돈의 2/3도 채 못 가지고 가니 말이다. 이가 없으면 잇몸으로 버티는 수밖에……. 남들보다 더 많이 차에 올라앉아 있는 것 외엔 방법이 있겠는가. 처음 이삼 년은 죽자고 택시를 몰았다. 이 짓도 사오 년 하다 보니 여기저기 쑤셔오는 곳은 늘고, 등은 더욱 구부정해지고 있었다.

"왜 그러고 있어, 빨리 안 눕고."

은근히 끓어오르는 속을 가라앉히고 가능한 부드러운 목소리로 한마디 했다.

"응, 정리할 게 있어서."

망할 놈의 여편네가 벌써 삼십 분 넘게 저러고 있다.

"당신이 머리가 나쁘긴 나쁜 모양이네, 그깟 만 원짜리 몇 장 정리하는데 시간이 그리 필요해? 내가 많이 벌어다 주면 정리하느라 밤새우겠네. 그러니 조금 벌어다 주는 거야."

"맞아. 그래서 당신이 고맙지."

여편네는 멋쩍은 웃음을 짓고 얼른 자리에 눕는다.

"당신, 삐쳤어?"

슬그머니 더듬어 오는 마누라의 손을 역시 슬그머니 밀어내고 마당에 섰다. 이런 날일수록 보름달은 정말 싫다. 달이 휘영청 밝아 마을 아래까지 훤하게 비추면 왠지 심사가 더 서글퍼진다. 망할 놈의 여편네 같으니 차라리 돈이 없어 못살겠다고 떼를 쓰지. 이삼일을 내리 만 원짜리 몇 장 못 갖다 주면 그놈의 가계부를 붙잡고 앉아 무언의 시위를 하곤 하니 말이다. 가계부를 들여다보고 있으면 돈이 나오는가 말이다. 담배 한 대 물었다. 누렁이 녀석은 주인의 심사도 모르고 담배만 물면 무엇을 먹는 줄 알고 제 놈도 달라고 꼬리를 치며 난리다. 간식을 한 움큼 집어다가 녀석을 주고 마주 앉아 담배를 깊게 빨았다.

'처자식 없이 혼자 사는 게 제일 편해 인마.'

누렁이 녀석은 꼬리만 살랑살랑 흔들 뿐이다. 사나이로 태어나서 제일 서글픈 것은 말이지 더는 자기 마누라에게 큰소리칠 수 없다는 사실을 스스로 인정하는 일이다. 곧 죽어도 큰소리가 사나이의 자존심인데 이미 밑천 드러나서 큰소리를 못 치는 사나이의 심정을 누가 알아주랴. 달빛에 비친 마을을 향해 기어들어가는 소리로 구시렁거렸다.

'걱정을 말아라! 내가 있잖아. 나만 믿어. 내가 누구냐, 나야, 사나이!'

야속한 누렁이 녀석 간식 더 달라고 보채기만 하고 달빛은 더럽게도 휘영청 거렸다.

바다로 가는 택시

오늘도 어김없이 내 택시는 통영 거리를 지난다. 단지 지나간다. 즐겁고 슬프고 외롭고 들뜨고 화가 나고 사랑하고……. 그런 사람들로 북적거리는 통영 거리를 졸린 눈으로 티비 화면을 보듯 차창 밖으로 멍청하게 내다보며 단지 지나간다. 택시에 앉아 핸들을 잡은 그 순간 나는 거리의 사람이었던 적이 단 한 번도 없었다. 단지 지나가는 사람이었을 뿐. 거리에서 일어나는 잡다한 일들을 그 누구보다도 많이 보고 있지만 정작 나는 그 잡다한 일들에 끼어든 적은 한 번도 없다. 그저 바라보며 지나갈 뿐이다.

인생의 목표가 대한민국 택시기사였던 사람은 한 사람도 없다. 누구나 그러그러한 사연을 안고 택시기사가 된다. 직장을 그만두고 다음 직장을 잡기까지 공백을 메우려고, 부부가 함께 자영업을 시작하고 자리 잡힐 때까지 부수입을 얻으려고, 막다른 길까지 자신을 몰아넣고 더는 갈 곳이 없어서, 장애인이기에 그나마 써 주는 곳이 택시회사밖에 없어서…….

전에는 인생의 막장이 탄광이었는데 그들을 산업역군이라 불렀다. 그들이 있기에 우리나라가 잘 돌아간다고 양복 입은 높은 분들이 격려했다. 요즘은 인생의 막장이 택시기사인데 서비스 직종이란다. 외지에서 온 사람들이 처음 대하는 통영의 얼굴이라고 양복 입은 높은 분들이 자부심을 갖으란다. 시작과 동시에 그만둘 날을 손꼽아 세는 일은 군 복무와 교도소 복역과 또 무엇일까. 기한을 마음속에 정한 사람은 그나마 행복한 사람이고 무기수처럼 죽을 때까지 택시운전을 할 수밖에 없는 사람도 시작과 동시에 몇 개월 지났나 손을 꼽기 시작한다. 강원도 촌놈이 통영 땅에 택시기사가 된지 6년 7개월.

나는 집으로 간다. 하루 24시간을 택시에 앉아 집으로 가는 꿈을 꾼다. 나는 바다로 간다. 이 바다에 서서 나를 반겨줄 내 아내와 딸아이를 만난다. 내 아내의 무릎과 젖가슴을 파고든다. 딸아이의 어깨를 감싸 안아준다. 낮은 고개 하나만 더 넘으면 내 집인데도 이 바다에 멈추어 지갑에 든 지폐를 세고 또 세며 커피 한 잔 담배 한 모금에 한숨을 숨긴다.

다행히도 바다는 아름답다. 맑은 날도, 흐린 날도, 비가 오는 날도, 바람이 세차게 부는 날조차도······.

귀로에 서서

　비록 쪽박 차고 앉아 있으나 나름대로 산전수전 다 치러냈노라 생각했었다. 팔자려니 생각하고 내가 처한 상황을 그대로 받아들이면서 단지 가족과 지지고 볶아가며 내 주변의 초라한 것들에게 정이나 듬뿍 퍼부으며 살고 팠다. 고명하신 분들이 말하는, 바르게 살아가는 것이 무엇인지 아직도 모르겠고 또 알고 싶지도 않다. 단지 팔자를 고치기에는 턱없이 모자랄 것 같은 몇 푼 때문에 아옹다옹하는 꼴이 싫어서 마치 금전에 무관심한 듯 태연히 살아오는 척했다. 또 땡전 한 푼 없이 연명해 가고 있으니 주변 온갖 환락에 무관할 수밖에 없으므로 의연한 척했는지도 모른다. 그러다 보니 주변의 지인들에게 개뿔이나 가진 것 없어도 제멋에 즐거운, 약간 맛이 간 놈처럼 보이는 듯했고 나 역시 그리 보인다는 점이 그다지 나쁘게만 느껴지지는 않았다.

　오늘은 말이다 밤 한시에 묘령의 아가씨를 옆에 태우고 전주에 다녀오는 횡재를 했다. 그런데 도무지 모를 일은 만 사십팔 년 하고도 며칠 더 산 내가 그만 아가씨의 지분 향이 말도 못하게 좋더라 이 말이다. 아편이라도 한 대 핀 느낌, 마냥 아늑한 늪으로 빠져드는 느낌, 고속도로의 이 밤이 끝나지 말았으면 하는 바람이었다.

옆의 긴 머리 아가씨는 피곤한 듯 잠만 자고 있었다. 쌔근쌔근 숨소리만 들렸다. 내 마누라가 들으면 나를 죽이려고 대들지도 모를 말이지만, 아가씨가 잠에서 깨지 않도록 차를 시속 80km 정도로 살살 몰았다. 왕복 사 차선 고속도로, 그것도 차가 거의 없는 한밤의 고속도로에서 80km라는 속도는 거의 기어가는 수준이 아닌가. 어쩌다가 마누라를 옆자리에 태우고 운전하게 된 날, 마누라가 만일 잠이 든다면 그 꼴이 보기 싫어 적어도 140km 속도는 냈을 텐데. 더더구나 시간이 곧 돈이라는 택시를 몰고서.

아가씨는 참 잘도 잤다. 여전히 쌔근쌔근 잘도 잤다. 아가씨의 흘러내린 머리카락을 내 손으로 부드럽게 쓸어 올려주고픈 마음도 내 안에서 빠끔히 고개를 내밀었다. 괜스레 울렁이는 가슴에 내 얼굴은 분명히 홍조를 띠었을 것이란 생각이 들어 거울을 돌려 얼굴을 비춰 보았다. 거기에는 이미 발톱 빠지고 이빨 빠진 초라한 늑대 한 마리가 보였다. 아, 내 인생도 이미 한물갔구나. 돈도 못 써보고 그나마 있는 돈 다 날리고 쪽박 찼듯이 내 젊음도 폼나게 살아 보지도 못하고 벌써 머리가 허예졌구나. 지금에 와서 전처럼 열정과 떨림을 가지고 그 누군가와 다시 사랑에 빠질 수 있을까? 마누라든 아가씨든 과부든 이혼녀든 까짓것 유부녀면 또 어때 치마만 두르고 있으면 되지. 어쩌면 그날의 떨림과 격정은 아니더라도 나이에 걸맞은 원숙한 사랑에 빠질 수도 있을 것 같은데 마음으로는 말이다. 하지만, 마누라랑은 도무지 안 될 것 같다는 생각이 들었다.

지난날처럼 마누라를 딥다 덮쳤다가는 그 완력에 오히려 내가 맞아 죽을 것 같고, 작전을 바꾸어 온갖 감언이설로 잘난 척해 봤자 이미 밑천 다 바닥이 난 상태로 쪽박 차고 있는 놈에게 감동해 줄 리는 더더욱 만무했다.

어쨌거나 묘령의 아가씨를 아무 탈 없이 전주에 내려 주고 돌아섰다. 차만 돌렸을 뿐이지 아가씨가 사라져간 그 아파트의 입구가 도무지 시야에서 지워지지 않았다. 내 택시도 내 마음을 아는지 앞으로 쭉쭉 나가 주질 못하고 비실거리고 있었다. 왜 사내새끼들이란 이 모양인가? 혹시 나만 그러나……

직업이 직업이다 보니 가슴 잔뜩 부푼 중년을 태우고 장거리를 갈 때가 종종 있었다. 여자 손님인 경우, 이놈 저놈에게 내막을 들키고 싶지 않은 심리 탓인지 한 번 이용한 택시를 또 불러주는 경우가 많은데 그러다 보니 이런저런 이야기를 하게 된다. 하나같이 전 남자에 대한 이야기와 새 남자의 이야기를 동시에 들려주는데 가만 들어보면 결국은 그 남자가 그 남자라는 생각이 든다. 서로 살아가면서 변했다는 이야기지 애초의 모습은 전 남자나 새 남자나 비슷한 부류의 사람들 같다. 지금은 웬수같이 서로 죽일 듯한 사이가 되었으나 왜 부부가 되었겠나? 서로 끌리는 점이 있었겠지. 세월이 흐르다 보니 과거의 끌림은 삶의 무게에 눌려 보이질 않게 되었겠지. 과거의 뜨거웠던 포옹이 요즘은 마치 의례적인 악수처럼 그저 무덤덤하게 진행되다 보니 그리되지나 않았을까 생각해 본다. 결국 새로운 인연조차도 전 남자의 애초의 모습과 닮은 남자를 선택하고 만다는 생각이다.

진안 휴게소에 차를 멈추고 커피 한잔을 하면서 문득 이런 생각을 해보았다. 만일 새 여자랑 사랑에 빠진다면 어떨까?

'안녕하세요? 저는 조금, 아주 쬐끔 삭은 청춘남입니다.'

'아, 예. 안녕하세요? 저는 아직 청춘녀예요.'

'아직 소녀같이 보이는군요.'

'어머, 그렇게 보여요? 빈말이시겠지만 기분이 참 좋네요. 고마워요, 호호호.'

'아주 기분 좋은 밤입니다. 하염없이 걷고 싶은 그런 밤이네요.'

그러면서 서로 스릴 있는 탐석전을 한참 해야 하고 결국은 '이 여자를 어찌 한 번 안되나.' 하는 생각에 '술 한잔하실래요?' 해 놓고 눈치를 보다가 자신이 없어 '입가심으로 한잔 더' 이러다가 사랑한다그 하겠지. 솔직히 말해서 당신과 같이 자고 싶다 이럴 수 없으니 사랑한다 이러는 거 아닐까. 많이 피곤한 순서를 거쳐야 하리라. 눈치도 무지 살펴야 하고 어찌어찌해서 하룻밤 정을 통했다고 가정해도, 그다음에 요즘의 세태에 맞게 쿨 하게 서로의 갈 길을 가고 말면 그뿐이겠지만 이미 살아온 세월만큼 정에 얽매이는 습성이 자리 잡은 삭은 세대에게 쿨 하기가 어디 쉬운 일인가. 애증의 감정놀음에 서로 미워하고 안타까워할 것이다. 그 뿐인가 이쪽에 오면 저쪽 생각에 저쪽에 가면 이쪽 생각에 멍청해지고, 서로 그 꼴 보기 싫어 또 싸으고 그러므로 미안해하고……

가만 생각해 보면 귀찮은 일이 틀림 없다. 새 옷의 산뜻함이 짜릿하고 즐겁다는 것도 알고 있지만, 나는 이미 여자랑 살아볼 만큼 살아본 놈, 새 옷의 산뜻함이 결코 헌 옷의 편안함보다 더 나을 것이 없다는 것을 이미 알고 있다. 어쩌다가 마음이 좀 동하면 마누라에게 '남주 자냐?' 이러면 되는 데 말이다. 마누라도 좋으면 '응 잠들었어!' 이럴 거고 '금방 잠들었는데…….' 이러면 '별 볼일 없으니 그냥 뒤비져 자라!' 이렇게 받아들이면 되는 내 일상이 어찌 보면 참 낭만스럽기도 하다. 그래, 남녀가 어우러져 산다는 게 다 그런 거지. 내가 못나 망가트린 내 마누라의 이미지가 어찌 보면 참 예쁘다는 생각을 했다. 순전히 억지로!

그나저나 오늘은 장거리 한 건 했으니 딸아이 몰래 마누라를 불러내어 러브호텔이라도 가 볼까나. 집으로 전화를 걸었다. 코맹맹이 소리로 마누라를 유혹했다.

"하니!"

"뭐 하니?"

"내 생각하니?"

"내 전화 받으니 가슴이 두근두근하니?"

"응? 하니!"

마누라는 성난 목소리로,

"지금 몇 시야? 잠 좀 자자!"

철커덕! 이놈의 여편네가 다가온 위기를 전혀 모르는 모양이다. 그래, 매사 편안한 것도 마누라의 팔자려니……. 문득 마누라랑 비 내리는 골목길을 걸어 보고픈 마음이 일었다. 그래, 그 가로등이 지금도 있을까 강릉 남대천 제방 밑 골목길의 삿갓 씌운 가로등. 그 가로등 밑을 내리긋는 빗줄기를 바라보며 골목길의 처마에서 비를 피하며 '그 집 앞' 노래를 불러 주었는데……. 다시 한 번 전화를 걸었다.

"자기야?"

"나야, 자기의 자기!"

"그런데 벌써 자기야?"

"자기의 자기도 없는데 벌써 자기냐고?"

"응? 자기!"

철커덕! 이번에는 대꾸도 없이 전화를 끊어버렸다. 내 팔자에……. 담배 하나 물고 마냥 진안 휴게소에 앉아 있었다.

동병상련

  을씨년스러운 밤이었다. 차라리 억수같이 쏟아지기나 하면 통쾌하기나 하지 오늘처럼 비가 추적거리는 밤은 참으로 한심스러웠다. 행인이라고는 하나도 없는 비 오는 거리를 밤새 헤매고 나니 이게 뭐 하는 짓인가 싶어 허탈하기까지 했다. 뻐근한 엉덩이가 짜증스러워 자판기 커피를 한 잔 뽑아들고 미수동 해양공원에 차를 붙이고 서 있자니 통영대교 난간에서 떨어지는 낙수가 심사를 더 긁었다. 그래 들어가자. 사납금은 채웠으나 그녀 줄 돈이 거의 없어 미안했지만 어쩔 것이냐 새털같이 많은 날에 오늘 하루쯤이야 이쁘게 봐 줄 수도 있겠지.

  둔전마을 언덕길을 터덜터덜 걸어 내 집이 있는 산 밑으로 오르노라니 빗물에 젖은 거미줄이 얼굴에 척 감겼다. 웃음이 났다. '별 게 다 사람을 우습게 보네.' 혼자서 미친놈처럼 킬킬거리며 마당에 섰다. 아직 집은 고요했다. 누렁이 녀석도 추적거리는 비가 싫은지 집에서 나오지도 않고 머리만 빠끔 내밀고 아는 체 눈인사만 하더니 귀찮은지 자리에 누워버렸다.

처마에 서서 담배 하나 물었다. 평소 같으면 허탕치고 들어은 날은 빈 지갑의 미안함에 잠시 처마밑을 서성이다가, 에라 모르겠다 하고 되레 보무당당하게 쿵쾅거리며 들어갔었는데 오늘은 영 그럴 기분이 아니었다. 처마 밑 의자에 멍하니 앉아 있다가 꾸벅꾸벅 졸았다. 그러기를 한참, 슬그머니 일어나 마당을 서성이며 앞산을 보니 어느새 동편 하늘이 밝아오며 산의 실루엣이 그림 되어 나타났다. 문득 사진이나 한 장 찍어 둘까 싶어 마당에 나서는데 또 거미줄이 척 감겨왔다. '망할 놈의 거미새끼, 비 오는 밤에 무얼 잡겠다고 택시기사를 잡냐' 하고 투덜거리고 나니 또 웃음이 나왔다.

그래, 이 거미나 나나 별 볼일 없는 놈이다. 비 오는 날이라고 가만 틀어박혀 있으면 누가 죽었는지 살았는지 알기나 하겠냐. 그저 쑤셔대는 삭신이라도 끌고 굼적거려야 살아있다고 치부되는 미물이지. 이놈도 차라리 비 안 맞는 처마 밑에 대롱거리는 외등 부근이 좋다는 것을 왜 몰랐겠냐만, 풍수 좋은 자릴랑 애당초 제 자리가 아님을 알았던 게지. 추적거리는 빗속에서 까마득한 전깃줄에 매달려 그물을 짜려면 아마도 내장까지 다 쥐어짜야 했으리라.
굼적거려 짜 놓은 그물이 아까워 타줄 놈 한 놈도 없는 비 오는 밤을 한 시간 기다리고 또 한 시간 기다리며 한숨 폭폭 쉬었을 것이다 아마도……

그러다가 먼 산의 실루엣이 드러나자 '에라 틀렸구나.' 하고 자기 집으로 돌아갔으리라. 멍청한 놈. 또 다른 거미줄이 없는가 두리번거렸더니 여기저기 거미줄이 대롱거렸다. 때마침 밝아오는 아침 햇살에 거미줄에 매달린 물방울이 보석이 되어 빛났다. 세상에! 내가 본 목걸이 중에 가장 아름다운 목걸이였다.

사진을 콕 찍고 신이 나서 마누라를 불렀다.
"당신 이리 와봐, 내가 당신 줄 진주 목걸이 하나 구했어!"
푼수 같은 신랑에 푼수 같은 각시라더니
"어디, 어디?"
하며 급히 밖으로 나오더니 사진기를 들여다보고 실실 웃었다.
"맞아, 진주 목걸이! 거미가 당신 줄려고 밤새 만들었나 봐."
등신 같은 가스나다. 이 썰렁한 농담에도 화들짝 놀라며 웃어주니 참으로 등신 같은 가스나다. 둘이서 호들갑을 떨어가며 과장되게 웃었더니 눈물이 났다. 그 등신 같은 거미 놈이 고마웠다. 그놈이 없었으면 쭈뼛쭈뼛 방에 들어가 공연히 짜증이나 냈을지도 모르는 일이다. 정말로 그 거미 놈이 밤새 싸돌아다니고 맥이 빠져 들어온 나를 주려고 거미줄로 진주 목걸이를 만들었는지도 모를 일이다.

전혀 상관이 없을 듯한 일이 엉뚱한 놈에게 즐거움을 줄 수도 있다는 것. 그게 이 세상이 삐걱거리기는 하지만 그래도 멈추지 않고 돌아가는 이유가 아닐까 하는 생각이 문득 들었다. 그래야 나 같은 놈도 비록 한숨 속에 웃는 웃음일지라도 웃으며 살아갈 수 있을 것 같다. 나도 누군가에게 기분이 좋아지는 사람이었으면 좋겠다. 비가 추적거리는 밤의 가로등 아래로 쓸쓸히 지나는 내 택시를 보고 누군가가 기분이 좋아졌으면 좋겠다. 내 택시를 보고 을씨년스럽게 느끼던 밤의 정취를 낭만적으로 바꿔 느껴주는 멋진 사나이가 어딘가에 단 한 놈이라도 있어 준다면, 그 랬으면 통영의 택시기사 참 좋겠다.

어느 부부

　통영 중앙 활어시장 부근 오후 두 시. 평소와 다름없이 차들이 줄지어 달팽이처럼 기고 있었다. 왜 이리 밀리나 하고 고개를 빼고 멀리 내다보지 않는 나는 이미 이 거리에 이골이 난 택시기사다. 그저 늘어선 사람 구경을 하며 밀려갔다. 택시기사가 밀려간다고 그냥 밀려가는 것은 절대로 아니다. 내 앞에 택시가 몇 대가 있고 그 중에 빈차는 몇 대이며, 내 뒤에 빈차가 얼마간 사이를 두고 따라오는지 이미 꿰고 있을 뿐 아니라, 길가에 늘어선 사람을 한눈에 훑고 택시 탈 사람이 누구인지 귀신같이 알아보고 그 앞을 지나칠 때 속도를 늦추고 차를 슬슬 붙인다. 잠시 다른 생각을 하고 있을 수도 있기에 택시 타는 것을 상기시키기 위해서다.

　사내는 참 특이했다. 별로 춥지도 않은 날씨에 외투 주머니에 양손을 넣고 서 있었다. 분명히 택시를 탈 사람인데 투병의 겨울을 보내고 처마에 나앉아 봄볕을 쬐는 환자처럼 사내는 중앙시장 앞 거리에서 봄볕 속에 빠져 그도 풍경이 되어 있었다. '자식아, 아예 홀딱 벗고 봄볕에 목욕을 해라. 구경 좀 하자.' 나는 혼자 중얼거리며 밀려가는 차 안에서 느긋하게 사내를 감상했다. 내 앞에 빈 택시도 없으니 나 역시 급할 것 하나

없기는 저 사내와 마찬가지였다.

우동리까지 가잔다. 이 시간에 시내에서 죽자고 뺑뺑이 돌아봐야 운 없으면 한 시간에 햄버거 하나 값도 못 버는데 이게 웬 횡재인고. 거기까지 얼마나 나오더라. 15분 소요에 만 원권 하나 하고 한 이삼천 원……. 속으로 계산을 하니 휘파람이라도 불고픈 마음이 일었다.

"아저씨, 가다가 무전동 코사마트 앞에 섰다가 갑시다. 살 게 있어서."

어차피 가는 길목이고 그리 가면 천 원쯤 더 나오는데 왜 싫겠나? 누구나 택시 운전대를 잡고 있으면 쫀쫀해진다. 사내는 내리더니 잠시 후 쌀 한 포를 옆구리에 끼고 나오고, 뒤에는 마트 직원이 두 포를 캬트에 싣고 따라온다. 잔치하나? 요즘은 잔치해도 집에서 떡 하는 사람은 없는데…….

"기사님 요즘은 손님이 없어 힘들지요?"

꽃길을 걷는 듯한 표정으로 차창 밖을 내다보던 사내가 물었다. 이런 표정으로 말을 붙여오는 사람들은 대게가 무언가 자랑을 하고픈 사람이며 자랑을 들어주는 것도 택시기사의 의무다. 자랑하고 싶은데 하지 못하면 결국 마음에 병이 되고 성질 더러운 손님은 바로 엉뚱하게 시비를 붙여오는 일도 있으니 말이다.

"그냥 아무 생각 없이 쏘다니고 있습니다. 뭔가 좋은 일이 있으신 모양이지요?"

"아닙니다 아무 것도……."

싱거운 사내였다. 말할 듯 서두를 꺼내 놓고 이내 말문을 닫고 또 창밖만 내다본다. 어쨌든 알토란같은 손님을 모시고 우동리 마을길로 접어

들었다. 마을 어귀의 논 가운데 뚝 떨어진 집 앞에 차를 세웠다.

"쪼매만 기다리시이소."

사내가 대문 안으로 사라지고, 잠시 후 사내의 목소리,

"돌아삐겠네, 아니 이누무 지지바야 이 쌀은 또 뭐꼬? 니 아까 두 포 안 사났나?"

"니가 돈만 마이 벌어 봐라, 내가 이러나"

여자의 울음 섞인 목소리……. 뭐 하자는 건가, 빨리 짐 내리고 차비 줘야 가지. 실려 있는 쌀 세 포 그냥 싣고 가버릴까. 울고불고하는데 돈 달랄 수도 없고 어쩌겠나, 차에서 내려 담배 하나 물고 집 주위를 서성거렸다. 참 좋은 날씨다. 여기저기 아지랑이가 피어오르고 있었다. 이렇게 여유 있게 들판의 아지랑이를 바라본 지 얼마나 오래되었는가. 새삼 사내가 고마웠다.

"아저씨 이왕 이리된 거 내려서 커피나 한잔하고 가이소. 차비 좀 더 드리것심더."

사내는 트렁크에 실려 있는 쌀을 내리면서 말했다. 택시운전 몇 년 했어도 더 준다고 해 놓고 정말 더 주는 놈 못 봤다. 또 낮짝이 있지 어찌 더 받는가 더 안 받으면 죽인다고 협박이나 하면 또 모를까. 경치 좋은 곳에서 여유 있게 커피 한잔하는 것도 좋을 듯싶어 사내를 따라 마루에 걸터 앉았다.

사내는 장사를 해보려고 10여 년간 다니던 직장을 그만두었는데, 무언가 잘못되어 시작도 못 해보고 돈만 날리고, 6개월을 그냥 놀았단다. 그러다가 조선소에 나가게 되었는데 기분이 좋아서 친구들과 마지막 낚

시를 가게 되었고 갯바위에서 넘어져 갈비뼈가 부러졌다는 바닷가에서는 흔한 이야기를 했다. 다시 두 달 더 놀고.

"오늘 통닭 시켰습니까?"
세발자전거가 마당에 있기에 웃으며 물어보았다.
"예, 한 마리 시켜서 아이 줬어요."
"그러면 조금 있다가 배추를 사 오시겠네요?"
"예, 그런데 어찌 그리 잘 아세요?"
"그냥요."

말을 안 해도 상상이 간다. 애들이 과자를 사 달라고 조르면 불쌍하고 웬수같고, 매끼 밥 먹을 때마다 밑바닥이 드러나는 쌀 포대가 조마조마하고, 외상으로 거래하는 동네 가게 앞을 안 그래도 힘없는데 한 10분은 더 걸어서 빙 돌아오고……. 꼭 말로 해야만 알아듣나. 과자 한 봉지라도 사오면 삼등분하여 나눠주고 돌아서서 눈물짓던 그녀의 모습. 무엇보다도 줄어드는 쌀포대를 들여다보면서 암울했던 기억. 어쩌다가 돈이 생기면 일단 통닭 한 마리 시켜 딸아이와 함께 나누어 먹고, 다음은 쌀을 들여놓고, 그리고 배추 사다가 김치를 해서 냉장고에 가득 채워두고 해맑게 웃던 내 그녀의 모습.

아마도 이 사내 부부는 오늘 세상에서 가장 아름다운 밤을 맞을 것이다. 오늘의 이들만큼 행복한 부부가 몇이나 될까. 진정 행복에 겨워 눈물 흘리며 사랑해 본 부부가 과연 몇이나 될까. 사내는 며칠 전부터 일을 하게 되었고 작업반장이 우선 150만 원 빌려줘서 여자 100만 원 사내 50만 원으로 나누었단다. 부부도 서로 상대방이 모르는 외상값이 있을 터, 누구에게 얻었다며 하나씩 들고 들어왔겠지. 돈을 받아서 여자는 바로 통닭 한 마리를 아이들 시켜주고 쌀 두 포를 들여놓았단다. 쌀 떨어질 때마다 스트레스 받던 아내 생각에 사내는 세 포를 더 사오고, 아내는 돈 있을 때 쌀을 더 들여 놓아야겠다고 마음먹고 두 포 더! 2+3+2=7, 졸지에 20kg짜리 쌀이 일곱 포나 쌓여 버린 것이다. 사내가 커피 마시고 싶어 죽을 뻔했다며 주머니에 사 넣어 온 커피믹스로 사내, 여자, 그리고 나, 셋이서 한 잔씩 마셨다. 괜히 남의 일에 안쓰러워하며……

약속대로 차비 만 사천 원에 대기료 육천 원을 얹어 이만 원을 받고 기분이 좋아 룰루랄라 하면서 돌아 나오는데 자꾸만 뒤가 찝찝해졌다. 결국, 터미널 앞 패밀리마트에서 커피 한 봉을 오천 몇 백 원을 주고 사서 돌아섰다. 사내의 집안에 들어서니 인기척은 있는데 대꾸가 없다. 커피를 마루에 두고 돌아섰다. 약삭빠른 놈, 그 사이에 벌써……. 대문이나 잠그지! 기분 좋게 나른한 봄날 오후, 젊은 부부의 안타까운 정사가 따사로운 햇살만큼이나 정겹게 느껴졌다.

오늘 밤은 왜 이리 손님도 없냐. 커피 한 봉에 오천 몇 백 원, 왕복 연료비 삼천 원……. 속 쓰린 밤이로구나!

작부酌婦의 노래

　앞에 가던 택시 두 대가 갑자기 빈차등을 꺼 버리고 속도를 높였다. 나도 경력 6년 2개월 된 택시기사다. 무슨 일인지 모를 까닭이 있나? 가속을 하려는데 망할 놈의 여자가 한 발 앞으로 나서는 게 아닌가. 반사적으로 제동했고 차는 서 버렸다. 여자는 잽싸게 차 문을 열었다.

　"짐 좀 싣고 갑시다."

　"그것 젓갈 아닙니까?"

　"뚜껑 잘 막았으니 천천히 갑시다."

　어쩔 수 있나, 문이 열려버려 출발도 못 하고 볼 멘 소리로

　"에어컨 켜고 창문 닫아야 하는데 젓갈이 트렁크에 쏟아져 버리면 오늘 장사는 고사하고 며칠 간 냄새가 나서 손님들이 투덜거려요."

　"거제 성포까지 얼마요?"

　성포? 진작 이야기하지……. 나는 속으로 쾌재를 불렀다.

　"냄새 나는데……."

　간사스런 나는 내심 좋으면서 여전히 투덜거렸다. 여자는 아무 말이 없고 나도 말 없이 거제 대교를 넘었다.

　"아저씨 아무래도 물건만 주고 돌아 나와야 할 것 같은데 기다려주실

수 있지요?"

"그럼요!"

여자는 이내 돌아 나왔다. 딸인 듯 보이는 한 젊은 여인네가 거의 벌거벗다시피 한 차림으로 배웅을 했다.

"아저씨 대교 너머에 잠깐 섰다가 갑시다."

대교휴게소에 차를 세웠다.

"담배 하나만 주세요."

"담배요? 차 안에선 금연인데……."

웃으며 담뱃갑을 내밀었다. 여자는 담배를 두 개비 쑥 빼더니 라이터도 달란다. 목뼈가 굳어 몸 전체를 틀어야만 옆자리를 볼 수 있으므로 굳이 옆에 탄 손님의 얼굴을 보려 하지 않는데 이 여자는 보고 싶었다. 곶감처럼 쪼글쪼글 주름진 얼굴에 짙은 화장, 커피색 립스틱……. 전형적이 퇴기退妓의 모습이다. 환갑은 지난 듯 보였으나 나름대로 분위기 있는 여자였다. 여자는 담배 두 개비를 한 입에 물고 익숙한 솜씨로 불을 붙였다. 하나를 내밀었다. 커피색 립스틱이 살짝 묻어 있는 담배……. 묘한 감정이 일었다. 내가 강직성 척추염으로 제대로 걷기조차 버거운 몸이 아니라면, 내가 한 여인의 지아비와 딸아이의 아빠가 아니라면, 만일 십 년만 더 어렸더라면 내 가슴은 어땠을까? 담배를 입에 물었다. 뭐, 이 분위기 있는 여자랑 뽀뽀 한번 한 셈하지……. 하며 속으로 마누라를 배신한다는 묘한 즐거움도 느꼈다.

"새끼 까탈스럽기는, 빙신아! 니 그러니까 외식 한 번 못하지. 니놈이 안 해도 집에 니 마누라는 안 믿어!"

출장 중 객고를 풀라고 숙소에 아가씨를 넣어 주겠다던 해남의 거래처 사장님이 문득 떠올랐다.

"당신도 돈 많은 과부 좀 꼬셔봐!"

얄팍해진 지갑을 들여다보며 하던 그녀의 썰렁한 농담도 떠올랐다. 여자와 나는 차에서 내려 이별을 앞둔 연인처럼 말없이 담배를 피웠다. 견내량을 이리저리 지나는 배의 불빛이 참 아름다운 밤이었다.

"아저씨 애인 있어요?"

"예, 집에 여자가 셋인 걸요?"

"셋? 그러면 애인은 아니네."

"......"

"우리 연애할래요?"

공허한 웃음이 터졌다. 여자는 픽 웃더니,

"사내새끼들은 다 똑같아, 다른 놈 한 놈도 없어……."

여자는 진주여고를 졸업했단다. 직장이라고 몇 년 다녔고. 어쩌다가 깽깽이 켜는 놈을 만나 정을 주었단다. 당시에는 큰일 날 일, 양가의 반대에 그만 헤어졌단다. 가야금을 배웠고 이내 술집으로 풀렸단다. 그렇게 몇 해, 아비가 누군 줄도 모르는 계집아이를 하나 낳았고 아까 성포에서 본 그 년(?)이란다. 오빠의 호적에 올려놓고 술도 팔고 몸도 팔아서 대학 공부시켜 놓았는데 그 년이 시집을 가더니 시큰둥하단다. 사위 놈도 그렇고. 그래도 손자 놈이 보고 싶어 핑계를 만들어 보러 가곤 했는데 이젠 다시 가고 싶지 않다고.

"아저씨, 요정 가 본 적 있어요?"

"예, 스물대여섯 살 때 몇 번……."

"발랑 까져가지고……. 그렇게 어린 나이에? 정말?"

여자의 말투는 어느새 반말로 바뀌어 있었다. 요즘도 그 옛날의 요정이 있는지 모르겠으나 정말로 스물여섯 살 때에 요정에 대여섯 번 가 본적이 있다. 대학원 재학시절 지도교수가 연구비를 받아 한턱 쓴다고 대학원생의 연구보조 인건비를 서류상으로 지급하고 그 일부 돈으로 선심 쓰듯 학생 둘을 요정에 데리고 갔었다. 교수 두세 분과 대학원생 둘, 교수들은 그래도 여자들을 껴안고 재미있게(?) 즐겼다. 우리도 즐기라나. 그 상황에서 즐겨질까? 하지만 젓가락 장단에 부르던 소양강 처녀와 갈대의 순정은 정말로 신이 났다. 가야금 산조란 놈도 좋았고 진도아리랑의 가슴 파는 소리도 좋았다. 예쁘다기보다 차라리 우아하고 차분하며 아련하기까지 한 대한민국의 황진이들이 모두 요정에 있는 듯 느꼈었다.

"기둥서방이 뭔지 알아?"

나는 그냥 웃었다. 마치 옛 친구의 하소연을 듣는 듯 나쁘지 않았다.

"기둥서방을 왜 두는지 알아?"

"기둥서방이 어떻게 생겼는지 알아?"

또 침묵이 흘렀다.

"에이 씨, 노래 좀 돌려봐."

조덕배의 테이프가 돌아갔다.

"이딴 거 말고."

여자는 테이프를 뒤지더니 라벨 떨어진 검은 테이프를 찾아들고는,

"돌려봐."

"아…… 씨, 아저씨 분위기 있다. 여자깨나 울렸겠다."

이런 망할 놈의 할망구, 여자 때문에 내가 울었다. 선금으로 6만 원을 받고 기분 좋게 차를 둔덕면 쪽으로 몰았다. 둔덕면 쪽으로 한 바퀴 돌자나.

"아저씨 기둥서방처럼 생겼다."

살다가 별 희한한 이야길 다 듣는다.

"기둥서방이요? 별 희한한 기둥서방 다 보았네. 저는 돈도 없고요. 아까 보셨죠? 몸도 조금 병신이고요. 무엇보다도 변강쇠하고는 영 거리가 멉니다."

"생긴 게 정이 많게 생겨 먹었잖아. 내 얘길 잘 들어주잖아."

"변강쇠가 기둥서방인 줄 알아? 정이 많은 놈이 기둥서방이야! 바보."

이해가 갔다. 우락부락한 변강쇠들이야 술집 주변에 얼마나 많았겠는가? 그들 틈에서 정에 굶주렸겠지. 시끌벅적한 가운데서도 무진장 외로웠을 거고……. 여자의 기둥서방은 몇이 있었단다. 한 놈은 한때 공무원이었는데 그냥 낚시만 하던 놈이었고, 한 놈은 떠돌이 치과의사라고 '야메'라고 하던가? 무면허 틀니장사. 또 한 놈은 떠날 때 정말로 넋을 놓고 울어 본 놈인데 석유다리미 외판원이었다고. 꿈이 시인이었다나. 그런데 그 외판원의 분위기가 딱 아저씨라나. 여자와 또 담배 한 대씩 다정히 입에 물었다. 커피색 립스틱이 묻은 담배.

"아저씨, 석유다리미 본 적 있어?"

"예, 우리 집에 하나 있었어요. 어릴 적 장돌뱅이 아저씨가 등에 지고 와서 어머니가 하나 사셨지요. 석유 붓고 불붙여서 쓰는 다리미, 그을음이 많이 났던 것 같아요."

"내 집에는 두 개나 있어. 아직도 가지고 있지."

여자는 단 한 놈, 그 다리미 장사 때문에 술장사를 그만두고 싶었다고 한숨 섞인 소리로 말했다. 그를 위해 아침 밥상을 차려주고 퇴근하는 그를 위해서만 장을 보고 싶었다고. 시를 쓰는 그를 위해 원고도 정리해주고 싶었다고. 하지만 밤에 일 마치고 집에 들어올 때 딴 사내의 냄새를 없애기 위해 여자는 몸을 더 빡빡 닦는 일이, 그를 위해 할 수 있는 유일한 일이었다고. 결국 다리미 장사는 떠났고 여자는 미친 듯이 돈을 모았단다.

"내 배 타고 넘은 놈들이 만 명도 더 될 거다."

문득 그 옛날에 읽어 본 삼포 가는 길이 떠올랐다.

"그 다리미 장사 얼마 전에 동충에서 보았어. 몰라보게 쪼그라들었더구먼."

"밥 한 끼 먹여서 재워 보냈어, 돈도 좀 줬고."

"나 돈 많아. 동충에 있는 여인숙도 내 거고, 그거 팔면 땅값으로 평생 먹고 사는데……. 안 잡았어 또 갈까 봐."

여자는 애써 눈물을 감추었다.

"아저씨, 명함 한 장 줘봐."

"명함 그딴 거 없습니다. 택시기사가 무슨……."

"다른 기사들은 있던데……. 하긴 기둥서방처럼 생겨가지고."

나는 정말 명함이 없다. 명함 줄 곳도 없거니와 줘 봤자 쉬는 날 밤 두세 시에 술에 절어서 어디 가자고 전화해대는 꼴이 싫어서……. 그 꼴을 무르팍 쑥 삐져나온 추리닝의 그녀에게 보이기 싫어서.

"아저씨, 분위기 있다."

"난 분위기 있는 새끼들이 싫어."

"헤어질 때 너무 너저분해! 질질 짜고 돌아서서 훌쩍거리고."

"아저씨, 개인택시 한 대 사줄까?"

이런 경우가 택시기사 5년에 서너 번은 있었고, 그럴 때마다 얼굴에 침이라도 뱉어 주고 싶었는데 이 여자는 밉지가 않았다. 하긴 이제는 돈 많은 여인숙 주인이니 나를 위해서 아침도 해 주고, 나를 위해서만 장을 볼 수도 있겠지. 혹시 무르팍 쑥 삐져나온 추리닝의 그녀처럼 콩나물국도 북엇국도 맛나게 끓여 줄지도 몰라. 하지만 각자 마음에 하나씩 끼고 좁은 침대에서 넷이 잠을 청해야 할 걸 뭐.

여자는 동충의 여인숙 골목으로 마치 멈추어 있는 듯 천천히 사라졌다. 그 옛날 어느 노병老兵처럼 늙은 작부도 죽지 않는다. 다만 사라질 뿐이다. 가슴에 옛정을 간직한 늙은 작부는 뱃사람들의 영욕이 스러진 골목길로 다만 사라질 뿐. 한참 골목길을 바라보다가 무르팍 쑥 삐져나온 추리닝의 그녀에게 전화를 걸었다. 잠에 취한 목소리로 전화를 받았다.

"나다. 나 오늘 프러포즈 받았다!"

그녀는 픽 웃더니 졸린 목소리로,

"잘 해봐라. 나 잔다……."

"그래 잘 자라, 푸~욱 자라!"

공연히 한숨이 나왔다.

새벽을 기다리며

'암흑의 시간이 찾아왔다!' 너무 황당한 표현인가, 그렇다면 이것은 어떤가? '이성의 시간은 가고 본능이 지배하는 시간이 왔다.' 그 말이 그 말이네. 그러면 간단하게 말을 바꾸자. '택시기사에게 밤 열한 시가 찾아왔다.' 길거리에 늘어선 사람들이 마치 가을 들판의 억새처럼 너울너울 춤을 추며 택시를 잡기 시작하면 밤 열한 시다. 나는 마치 결전을 앞둔 검투사처럼 적을 기다리는 심정으로 핸들을 다잡고 거리를 주시한다. 딱 두 시간에서 두 시간 반이다. 택시는 배가 작아 한꺼번에 수십 명씩 손님을 싣고 다닐 수가 없기에 두 시간 남짓 되는 짧은 시간에 가능한 많은 손님을 싣고 달려야 한다. 낮 동안 막히는 길을 지렁이처럼 기어 다니며 겨우 사납금 맞추고 아침까지 움직일 연료비 벌어 놓았는데, 지금에 와서 주춤거리면 지금껏 수고가 허사가 된다. 인정사정 봐주면 안 된다. 그러면 공치는 날이 된다.

자정이 지나 잠깐의 소강상태가 지나고 다시 사람들이 거리로 나오기 시작한다. 이제부터 타는 손님은 낮 동안 만났던 점잖고 우아한 사람들이 아니다. '밤의 사람'이 손님으로 탈 것이다. 어찌 이리도 낮에 만나던 사람들과 다른 모습일까. 낮 동안 거리를 지배하던 사람들과 밤거리를 지배하는 사람들은 아마도 다른 부족인지도 모른다. 혹시 나만 밤이 지배하는 다른 도시로 옮겨진 것은 아닐까? 어쩌면 낮 동안 이성의 위세에 눌려 숨어 있던 본능이 어둠과 술기운을 빌어 가슴을 활짝 열고 거리낌없이 거리로 뛰쳐나오는지도 모른다. 간혹 '낮의 사람' 이 '밤의 거리' 로 끼어들 때도 있는데 그렇다고 '낮의 사람' 으로 대우받는 것은 아니다. 왜냐면 내가 먼저 밤의 택시기사로 변신하고 밤의 사람들을 기다렸기 때문이다.

이제는 거리에 아무도 없다. 두 시가 넘은 것이다. 미련을 버리지 못한 기사들은 여전히 거리를 질주하고 있지만 대부분 여기저기 마음이 편한 자리를 골라 차를 세운다. 열심히 거리를 돌던 동료 순둥이 천수원 씨는 도남동 청소년수련원 마당에 차를 세우고 잠을 청한다. 베테랑 이상근 씨는 정량동 철공단지 앞 패밀리 마트에 차를 붙이고 분위기 있게 커피를 마시고 있고, 낭만 기사 박보현 씨는 롯데마트 앞에 차를 세우고 시집을 펼쳐들었다. 나 역시 커피 한 잔 뽑아들고 남망산공원에 올랐다. 매일 보는 야경이지만 역시 남망산 공원에서 내려다보는 통영의 밤은 아름답다. 해안도로를 따라 밤을 밝히는 녹색 가로등 사이를 한가로이 지나는 빈 택시의 전조등, 거울 같은 바다를 바쁘게 오고 가는 어선의 운항 등이 하나같이 어우러져 통영의 야경을 만들고 있다. 통영의 야경은 밤을 지키는 사람들이 어우러져 그려가는 풍경화다. 밤을 지키는 사람들을 위한 풍경화다. 밤거리를 지키는 사람이 어우러져 만들어낸 밤거리 사람을 위한 보너스가 틀림없다.

'가스비 오르고 택시 손님 줄어들어 올 들어 영 죽겠네…….'

돌이켜 보면 이 소리는 늘 입에 달고 살았던 것 같다. 언제 우리가 좋았던 시절이 있었는가? 가스비는 항상 올라서 투덜거렸고 손님은 항상 없었지. 그러나 돌이켜 보면 그 때가 좋았지 않았는가? 항상 지금이 더 어렵다고 투덜댔지. 택시에 올라 앉아 6년 반, 초등학교 1학년이던 딸아이가 벌써 중학교 1학년이다. 그럭저럭 잘 키워왔다. 잘 해 드리진 못했으나 곁에 계시던 아버지가 세상 버리고 가신다기에 그럭저럭 보내드렸다. 30대이던 그녀, 얼굴에 잔주름 생긴 40대가 되었으나, 사네 못 사네 소리 없이 여전히 내 곁에 있어주니 그럭저럭 잘 살아오지 않았나 싶다. 그럭저럭 살아왔듯이 하루하루 그럭저럭 버티다가 그녀랑 단 둘이 남게 되면 또 그럭저럭 살고 싶다. 그럭저럭 살아오면서 내가 누린 단 하나의 사치 그럭저럭 누려 가면서! 저녁식사 후 그녀랑 딸아이랑 커피 한 잔 농담 한마디 눈길 한 번 뽀뽀 한 번 꿀밤 한 대 메롱 한 번 뚱침도 한 번……, 해지는 들녘도 좋고 해지는 바다도 좋고 멋있게 바라보면서 그럭저럭!

멀리 보이는 거제도 쪽 하늘이 뿌옇게 밝아온다. 마감할 시간이다. 어제의 노곤함을 추억으로 돌리고 뒹굴뒹굴 한낮을 보내라고 새벽이 찾아온다. 어쨌거나 커피 한 잔, 담배 한 모금하며 여명의 바다를 기다리는 일은 눈물 나게 멋있는 일이다.

잿빛 바다

"바다로 갑시다."

손님에게 보여줄 바다란 어디에도 없다. 그저 저희끼리 즐거울 수 있도록 음악이나 크게 틀어주고 마구잡이로 달려 아무 바닷가에라도 떨어트려 주면 그만이다. '야, 바다다!' 마치 바다가 보고 싶어 죽고 못 살 것처럼 호들갑 떨며 바다로 뛰어가 보지만 결과는 뻔하다. 택시기사가 차에서 내려 미처 담배 한 대 필 여유도 없다. 이들에게 바다는 사진 찍을 동안만 아름답기 때문에 짧으면 삼 분이고 길어야 십 분이다. 기관총 쏘듯 사진 몇 방 찍고 이내 돌아서서 '아저씨, 어디 회 잘하는 데 없수?' 라고 이구동성으로 보챈다. 나는 이런 손님이 좋다. 어차피 바다라는 게 보는 사람 마음에 달린 것이지 내가 보는 대로 그들도 같이 보아주는 것은 절대로 아니니까.

"기사님, 바다가 보고 싶습니다."

차분히 이야기하는 삼십 대 후반의 신사를 거울로 흘끗 바라보니 엄청 심각한 얼굴이다.

"어느 바다로 가시길 원하십니까?"

가능한 점잖을 빼고 묻긴 하지만 손님의 대답을 기다리진 않았다. 어차피 알아서 가 달라고 할 것이 분명한 것을. 슬슬 차의 속도를 높여 삼덕항으로 향했다. 상념에 잠긴 이 젊은 신사가 우울한 것인지 바다가 우울한 것인지. 바다가 보고 싶다던 이 신사는 마치 한숨 쉬러 바다에 온 듯 한숨만 폭폭 쉬었고 어수룩한 택시기사는 저만큼 떨어져서 홀로 즐거웠다.

비 오는 바다는 참 아늑하다. 특히 바람이 없어 잔잔한 바다에 비가 내리면 세상은 잿빛으로 변해버린다. 그러면 어디까지가 바다고 어디까지가 하늘인지 구별이 잘 안 되고 마치 잿빛 안개에 감싸져 있는 양 포근하게도 느껴진다. 나도 모르게 손이 주머니로 들어간다. 더듬더듬 담배 하나 찾아 물고…… 더듬 더듬 라이터를 꺼내 불을 붙이고…… 또 더듬 더듬…… 무언가 손가락 끝에서 꼼지락거린다. 동전, 열쇠, 때로 꼬마손님이 주고 내린 사탕 하나. 손가락으로 끝으로 고놈을 만지작만지작…… 이런저런 생각……이내 잊었던 추억이 손가락 낚시에 걸려 올라온다. 손가락 끝에 만져지던 고놈을 주머니 밖으로 꺼내준다. 꼭꼭 뭉쳐져 없는 듯 숨어 있던 추억이 물 머금으면 부풀어 오르는 지피포트처럼 뺑 부풀어 오른다. 고놈을 가슴에 품고 마냥 생각에 잠긴다. 그래서 어설픈 택시기사는 잿빛 바다가 좋다.

이 바다가 좋다? 좋을 수밖에……. 복합할증지역이므로 요금은 31% 할증된 채로 마구 오르고, 택시기사는 연료 한 방울 소모하지 않고 돈 버니 마냥 좋았다. 물론 상념에 잠긴 저 젊은 신사에게 지금의 이 바다는 내 기분과 전혀 다르게 보인다는 사실을 이미 알고 있으므로 드러 내놓고 즐거울 수는 없었다. 나도 의리란 게 조금은 있는 놈이니까.

"손님 지금 선 채로 졸고 계십니까?"

신사는 대답 대신 웃고만 있다. 멀리 대전에서 통영까지 바다를 보러 온 신사의 사연이야 내가 어찌 알겠는가. 하지만 지금 이 신사가 무엇을 보고 있는지는 빤히 알고 있다. 바다가 곧 인생을 비춰주는 거울이란 것, 바닷가에 몇 번만 서보면 누구나 쉬 알 수 있다. 파도가 없어 잔잔한 통영의 바닷물은 인생을 비춰준다. 인생살이는 잔잔한 통영의 바닷물 같다. 그냥 그 바다에 있는 물이라는 연유 하나만으로 이리저리 제 갈 길 찾아가는 배의 항로를 따라 길게 흔적이 생기고, 그 흔적은 잠시 누군가의 눈에 무엇으로 비추어졌다가 이내 흔적 없이 사라진다. 즐거운 사람에게는 더 큰 즐거움으로, 아픈 사람에겐 더 큰 아픔으로 비친다. 쓸쓸한 사람에겐 더 큰 쓸쓸함이 되고. 그렇게 누군가에게 자신도 모르게 그 무엇으로 잠시 각인되었다가 결국 그리움으로 사라져버린다. 그리움도 당연히 영원한 것은 아닐 테고.

바닷가를 내리훑고 다니는 것이 통영의 택시기사이지만, 처음부터 바다가 마음을 차분하게 만들어준 것은 아니었다. 오히려 바닷가에 서면 감정이 증폭되기만 할 뿐이었다. 바다는 인생을 비춰주는 평면거울이라기보다 오히려 마음을 증폭시켜주는 오목 거울일 수도 있기에……. 멍청한 눈으로 주변의 경치를 보아가며 장거리 운전을 해야 덜 피곤하듯, 한눈에 바다 전체를 바라보아야 마음이 평온해진다. 물론 나도 항상 그렇다는 것은 아니다. 단지 시내 뺑뺑이 돌다가 졸린 눈 좀 붙이려고 멍청한 체 찾아오는 바다가 좋다는 이야기다. 바다에 비치는 내 마음을 그저 남의 마음인 양 무심히 들여다볼 수 있어서다. 말없이 바다만 바라보던 이 신사는 배가 고프단다.

"그만 시내로 돌아갈까요?"

"기사님은 식사하셨나요?"

"아직 식전입니다만."

"가까운 식당이 있으면 같이 저녁식사를 할까요?"

"바닷가에 좀 더 계셔도 좋습니다만 까짓것 식당을 이리 부르지요."

산양반점에 전화를 걸었다. 차 안에서 자장면을 먹으며 따로따로 즐거웠다.

"기사님, 사량도가 어디요?"

"손님 저 수평선에 보이는 곳이 사량돈데요."

"그래요? 이쪽에서 보니 잘 모르겠네요."

이 신사의 사별한 처의 고향이 사량도라나. 사별한 지 오 년 되었는데 이제는 얼굴도 잘 생각이 나지 않아서 더 서럽다고.

"집에서 홀아비는 나와서도 홀아비인 모양입니다. 이리 궁상을 떨고 있다니."

머잖아 재혼을 하려고 하는데 마지막으로 통영에 들러보고 싶어서 안 와도 될 출장을 왔다고 한다.

"잊지 말자 할 때는 얼굴이 잘 안 떠올라 서럽더니 잊고자 하려니 더 떠오르네요."

아무 말 않는 것이 역시 상책이었다. 서러움 역시 길어야 얼마나 가겠는가. 신사의 이 서러움도 본인의 마음과 상관없이 택시기사에게는 낭만으로 보일 수도 있는 것. 보는 사람 마음대로 보이는 것이니까, 바다가 그렇듯……. 한참 있다가 엉뚱한 한 마디를 던졌다.

"손님, 참 낭만 있으십니다."

신사는 잠시 그대로 있더니 밝게 웃으며 그만 시내로 돌아가잔다. 아, 차비를 얼마 받았을까 궁금해 하지 마시길……. 이 신사가 잿빛 바다를 봤지 않는가. 잿빛 바다는 이 신사에게 잠시라도 무심함을 갖게 해 줬을지도 모르잖은가. 반대로 감정을 증폭시켜 세상이 허무하게 느끼게 해 줬을지도 모르지만. 고로, 이렇든 저렇든 간에 그 젊은 신사에게는 돈도 아등바등 살아가며 죽자고 모아야 할 절대 가치는 아니었으리라. 잠시만이겠지만. 어쨌든 나는 즐거웠다.

강구안 음악회

　이게 웬일인가. 나 이러다가 택시로 갑부 될지도 몰라! 출근하자마자 도산면 노인병원에 출퇴근 손님과 약속이 되어 3만 원은 따 놓은 당상이었고, 모처럼 몸도 좋아 마치 처음 택시에 오르던 날처럼 눈알 팽팽 돌려가며 부지런히 시내를 싸돌아다녔다. 운도 따라줬다. 무슨 사연인지 아침부터 길거리에서 삿대질하면서 쌈질을 하던 청춘 남녀도 내가 곁에 다가섰을 때 갑자기 돌아서며 손을 들었다. 빈차 네댓 대가 쫄로리 거리를 지나고 있었는데도 말이다. 돌아 나올 때 도저히 손님이 있을 것 같지 않은 외지를 가도 묘하게도 기다렸다는 듯이 콜이 들어오니 돈을 벌지 못하면 오히려 이상스러운 것이 아닌가. 일곱 시에 택시를 끌고 나와 두 시간 남짓, 벌써 육만 원을 벌고 있었다. 출퇴근 예약손님을 출근시키고 나니 삼만 원은 곧 들어 올 수입이었다. 이런 날이 한 달에 며칠만 되어도 정말 좋겠다. 무진장 즐거웠다. 동시에 내 입가에는 음흉한 미소가 번졌다. 음흉한 미소……. 그녀 몰래 딴 주머니를 차고자 이미 오래전에 마음먹은 바 있으나 아직 텅 빈 채 먼지만 날리고 있었는데, 드디어 기회가 온 것이다. 오늘 죽어라 뺑뺑이 돌아서 그녀에게 평소보다 좀 많이 주면 그녀는 정신 못 차릴 거고, 그 틈에 마음 놓고 내 딴 주머니에도 얼마간 넣어야 겠다. 날아갈 것 같은 이 마음!

웃음이 났다. 아주 어렵던 시절에 주택복권을 그녀 몰래 사서 속주머니에 감춰두고 이 복권이 당첨되면 무엇을 할까 고민하던 아련한 추억이 떠올랐다. 그때는 절실했던 보일러의 기름을 채우고 내 딸 남주에게 예쁜 옷을 사주고 싶었으며, 그녀랑 전망 좋은 찻집의 창가에 앉아 폼나게 커피 한잔 마시고 싶었었지. 그때는 그때고, 지금 딴 주머니를 가득 채우고 나면 무엇을 할까? 이내 고민이 생겼다. 바로 택시를 끌고 날라버릴까. 까짓것, 사납금은 목포쯤 가서 선불로 한 달 치 송금하면 별 탈이 없을 것 같고. 그보다는 지겨운 택실랑 팽개치고 그 옛날부터 꼭 해보고 싶었던 기차여행을 떠나고 싶어졌다. 완행열차를 타고 아무 역에서나 내렸다가 또 타고…… 김밥에 삶은 계란 하나 아, 사이다도 한 병 사야겠다 병 사이다로 말이지. 기차에 홍익회 아저씨들이 요즘도 있는지 모르겠다. 그 옛날 묵었던 허름한 여인숙에서 잠도 자 보고…….

문득 궁금해졌다. 그녀도 딸아이랑 시어머니 팽개치고 따라와 줄까? 평소에 벌 수 있는 돈의 두 배 가까이 주머니에 넣고 나자 마음이 뿌듯해졌다. 내친김에 더 열심히 하자는 각오를 하며 눈에 불을 켜고 시내를 뺑뺑이 돌았다. 식사 후 컴퓨터에 앉아 삼십 분 정도 뭉그적거리다가 마누라 눈치에 죽지 못해 거리로 나서던 평소와 달리, 식사하자마자 택시에 냉큼 올라탔다. 역시 내 차에는 손님이 끊이지 않았다.

강구안에 손님을 내려 드렸다. 그런데 아, 난 몰라! 색소폰으로 'Those

Were The Days'를 연주하고 있었다. '이경환과 샵 프러스' 악단이 통영 강구안에서 가끔 공연을 하는데 왜 하필이면 이 곡이냐 이 말이다. 이경환이라는 이 사내 몹시 나쁜 사내다. 걸핏하면 강구안에서 색소폰을 불어 젖혀 사람 마음을 영 싱숭생숭하게 만들었다. 원래 색소폰이란 게 유부남 유부녀 바람나게 하기 딱 좋은 악기가 아니던가. 그래도 평소에는 그놈의 돈 때문에 어쩔 수 없이 지나쳤는데, 주머니가 두둑하니 그만 고놈의 객기가 발동하여 택시를 활어시장 앞 주차장에 깊숙이 세워버렸다. 망할 놈의 색소폰에 취해 허우적거렸다.

좋았다. 어쨌든 이경환 이 사내, 명물은 분명히 명물인데 나 같은 덜떨어진 택시기사에게는 마약이다. 두 시간 공연에 삼십 분 연장까지 한참 손님 많을 토요일 저녁 시간을 날리고 나니 허전했다. 독하게 마음먹고 그녀 몰래 딴 주머니를 차 보고자 죽자고 통영 시내를 뻥뻥이 돌았던 내 노력이 그만 강구안 음악회라는 복병에 걸려 딴생각이 되고 말았다. 할 수 없이 텅 빈 딴주머니는 다음에 채우기로 하고 그녀 줄 돈이라도 벌어야겠다는 생각에 열심히 일을 했다. 딴 주머니야 날아가 버렸지만 그래도 그녀 줄 돈은 평소보다 많지 싶어 계속 시내 뻥뻥이를 돌았지만, 첫 끗발이 개 끗발이라 내 차에는 이상스레 손님이 안탔다. 그래서 가문 딴 주머니에 단비는 고사하고 평소보다 적은 돈을 그녀 앞에 내어 놓으며 눈칫밥을 먹었다.

첫 끗발이 개 끗발! 내 인생을 대변해주는 말일지도 모른다는 생각이 문득 들었다. 음악회가 나쁜 놈이다. 분명히 그러리라.

폼나게, 곧 죽어도 폼나게

마누라 몰래 숨겨 놓은 첩을 보는 것이 이보다 좋을까? 기분이 들떠서 친구놈에게 휴대전화 문자를 보냈다.

〈내 똥차가 퍼져서 정비소에 처박아 놓고 오디오 상태 양호한 새 차를 배정받았다. 덕분에 오한 쉬트라우스의 왈츠에 흠뻑 취해 있다. 손님이 없어 빈 차로 다녀도 나 오늘 무지 행복하다. 기분 죽인다!〉

〈통영의 낭만 기사 멋쟁이! 뽀뽀 쪼오옥!〉

성질 더러우나 내 말 잘 들어줘서 마누라 팽개치고 둘이 도망가 동성연애라도 해 보고픈 친구 놈은 역시 내 기대를 저버리지 않고 답을 보내 주었다.

"나 심심해서 그러는데 집 앞에 뭐라도 한번 키워볼까?"

그녀는 아무런 대꾸 없이 먼 산만 바라봤다. 망할 놈의 여편네. 은근히 부아가 치밀었으나 성질 죽이고 기어들어가는 소리로 최후의 일격을 가했다.

"그냥 공터에 수경재배상 두 평 정도만 만들고 싶었는데……. 하긴 이제 와서 만들면 또 뭐하겠어."

슬금슬금 그녀에게서 멀어지며 주머니를 더듬거려 담배 하나 물었다. 내 마누라로 살아온 세월만큼 나를 알고 있으니 그녀는 틀림없이 고민을 시작했을 것이다. '이 인간은 몇 년 조용히 산다 싶으면 꼭 엉뚱한 궁리는……. 죽어야 끝이 날 저놈의 역마살.' 이렇게 내 욕을 하고 있는지도 모를 일이지만 그것은 그녀의 몫이고 나는 그저 담배만 피우고 있으면 되는 일이다.

벌써 사 년쯤 전의 일이다. 택시에 앉았다가 잠만 자다가 하는 내 일상이 심심하기도 하고 한심하기도 해서 뭔가 일상의 변화를 줄 것이 없나 궁리 끝에 문득 수경재배상을 만들어 보고픈 생각이 들었다. 대충 머리에 수경상을 그리고 무엇을 심을까 감자? 튤립? 장미? 카네이션? 즐거운 고민을 하였다. 그러다 보니 고민이 고민으로 끝나지 않고 바로 행동으로 옮겨버리는 내 못된 습성이 고개를 치미는 것이 아닌가. 조그만 실마리라도 잡으면 그 실마리를 만지작거리며 한없이 상상의 나래를 펴는 내 습성을 나 스스로 너무나도 잘 알고 있기에, 뭔가 키워 보고픈 마음을 며칠 억눌러 오다가 이내는 '다 해봐야 십만 원이면 떡을 칠 일을 가지고 쫀쫀하게' 하는 오기가 발동하여 그녀에게 운을 띄운 것이다.

"우리 이야기 좀 해."

며칠 후 그녀가 심각한 얼굴로 불러 세웠다. 평소 같으면 그녀가 이야기 좀 하자 하면 가슴이 철렁 내려앉으며 내가 숨겨 놓은 것 마누라에게 들통 났나 하고 머릿속이 바빠졌겠지만, 왜 이야기하자고 하는지 이미 아는지라

"왜 그래? 바쁜데."

하며 느릿느릿 그녀에게 다가갔다.

"백만 원이면 되겠어?"

"십만 원이면 되는데……."

"……"

"……"

"자기야."

코맹맹이 소리로 부르더니 마누라는 먼 산만 보았다. 제기랄! 불안했
다.

자기, 그동안 답답한 것 억누르고 불편한 몸으로 수고 많았어. 많이 고
맙고…… 가능하면 백만 원으로 끝났으면 해 그렇지만 모자라면 이야
기를 해. 당신은 어쩔 수 없는 사람이다. 그런 당신이 정말 좋았다. 어떤
상황에도 뭔가 생각하고, 항상 움직이고, 어쩌고저쩌고, 미주알고주알,
눈물 찔끔…… 정말로 돈이 조금만 더 있었으면 당신 좋아하는 일……
당신이 수경재배상 만들어 놓으면 통영농촌기술센터면 말도 안 해 이
연구소, 저 연구소, 이농가, 저 농가…… 그러면 당신이 노다지 얻어먹
고 다니겠지만 때로 사야 되고 돈 없어 주눅이 들 사람도 아니지만 옆에
서 보는…….

별로 틀린 말이 아니라 수경재배를 순순히 포기해 버렸다. 나는 세상
에서 가장 얄미운 계집애의 서상에서 가장 치사한 눈물에 쯔 소리도 못
하고 주저앉고 말았다. 깨끗하게 포기하는 것도 '폼나는' 일이라고 억
지로 생각하면서 말이다. 백만 원은 나중에 다른 일이 떠오르면 기꺼이

준다는 여우같은 계집애의 말도 안 되는 위안을 들으며 깨끗이 포기했다. 그때부터 나는 아무런 시도도 못 하고 마냥 택시에 앉아있다.

　요한 쉬트라우스의 왈츠는 정말로 좋다. 말도 못하게 좋다. 인적 끊어진 밤의 통영운하를 지나며 듣는 '아름답고 푸른 도나우'는 내 가슴을 바닷물 위에서 출렁이게 하여 주며, 연명과 달아를 끼고 돌며 듣는 '헛소리 왈츠'는 내 택시를 붕붕 날게 해준다. 남망산 공원에서 멀리 한산도를 바라보며 듣는 '집시남작 서곡'은 칼을 짚고 쓸쓸히, 그러나 도도히 서 있는 낭만스런 나를 상상하게 해 주고……. 그런데 이상한 것은 '황제 왈츠'를 들으면 왜 그 옛날 매끄럽게 다가오던 에리사의 란제리가 떠오르는 것인지…….

　날이 좀 더 더웠으면 좋았을 것이다. 별로 덥지도 않은데 차창을 모두 닫고 에어컨을 켜 놓고 있으려니 지나치는 동료 기사들이 미친놈 본 듯한 얼굴로 쳐다본다. '연료가 썩어문드러지나 별로 덥지도 않은데……. 또라이 시키!' 이렇게 욕하는 동료기사의 입이 바람에 날아오르는 치마를 내리누르고 비비 꼬는 자세로 서서 뽀뽀하자고 쭉 내민 마릴린 먼로의 입술처럼 보였다. 그래도 차 문을 열고픈 마음이 조금도 없다. 지나치는 차들의 소음으로 음악이 잘 안 들리는 탓도 있지만 이십 년이 후딱 넘어 망가질까 봐 애지중지하는 내 테이프가 엔진 열 탓에 뜨겁게 달아오르는 것이 정말 싫기 때문이다. 이제는 돈을 주고도 구할 수 없는 귀한 것이기에.

멀리서 손님이 손을 든다. 저 손님이 타면 이 음악을 꺼야 할 것인지 말 것인지를 불과 삼 초 이내에 판단하여야 한다. 싫은 음악을 가만히 듣고 있을 손님은 별로 없으니까. 잽싸게 판단하여 음악을 꺼야 할 상황이면 또 순간적으로 결정해야 한다. 그냥 지나칠 것인가 음악 끄고 태워야 할 것인가. 앞에 술 취하여 흔들거리는 젊은 남녀 둘을 어쩌지? 에라, 그냥 가자. 떠버리 폴카가 신나게 흐르고 있는데.

"야 택시, 택시! 이 씨발롬아~"

"오~ 예! 나, 씨발롬 맞아!"

백여 미터쯤 지나자 말끔한 차림의 남녀 손님이 손을 든다. 볼륨을 약간 줄이고 섰다.

"아저씨, 옥포까지 얼맙니까?"

"옥포요? 얼마면 갈 겁니까?"

신나게 날아갔다. 테이프 한번 왕복으로 돌아가는데 사십분, 그 음악에 취한 채 운전하고 차비 사만 원 받고 돌아섰다. 친구 놈에게 문자를 보냈다. 〈오늘 기분 째진다. 나, 옥포!〉 녀석, 사랑스러운 놈, 바로 답이 날아왔다. 〈나도 오늘 많이 벌었다!〉 그래 그래, 니나 나나 기분 째지는 날이다. 폼나게 돈 번 날!

제2부

앉은뱅이의 역마살

미소유자未所有者의 변

　아주 오래된 테이프를 하나 가지고 있다. 1983년에 제작된 것이니 이 놈의 나이가 이미 스물다섯은 족히 넘었으며 1993년 여름에 선물 받았으니 내 손에 들어온 지도 십오 년이 넘었다. 이놈은 좀 까다로운 놈이라 성능이 좋은 오디오로 돌려야만 제소리를 내는 놈이다. 그렇기에 변변한 오디오도 하나 제대로 갖추고 있지 못하는 나는 그저 이놈을 가지고 있기나 할 뿐이지 안타깝게도 마음껏 돌려보지 못하고 있다.

　며칠 전 정월 초사흗날은 이놈을 돌려놓고 흐르는 음악에 푹 빠져 있었다. 롯데마트에서 주워온 오만 원짜리 싸구려 녹음기에 집어넣고 돌려대니 소리는 영 '아니올시다' 이었으나 까짓것 그래도 좋았다. 언제 들어도 좋은 이놈, 요한 슈트라우스 일가의 왈츠다. 1983년 폰 카라얀이 지휘하고 베를린 필이 연주한 것을 녹음한 테이프. 전면에 박쥐 서곡, 떠버리 폴카, 헛소리 왈츠, 집시 남작 서곡, 후면에는 황제왈츠, 안넨 폴카, 아름답고 푸른 도나우 그리고 앵콜 곡으로 라데츠키 행진곡이 있다. 아쉽게도 내가 좋아하는 또 한 곡 '봄의 소리 왈츠' 는 빠졌지만 그래도 이놈이 좋다. 이놈을 돌려대고 있으면 마음 한구석에 늘 자리 잡은 산골 신림의 냇가와 뒷산의 너구리 굴, 대관령의 흐르는 구름과 멀리 아득히 내려다보이던 오징어잡이배의 불빛이 떠오른다. 마구 들판을 내달리던 내 유년과 가슴 졸이던 내 청춘이 흐른다.

솔직히 말해서 나는 음악이라는 것을 그다지 좋아하지 않는다. 단지 요한 슈트라우스의 왈츠가 좋을 뿐이다. 엄밀히 말하면 단순히 이 고물 테이프가 좋은 것이다. 이 고물테이프에 대한 특별한 사연이 있는 것도 아닌데 그냥 좋다. 아마도 오래전부터 소유하고 있던 내 물건이라는 단순한 이유 때문일 것이다. 그 뿐이다. 내 주변을 돌아보면 한심스럽게도 참으로 초라한 세간이다. 간단한 세간이다. 쓸쓸한 세간이다. 시쳇말로 잘나가던 시절에도 그다지 주변을 꾸미는 것에 대해 별로 관심은 없었고 그저 싸다니기 좋아했던 나였기에, 앉은뱅이가 되어버린 지금에서야 더욱 그러하리라. 맛난 것 먹고 좋은 옷 걸치고 좋은 것 보러 가고 좋은 곳에 살고, 그러한 것들은 이미 내 꿈에서 멀어진 지 오랜 것들이고 지금은 대수롭지 않은 주변의 것들에 정을 듬뿍 쏟고, 그들 틈에서 체온을 나누며 그냥 이대로 살고 싶다.

그래서일까 별 대수롭지 않은 것들에 대해서도 좀 비정상적으로 애착이 있다. 이놈, 슈트라우스의 왈츠들이 들어 있는 테이프 뿐 아니고 어디서 굴러들어왔는지도 모르는 돼지 두 마리가 그려진 사기 머그컵, 다 흩어버린 등산 장비 중 눈에 띄지 않아 버리지 못했던 내 그물침대, 재떨이로 쓰려고 집에 가져다 둔 실험실의 유리그릇, 어쩌다가 내 눈에 띈 바이러스 혈청진단메뉴얼, 그리고 '파도' 라고 야마모토 유조가 1928년 아사히신문에 연재한 것을 1975년 김용제라는 양반이 번역한 당시 600원 주고 산 소설책 한 권……. 이들이 내가 아끼는 놈들이다. 내가 정을 주는 놈들이다. 굳이 말하자면 누리고 사는 사람들은 누리는 것에 기쁨을 느끼겠지만 그러지 못하는 나는 그냥 주변의 잡스러운 것에 정을 주면서 살아가고 있기에 어쩌다가 내 주변에 남아서 내 사랑을 듬뿍 받는 것들이다. 쪽박 차고 나앉은 지금까지도 끈덕지게 내 곁에 남아있는 내 가족 외엔 사귀는 사람도 몇 명 없다. 어찌 보면 내가 주변 사람들 곁에서 슬그머니 사라졌지만 말이다.

버릴 수 없기에 끝까지 붙여 온, 무르팍 쑥 삐져나온 추리닝의 못생긴 그녀와 그녀가 낳은 내 아이와 나를 낳아주신 내 부모님. 그리고 지금은 연락이 끊어졌지만 가슴에 늘 담아 둔 실험실의 몇 명. 나는 갈랑 이들 몇 명과 교감하면서 이들을 진정으로 사랑하고자 한다. 나는 가진 것이 별로 없고 앞으로도 그럴 수밖에 없으니 당연히 가질 수 없는 물질의 유혹을 외면할 수밖에 없고, 그럴 처지가 못 되니 환락의 유혹에도 의연할 수밖에 없으며, 떠벌려 보았자 인정해 줄 사람이 없을 것이 분명하니 있는 그대로 솔직히 드러낸다. 그런 내가 할 수 있는 일은 이미 내가 갖은 얼마 안 되는 인연들에게 정을 들입다 퍼붓는 것 뿐이다. 그것이야말로 내가 할 수 있는 일이고, 내가 그나마 나쁘지 않게 그럭저럭 살아가는 이유이기 때문이다.

아, 또 하나, 내가 누리는 호사가 있다. 내가 살아온, 살아가는 이야기를 20년쯤 후의 딸에게 글로 전해 주는 것. 이 또한 내가 죽자고 사랑하는 일이다. 정확하게 말하자면, 내 이야기를 딸에게 들려주기 위함이라고 핑계를 댐으로써 쓰는 일을 더 성의껏 하게 되고, 그럼으로써 '왜 사나?' 하는 허탈함에서도 벗어날 수 있고, 옛 추억에 젖어 웃음 지을 수도 있으며, 때로 미워지는 내 그녀가 더 예뻐 보이는 환각에 빠질 수도 있으니 말이다.

설날 택시기사로 시내를 삥삥이 돌았다. 아침에 차례를 지내고 열심히 삥삥이 돌았더니 명절이라 십만 원권 몇 장 벌었다. 그리고 내리 사흘 신나게, 사실은 뒹굴뒹굴 잘 보냈다. 신축년 정월 초사흗날이 내 귀빠진 날이라 음력으로 초사흗날인 어제 하루 농땡이 부렸다. 물론 미역국도 잘 먹었고. 기축년이나 신축년이나 한 글자 차이이니 특별에 특별한 날이 아닌가? 만 사십팔 년하고도 이틀째 살고 있다. 별 탈 없이 잘 살아왔다. 어제까지 같이 놀아주던 그녀는 오늘 출근을 했다. 혼자 있으려니 좀 심심하다. 어머니 방을 기웃거려 보았으나 어머니는 맛있게 낮잠을 즐기신다. 딸아이도 놀러 갔고……. 갑자기 허전해져 신세타령만 잔뜩 썼다. 마누라 없으니 맥 빠지는 나는 분명히 '마누라 치마폭에 푹 쌓인 놈'이 분명한가 보다. 그래도 여전히 슈트라우스의 왈츠는 잘도 돌아간다. 주인 놈 닮아 누가 보아주든 아니든 혼자서 잘 논다. 분위기 죽인다, 조~오~타!

한여름 밤의 정사

가슴 따뜻한 분으로부터 마음의 선물을 받았다. 내 슬리퍼, 그녀와 딸아이의 샌들, 식용유 한 통, 화장지 한 두루마리, 필통 하나, 시집 한 권, 동화책 한 권, 핸드크림 하나, 라면, 쌀……. 그런데 복분자술도 한 병 들어 있었다.

"오늘 저녁에 한잔 어때?"

망할 놈의 여편네, 자기 신랑은 술 먹다가 잘못하면 아주 가는 줄 뻔히 알면서 너스레를 떤다.

"나 혼자 다 마셔야지. 당신 오늘 죽었어."

둘이서 낄낄거렸다.

"그래, 까짓것 마누라 손에 주어보자. 남주나 일찍 재워!"

또 낄낄거렸다.

"안 자면 어쩌지?"

"저녁 먹을 때 남주 국에다가 소주 한 병 들이부어!"

"아니면 수면제 하나 사 올까?"

그녀는 숫제 까르르 넘어갔다. 굳이 딸아이를 공부방에 재울 필요를 못 느꼈고 또 잠들기 전에 불 꺼놓고 그녀와 딸아이 그리고 나, 셋이서 이야기도 하고 똥침도 하고 그러는 게 좋아서 모두 한방에서 바글거렸더니 부부간에 죽고 죽이고픈 날에는 좀 불편했다. 그런데 그날은 딸아이가 마음을 잡았는지 저녁을 먹자마자 옷도 못 갈아입고 곯아떨어졌다.

"히히히 남주 벌써 떨어졌다. 효녀네."

그녀가 낄낄거렸다. 복분자술을 헐었다. 나도 한잔했고. 술 먹고 죽으나, 그녀에게 깔려 죽으나 무엇이 다르겠는가. 이래 죽으나 저래 죽으나 마찬가지. 선풍기도 돌렸고 문도 활짝 열어서 밤바람도 살랑 불었다. 풀벌레 소리도 좋았다.

그녀가 다가왔다. 달빛에 비친 그녀의 모습은 완전히 늑대였다. 나는 토끼⋯⋯. 아, 나 오늘 이렇게 죽고 마는가 보다. 복분자술 주신 그분이 한없이 미웠다. 막 죽으려는데 뭔가 좀 이상했다.

"잠깐!"

"이놈의 여편네야 잠깐만!!"

"왜?"

"남주 발 옆에 저게 뭐냐?"

"뭐가?"

"앗, 지네다!!"

"망할 놈의 지네새끼, 하필 이때에⋯⋯. 저 놈이야 말로 진짜 죽었다."

옷매무시를 바르게 한 후 불 켜고 파리채를 들고나니 지네 녀석이 어디로 숨었는지 안보였다. 어쩌겠는가, 딸아이를 깨웠다. 이불을 들춰내

고 한바탕 소동 끝에 지네를 아주 보냈다. 돌아보니 얼씨구, 딸아이가 생글거리며

"지네 잡으셨어요?"

"음."

난감한 노릇이었다. 지네는 아주 보냈으나 상황이 상황인 만큼 아쉬움이 너무 컸다.

"남주야, 커피 한 잔 타 줄래?"

그녀와 함께 마루에 앉아 팔자에 없는 커피를 마셨다. 딸아이는 쌩쌩해져서 책을 본다나. 얄미운 놈.

"불 꺼, 인마 모기 들어와!"

그녀는 나를 보고 씩 웃으며

"맞아, 아빠 말씀대로 불 꺼라. 모기 들어오겠다."

딸아이는 투덜거리며 자리에 누웠다. 커피를 마시고 불쌍한 우리 부부는 딸아이가 잠들기를 기다리며 마루에서 처절하게 버텼다. 딸아이는 계속 뒹굴뒹굴한다. 나는 그녀의 무릎을 베고 누웠다. 그녀도 아쉬웠는지

"남주 녀석 아직도 안자네, 당신 아주 죽여 버려야 하는데……."

또 킥킥 웃었다.

"남주 자냐?"

"아니."

그녀의 목소리가 가물가물 멀어졌다.

"일어나, 날 샜어!"

이런 우라질, 날 샜다. 그녀와 딸아이는 방에서 다정히 잤고, 나만 마루에서 모기 뜯겨가며 로맨틱한 밤을 허공에 날려버렸다. 헛물 켠 한여름 밤의 달콤한 정사는 어디에서 보상받나.

복분자술 그거 불량품 아냐? 젠장!

집구레이

옛날, 어느 멧골에 한 할매하고 아들 내외가 살았다꼬. 아주 첩첩산중 멧골이라서 호레이도 겁나고 눌대도 겁나서, 할매는 시집온 이래 아무 곳도 못 가고 집구석에만 있었다고 그래. 그러다가 할매가 죽어 아들 내외가 집 뒤에다가 끄러 묻었다고 그래. 어느 봄날, 며느리가 아침을 할라꼬 정지에 들어서는데 웬 구레이가 한 마리 부뚜막에 똬리를 틀고 앉았다꼬. '에고, 어매요!' 며느리가 고마 놀래서 소리를 지르자 구레이가 대답하기를 '오냐, 내따(나다)' 할매가 죽어 저승에 갔더니 염라대왕이 하는 말이 '니는 멧골에 살면서 아무 곳도 못 가보았으니 집구레이가 되어라.' 이 말을 전해들은 아들이 구레이 할매를 망태에 담아서 저 남쪽 끝에서 북쪽 끝까지 온 데를 다 댕겠다고 그래. 그러자 망태기 속의 구레이 할매가 '이제 그만, 염라대왕이 그만 댕게도 된다꼬 그래' 이렇게 말하더니 구레이가 흔적도 없이 없어졌뿌따고 그래…….

어릴 적부터 내 어머니에게 백 번은 거짓말이고 오십 번은 들었던 이야기다. 뭔가 답답하시면 맏아들인 내게 들려 주셨던 이야기이다.

그 해(1989년)에는 가족이 뿔뿔이 흩어졌다. 앙고라토끼 만 마리를 패혈증으로 졸지에 잃어버리고 먹고 살 길이 막막해졌다. 토끼를 키워 잘 살아 보겠다던 두 동생 놈, 한 놈은 참치잡이 배를 타러 싱가포르로 날랐고 또 한 놈은 사북탄광으로 날랐고, 나는 방위 마치고 등록해 두었던 박사과정을 때려치우고 대관령으로 내 뛰었고, 아버지는 환갑을 넘기신 나이에 영월의 도로 공사장으로 노가다 하시러 가셨다. 이 말을 하고 있으려니 동요가 생각난다. '아버지는 나귀 타고 장에 가시고 할머니는 건넛마을 아저씨 댁에 금 나와라 뚝딱 은 나와라 와라 뚝딱.'

어머니는 개 두 마리와 함께 집을 지키셨다. 능골 골짜기의 외딴 집, 동물을 키우기에 딱 좋았던 집이 어머니 혼자 계시기에는 너무 적적했으리라. 제일 가까운 이웃도 150m를 가야하니 말이다. 나는 매주 토요일에 집에 들러 이틀 밤을 어머니께 재롱을 떨고 월요일 새벽에 대관령으로 돌아가곤 했다. 한 육 개월쯤 혼자 집을 지키시던 어머니는 여름날 토요일 오후에 집에 들른 나에게 그 옛날의 무 넣고 끓여 주시던 돼지고기 국을 끓여 주셨다. 저녁상을 물리고 어머니는 동생이 싱가포르에서 보내 준 '테이스터스 초이스'를 한잔 끓여주시고는 수십 번 들은 '집구레이' 이야기를 해 주셨다. 64세의 어머니와 29세의 아들은 서로 부둥켜안고 울었다.

대관령으로 돌아와서 고주망태가 되어 학창시절 식비를 아껴가며 사 모았던 책과 논문들을 모두 태워버렸다. 등록금보다 비싸게 주고 샀던 어학교재들도 태웠고, 실험실에서 의기양양한 표정으로 찍었던 사진까지도 태웠고, 그럴듯한 직장에서 내가 하고 싶었던 공부를 하면서 폼 나게 한 세월 보내고 싶은 꿈도 태워 버렸다. 그리고 어머니가 그토록 부러워하시던 영주 강릉 유가의 지즈들처럼 넓은 농토에서 농사하는 농산회사의 사장이 되려 했다. 실제 모 회사의 대관령연구실로 옮겨 3년을 보내며 농산회사를 준비했고, 이삼 년 어머니의 소원대로 되었었다. 결국, 쪽박 차고 거름장사에 밥집 아저씨에, 도토리묵 아저씨, 두붓집 아저씨를 거쳐 통영의 택시기사가 되었지만…….

요즘은 택시기사의 초심으로 돌아가 있다. 앞뒤 안 돌아보고 아무 생각 없이 죽어라 열심이다. 그러나 제 버릇 개 못 준다고 이런저런 생각을 하고 지우고 또 하고. 그러다가 바닷가에 망연히 앉아 하염없이 수평선을 바라보는 일과 집으로 쪼르르 들어가서 가족이랑 지지고 볶는 일만 떠오른다.

내가 끌고 다니던 타우너 똥차가 주저앉아버려 폐차해야 할 지경이니, 밤에 일 끝나도 바로 집으로 못 오고 거제대교 초입의 회사 차고지에 택시를 세워 두고 잠을 한두 시간 청하다가, 시내버스가 운행하는 시간을 기다려 그놈을 잡아 타고 집으로 털레털레 들어오면 여섯 시 반에서 일곱 시가 된다. 가족과 함께 아침식사를 하고픈 욕망에 기다렸다가 밥 먹으면 여덟 시, 아홉 시에 잠을 청하여 오후 세시가 넘어야 일어난다. 딸아이는 학교에 갔고 그녀도 출근했다. 가만 돌이켜 보면 요즘의 내 일상이 집 지키는 '집구레이' 딱 그 신세다. 다섯 시쯤 딸아이가 오고, 일곱 시에 그녀가 오고……. 저녁준비를 해 놓고 가족을 기다리는 내 모습이, 뿔뿔이 흩어진 식구들의 밥을 떠 놓고 능골 골짜기에서 망연히 앉아 계시던 내 어머니 '집구레이 할매'와 어찌 그리도 닮았을까.

어제, 그녀도 나도 쉬는 날이었다. 딸아이도 노는 토요일. 아침잠을 자고 좀 일찍 일어나니 점심을 먹으란다. 거의 한 달 만에 가족이 함께 먹어보는 점심이다. 느긋하게 '테이스터스 초이스'의 향에 취해보는 호사를 누렸다. 이럴 때는 정말로 이 순간을 오래도록 유지하고 싶다. 먼 훗날의 불확실한 행복보다도 나는 지금 이 순간의 이런 대수롭지 않은 호사가 좋다. 오랜만에 마치 그 옛날의 경포 해변의 카페에서처럼 커피 한잔을 앞에 두고 그녀의 어깨에 손도 얹어보았다. 모처럼 엄마 아빠와 함께 쉬는 날, 딸아이의 엉덩이가 똥마려운 강아지처럼 안절부절 들썩 들썩 가관이다. 내 똥차가 멀쩡했더라면 가까운 바닷가에라도 나갔겠지만, 차가 없으면 내가 숫제 100m도 제대로 걷지를 못하니 말이다. 그녀가 엉덩이 들썩이는 딸아이를 나 몰래 눈치를 주어 주저앉히고 있다. 그녀를 윽박질러 딸아이와 함께 바람 쐬고 오라고 밖으로 내몰았다. 딸아이 손을 잡고 나가는 그녀는 자꾸만 뒤를 돌아본다.

능골 구석에 집구레이 할매를 남겨두고 대관령으로 떠나던 내 모습이 겹쳐졌다. 그래, 나가는 그녀의 마음도 편하지는 않으리라. 남은 내 똥차와 나, 바람 쐬러 나가는 모녀, 서로 측은한 눈길을 주고받으니 어찌 보면 우리는 푼수 천생연분인가. 그래도 다정한 모녀의 뒷모습에 조금 샘이 나는 것을 보니 아직도 나는 어린애인가보다. 마흔아홉의 이 나이 에.

내 곁에 못생긴 그녀와 딸아이가 있음에 그래도 고맙다. 보내고 뒷모습을 바라보는 멋스런 내 모습도 있을 수 있고, 또 저녁 해 놓고 기다리는 홀아비 궁상도 즐길 수 있기에. 오늘 저녁 김치 넣고 비지찌개나 끓여야겠다. 비지찌개 앞에 놓고 주저하다가 엄마에게 푹푹 떠먹으라고 혼나는 딸아이 녀석의 눈물 글썽이는 모습이 벌써 눈앞에 떠오른다.

앉은뱅이의 역마살

-딸아이에게 보내는 편지

멋있게 살고 싶었다. 패기 넘쳤던 전반부의 내 생애에도 그랬고, 나 자신을 막다른 곳으로 몰아넣고 더 갈 곳이 없어 택시에 앉아있는 지금도 그렇다. 함께 뛰어놀던 악동들이 한 놈씩 제 엄마에게 불려 돌아가고 마지막까지 해거름의 언덕에 남아 밥 짓는 연기 솔솔 올라오는 마을을 내려다보던 내 유년의 기억. 밤새 실험실에서 씨름하다가 잠깐씩 옥상에 올라 바라보던 캠퍼스. 퇴근 후 대관령 마루에서 내려다보던 동해의 오징어잡이 배의 불빛. 산골 촌놈인 나에게 멋있게 산다는 의미가 바로 이런 것이 아니었을까? 땀을 흘리다가 나앉아 그 자리를 바라보며 음미하는 커피 한잔이 주는 여유, 그것을 즐기고 싶었다.

"내가 대관령을 떠나지 않고 그 자리에 있었더라면 어찌 되었을까?"

그녀에게 물었더니 그녀는 별로 생각하지 않고 너무도 간단히 대답을 했다.

"뭐, 엉뚱한 짓 잘하는 마당발의 농사꾼이 되었겠지."

고맙다 멋있다는 말 한마디에 전혀 돈 되는 것이 아닌 일에 오지랖 넓게 끼어들어 욕도 먹고 손해도 보고 그러면서 째지게 가난하게 살고 있을 거란 그녀의 말에 웃음도 나왔다. 그러나 그것도 이미 지난 일이고,

내 몸의 불편함을 느끼고부터는 그저 내 한 몸, 내 가족의 입에 풀칠하는 일도 버거우니 오지랖 넓음도 언제 그랬냐 싶게 없어져 버렸다. 그렇기에 택시에 올라앉아 통영 시내를 뻉뻉이 돌다가 바닷가에 나앉아 커피 한 잔 마시며 폼 잡는 일, 틈만 나면 쪼르르 집에 들어와서 지지고 볶는 일, 이것이 요즘 내가 누리는 그나마 멋이다.

나야 그냥 내 멋에 취해 거지꼴로 헬렐레해도 마냥 행복해 하는 무뇌충無腦蟲이니 그렇다 치고, 그래도 한심스러운 놈을 가장으로 둔 내 가족들에게는 정말로 미안할 따름이다. 이 먼 타향 땅까지 끌고 내려와 집 뒤 대숲에 흩어 드린 아버지께 죄송스럽기 짝이 없다만, 이미 세상을 버리셨으니 자식새끼가 미워도 그냥 별말씀 없으시리라 생각한다. 내 어머니를 생각하면 쥐구멍이라도 찾아 들어가고픈 심정이다.

'사내 복 없는 년이 자식 복을 바라다니, 내가 미친년이지'

개천에서 승천할 용으로 믿었던 당신의 맏아들이 지렁이 신세가 되고 만 것에 대해 한탄하시며 하시던 어머니의 말씀이 가슴을 후벼 팠으나 어쩌겠는가 그저 내 능력 없음 탓이니. 나의 그녀에게 마마보이라는 비난도 감수하고 딸랑딸랑 거리며 살고 있으니, 원수 같은 자식을 죽이지는 못하시겠고 보면 그냥 봐주시리라 믿어본다.

그녀에겐 별로 미안함을 느끼지는 않는다. 내가 그녀에게 흑심을 품었던 것이 사실이지만, 돌이켜 보면 그녀 또한 나를 유혹했던 것 같기도 하니 말이다. 그녀가 사람 보는 눈이 없어 나 같은 놈에게 미래를 투자한 잘못도 있을 터! 그래도 어머니 가시고, 딸아이 제 짝 찾아 보내고 단둘이 남게 되면, 정말로 마누라 치마폭에 쌓인 못난 놈이 되어 주리라 생각한다.

    딸아이, 이놈에겐 못난 아비로서 미안하고 안쓰럽다. 이것저것 재능도 제법 있는데, 그 재능을 하나도 못 키워주는 주제에 공부하란 소리는 안 하고 '니 빨래 니가 해라 방 청소해라 설거지 좀 해라.' 하고 잔소리만 해대고 있으니 말이다. 딸아이에게 만이라도 멋진 아빠가 되고 싶었는데……. 내가 땡전 한 푼 가진 게 없어 딸아이 해줄 것이 아무것도 없고 그저 마음뿐인 게 미안스러워 세상에서 가장 치사한 선물, 그저 아빠의 정이라도 주고 싶었다. 그래서 딸아이에게 편지를 쓰려고 작정을 했다. 아빠가 살아온, 그리고 살아가는 이야기를 적어 10년이나 20년쯤 후에 딸아이에게 들려주고 싶었다. 공책을 아주 두꺼운 놈으로 하나 샀다. 그리고 들려줄 이야기의 제목을 쭉 적었다. 그리고 용두사미!

    2008년 2월 초, 노사 간 사납금 협상의 결렬로 사장님이 휴업했다. 기사들이 파업한 것이 절대로 아니었다. 하루 벌어 하루 먹는 택시기사들이 파업을 한다는 것이 쉬운 일이 아니다. 일을 하면서 버텼는데, 사장님이 먼저 폐업을 한다며 임시 휴업해 버리셨다. 어쩔 수 없이 집에서 놀게 되었다. 전부터 하고 싶었던 글을 쓰기 시작했다. 앉은뱅이의 역마살. 역마살 낀 아버지를 따라, 강원도에서 성장한 덜떨어진 사내가 대관령으로 강릉으로 고랭지 농사판으로 삼천포로 떠돌다가 통영에 와서 발이 묶여 앉은뱅이가 된 채, 아직 버리지 못한 역마살을 억지로 억누르고 살아가는 이야기. 10년이나 20년 후라면 내 딸아이도 아빠의 이야기를 이

해해 줄 것 같았기에 그때에 전해 줄 요량으로 글을 쓰기 시작했다.

  쓰다가, 나 스스로 생각해서 가식이다 싶으면 중단했다가 또 시작하고 그래 왔지만 벌써 일 년하고도 7개월째 이어오고 있다. 꾸준히 해볼 생각이다. 지난날 아빠의 실수도 적고, 공개할 수 있을지는 모르겠다만, 실패를 모르고 야망 속에 살았던 전반부의 내 생애도 적고, 왜 직장을 그만두고 농군이 되었었나 하는 지난날도 적었다. 무르팍 쑥 삐져나온 추리닝의 그녀를 왜 '마누라 이전의 친구' 즉 '그녀'라고 하는지도 적었다. '내 딸 남주에게 보내는 편지'라는 부제를 달고 싶었다. 그렇게 글을 쓰는 일이 내 인생의 가장 큰 즐거움이 되어가고 있었다.

아빠의 청춘

　동요 말인데 '아빠 힘내세요, 우리가 있잖아요.……' 하는 노래 다들 아시리라. 현관문을 열고 들어섰을 때 아이들과 아내가 그 노래를 불러 준다면 기분이 어떨 것 같은가? 뿌듯하고 세상사는 맛을 느끼신다고? 힘들게 일하는 보람을 느끼신다고?

　그런데 말이다. 아이들과 아내가 '아빠 힘내세요 우리가 있잖아요……' 이 노래를 불러 주었을 때 순간적으로 '이것들이 약 올리나?' 하는 생각에 울화가 치밀어 뛰쳐나온 남자가 있다면, 그 남자를 이해하실 수 있겠는가? 어제 한진아파트에서 엘리트 냄새가 폴폴 나는 신사 하나가 어깨를 축 늘어트리고 내 차에 탔다.

　"바닷가로 갑시다."

　순간적으로 나는 '처용의 다리 네 개'와 조영남의 '불 꺼진 창'이라는 노래를 떠올렸다. 그 신사는 말이 없고 나도 눈치만 살피며, 차를 슬슬 '작은개' 쪽으로 움직였다. 그리 가 봐야 요금은 별로 안 나오지만 가장 가까운 바다이기에 그 곳으로 차를 몰았다. 이럴 때는 그저 아무 말 않고 가만있어야 된다. 신사는 한동안 말이 없더니 흥얼흥얼 노래를 불렀다.

'아빠 힘내세요 우리가…….' 나는 '이 양반 맛이 완전히 갔군.' 생각했다.

"아저씨."

신사는 하소연을 했다. 아내와 아이들이 불러 주는 '아빠 힘내세요…….'라는 노래를 듣고 뛰쳐나온 남자를 이해할 수 있겠느냐고. 신사가 측은하게 생각되었다.

"예"

대답을 했다. 경우는 다르지만 내 이야기를 해 주었다. 새벽 세 시에서 네 시 사이에 집에 들어가는데, 좀 가져가는 날에는 개가 안 짖게 조심조심, 마누라와 딸아이가 잠 깨지 않게 조심조심. 그러면서도 잠든 두 여자가 측은하고 사랑스럽다고. 빈손으로 털레털레 들어가는 날에는 자빠져 침 흘리고 자는 여편네는 무진장 밉고, 딸아이도 조금 미워지려고 그러더라고. 빈손의 미안함이 너무도 쉽게 섭섭함으로 바뀌더라고. 그 신사와 나는 차에서 내려 바다만 바라보고 있었다. 그러기를 한참 만에

"아저씨"

신사는 '이 자식 호모 아녀?' 싶을 정도로 다정히 나를 부르더니 연애 시절 이야기를 한참 했다. 나는 머릿속으로 정동진과 경포의 모래밭, 그녀의 무릎, 오징어잡이 배의 불빛을 떠올렸다. 나름대로 아득히 즐거웠다.

신사는 '안정'의 모 공기업 부장이라고 묻지도 않은 자기소개를 했다. 아이 둘의 학원비가 한 달에 170만 원이 들어가며, 무리하여 아파트를

샀더니 힘이 들더라. 그래서 짜증이 났는가 보다고. 멋쩍게 웃더니 돌아가자나. 시내에 들러 도넛을 두 봉지 사더니 나 하나 주고 자기 집에 휘파람을 불면서 냉큼 들어가 버렸다. 나쁜 놈, 있는 놈이 더 엄살이네. 내새끼 과외공부로 기백만 원 쓰면서 딴 놈 더 시키는 꼴이 보기 싫어 유학 보내고 우리나라 사교육비 너무 많이 들어서 못 살아 라고 엄살떠는 TV의 아줌마들을 본 기분이 들었다. 전염된 울적함 탓인지 일도 손에 안 잡히고, 새벽 두 시쯤 들어왔다. 털레털레 들어오니 누렁이가 변함없이 반겨 주었다. 일편단심 고맙구나. 들고 들어온 도넛을 몽땅 주었더니 녀석이 고맙다는 말도 없이 허겁지겁 먹어 치웠다. 그렇지만 귀여웠다. 그녀와 딸아이가 잠들어 있을 방을 흘끔 쳐다보곤 딸아이 공부방으로 들어왔다.

어제, 누렁이 줘버린 도넛이 눈에 밟혀 둘이서 자장면이라도 먹고 들어오라고 두 여자를 내 보냈다. 영문도 모르는 딸아이는 그저 신이 났고, 그녀 역시 나쁘지 않은 기색이다. 그래, 나는 돈이 별로 안 드는 여자랑 살아서 그나마 다행이다. 어머니는 낮잠을 주무시고, 혼자 앉아 있으려니 무지 심심하다. 가락국수나 끓여서 어머니랑 먹어야겠다. 주방에서 흥얼흥얼 노래를 불렀다.

'아빠 힘내세요 우리가 있잖아요…….'

그래도 못 생긴 여자들이 곁에 있는 게 더 좋네. 나중에 무능한 아빠라고 쫓아내지나 말았으면…….

앰프와 안티

파르라니 깎은 머리의 여승 한 분이 옆자리에 타셨다. 참으로 예쁜 스님이었다. 웬만큼 예뻐서는 삭발을 하면 어딘가 좀 밉게 보이는데, 이 스님은 참으로 예뻤다. 예쁜 여자만 보면 도통 정신이 혼미해지는 나는 가능한 부드러운 목소리로 인사를 했다.

"어서 오십시요. 스님."

스님은 환하게 웃으면서

"안녕하셔요?"

마침 통영의 장날이라 차가 많이 밀렸는데, 저 앞쪽에 '주사랑 교회'에서 나와서 찬송도 하고 음료수도 나누어 주고 있었다. 문득 장난기가 발동하였다.

"스님 목마르시죠. 음료수 드릴까요?"

역시 부드러운 목소리로 물으면서 창문을 열고 냅다 소리쳤다.

"할렐루야!"

"아멘!"

어여쁘게 단장을 하고 '주사랑 교회'의 어깨띠를 한 처녀 같은 아주머니가 반사적으로 대답하면서 음료를 내밀었다.

"박카스 드십시오."

스님은 입을 다물고 가만있더니 갑자기 배를 잡고 웃었다. 나도 웃었다. '미래사' 까지 20여 분을 가는 동안 옛날이야기를 해 드렸다.

고등학교 1학년 때 우리 반에 별명이 앰프라는 놈과 안티라는 놈이 있었다. 한 놈은 '법웅사' 라는 1군사령부 관할 군법당의 학생회에 나가는 녀석이었는데 입만 열었다 하면 불교가 어떻고 부처님이 어떻고 스님이 어떻고……. 그래서 별명이 앰프 목탁이었다. 또 한 놈은 그 꼴을 도저히 두고 보지 못해 허구한 날 으르렁거려서 안티 목탁이 별명이 되었다. 두 놈 다 '묵경회' 라는 서예반이었다. 어느 날 앰프가 '天上天下有我獨存' 이라고 멋들어지게 써 왔는데, 그것을 본 안티 녀석이 앰프의 뒤통수를 철썩 때렸다.

"에라, 이 무식한 놈아, 니는 니 아비의 어록도 제대로 못 쓰냐? 있을 有가 아니고 오로지 唯!"

둘이서 멱살을 잡고 소싸움 하듯 씩씩거리다가 결국은 학생과에 끌려가 경을 쳤다. 담임선생님이 반장이었던 나와 문제의 두 놈을 대동하고 원주 풍미당 호떡집에서 단팥죽과 호떡을 사셨다. 당연히 화해를 종용하셨다. 그러나 종교전쟁이 쉽게 끝나는 것을 보았나? 둘은 졸업할 때까지 으르렁거렸다. 놈들은 2학년, 3학년 모두 서로 다른 반이었는데도 서로 찾아다니면서 악착같이 싸웠다. 교실에 앰프가 들어오면 아이들은 일제히 앰프 전용 팡파르를 불러 주었다. CCR의 'Who'll stop the rain' 을 개사를 하여, '중들이 모여 사는……. 두드리는 목탁 반짝이는 머리에라, 중 녀석' 안티 녀석이 들어와도 마찬가지였다. '하나님이 꼽추를 고치려고 떡메로 때렸더니 뻗었네…….' '요단강 건너가 만나리…….' 라는 찬송가를 개사한 노래를 불렀다.

결국, 이 팡파르 때문에 우리 반 전체는 운동장에서 단체로 원산폭격을 하고 반장인 내가 대표로 이 곡을 한 번씩 부르고는 '이 이후로 다시 종교를 비하하는 노래를 부르는 놈이 한 놈이라도 있으면 느그덜 모두 다 칵 지기 삔다.' 는 경상도 하동출신 교련 선생님의 훈시를 끝으로 사건은 종결되었다. 훈시를 하시는 동안 교련 선생님의 입가에 씰룩거리는 미소를 보고 아이들 전체가 웃다가 원산폭격 십 분 연장이라는 페널티를 받기는 했지만 두 녀석 중에 한 녀석이 없으면 신기하게도 남은 녀석은 서로 찾으며, '그 자식 없으니 심심하네.' 알게 모르게 서로 친해진 모양이었다.

앰프는 강원대 사대로 안티는 공주사대로 진학했는데 15년 전쯤 우연히 대관령 옛길의 휴게소에서 두 녀석을 만났다. 사범대학으로 진학한 놈들의 모임이란다. 휴게소에서 산 음료를 마시면서 오랜만에 팡파르를 불러 주었다. 두 녀석 다 웃기만 하고…….

"여기에서 1km만 가면 내가 근무하던 곳이 있는데 모두 퇴근하고 나면 참 쓸쓸했다. 대관령의 밤이 얼마나 긴지. 그래서 퇴근 후 대관령 마루에 오토바이를 타고 오곤 했어. 저물녘의 대관령은 기가 막히다. 서쪽을 바라보며 첩첩 능선에 떨어지는 해를 보고 바로 돌아서서 동해의 월출을 볼 수가 있지, 운 좋으면 말이야."

"야, 정말 그렇겠다."

"그런데 여기가 영동이냐 영서냐?"

역시 앰프 녀석이 빨랐다.

"오줌 뉘보면 알지. 어디로 오줌이 흐르는가……."

"빙신아, 여기는 영동도 영서도 아니고 그냥 대관령이야. 대관령 사람들은 영새라고 불러 여기를."

"영새?"

"그래 영동과 영서의 사이에 끼어 있다고 '영 사이' 줄여서 영새!"

녀석들은 말이 없었다.

"야, 인마! 대관령 중턱에 걸려 있는 저 허연 물방울 집합체 보이냐? 저게 뭔지 아냐?"

"……."

"선생이란 것들이 것도 모르냐? 빙신들. 안개! 그런데 강릉에 있는 놈들은 지금 저거 올려다보면서 구름이라고 그래. 알갔냐? 하나뿐인 세상을 놓고 해석이 분분하니 나 같은 무식한 놈은 도통 헷갈리기나 할 뿐이지. 정작 그 안개에 싸여 사는 대관령 사람들은 안개도 구름도 아니고 '새' 라고 불러. 동해 쪽에서 하얗게 올라오는 안개를 '새 올라온다' 라고 말을 하지. 받아 적어라. 새끼들아 새!"

한참 말이 없던 스님이 조용히 입을 열었다.

"기사님은 구름인가요. 안갠가요? 아니면 '새' 인가요?"

"NCND는 택시기사의 영업테크이기도 합니다."

스님은 조용히 웃었다.

"기사님은 천당에 가시고 싶어요. 극락에 가시고 싶어요?"

이번에는 내가 씁쓰레 웃었다.

‘두 곳 모두 저는 당연히 자격 미달이지만 아무 데도 안 가요. 아버지가 집 뒤 대숲에 누워 계셔서 저도 집 뒤에 있으렵니다.’

돌아서는 길에 차에서 내려서 스님께 인사를 드렸다. 정중히 합장을 하고

"성불하세요."

스님도 합장하시더니 웃으며

"아멘!"

으흐흐, 예쁜 스님이 목소리도 곱네.

경계境界에 서다

　기다린다는 것은 언제나 지루한 일이다. 예불을 드리려고 산사로 들어간 손님이 되돌아 나온다는 시간이 삼십 분도 더 남아있다. 한참 기다렸다고 생각했는데 겨우 이십여 분 기다렸을 뿐이다. 평소 같으면 그늘에 차를 세워두고 낮잠이라도 청했겠지만 절 앞에서 그럴 수는 없었다. 담배라도 한 대 피우고 싶었으나 그 또한 절 앞이 아니던가. 그때 일주문 안으로부터 걸어 나오는 한 사내가 눈에 들어왔다. 승복으로 몸을 감쌌으나 더벅머리이므로 미루어 아직 스님은 아닌 듯했다. 유월의 볕이 산속에도 파고들어 초여름의 정취가 한껏 느껴지는 오솔길로, 보는 내가 다 지겨울 정도로 천천히 걸어내려 오고 있다. 이윽고 승僧과 속俗을 구별하는 다리에 이르러 돌부처인 듯 생각에 잠겨 서 있더니 난간에 앉았다. 그러기를 한참, 놀란 듯 편지를 꺼내 들더니 또 먼 산 아래만 보고 있다. 사내는 조는 듯 앉아 있더니 편지를 읽기 시작했다.

　편지지 몇 장. 두고 온 여인의 연서일까. 두고 온 가족의 부고일까. 읽고 또 읽고. 그리고 또 한참 산 아래를 바라보다가 뒷걸음으로 몇 발자국 산으로 오르더니 이내 돌아서 빠른 걸음으로 사라졌다. 아름다운 모습이었다. 문득 곁에 앉아 담배라도 한 개비 권하고 싶었다. 경계에 멈춰서 생각에 잠긴 사람은 아름답다.

바닷가에 서서 저 멀리 사라져가는 여객선을 하염없이 바라보는 통영의 택시기사인 내 뒷모습도 멋이 있겠지. 눈은 멀리 수평선으로 사라지는 배를 바라볼지라도 발은 경계에 딱 붙이고 서서 음미하는 커피 한 잔 담배 한 모금. 그리고 또 잠깐 이미 사라진 여객선을 바라보다가 이내 돌아서는 택시기사의 뒷모습도 분명히 아름다우리라.

승적에 오른 옛 벗의 권유로 답답할 때면 '번뇌무진서원단, 번뇌무진서원단, 번뇌무진서원단' 하고 되뇌어 볼 때가 가끔 있었다. 번뇌를 끊겠노라 끊겠노라 마음속에 염을 하다가 '내 번뇌가 무엇이었던가, 번뇌라는 것이 과연 있기나 하였던가' 라는 생각이 드는 때가 있었다. 내가 머리가 나빠서 그러는지도 모르겠으나, 가끔 바닷가에 서서 외로웠노라, 그리웠노라 노래를 부르다 보면 어느 순간 내 그리움의 대상이 무엇이었던가 잊어버릴 때가 종종 있다. 그럴 때마다 내가 무엇을 그리워했던가 골똘히 생각해 보면 별일도 아닌데 그리워하고 있다는 사실에 혼자 멋쩍어져서 웃기도 꽤 여러 번 웃었던 것 같다.

보건문제 전문가를 사귀면 모든 것이 불결하다 하고, 환경을 공부하신 분들을 사귀면 지구는 내일모레 결딴나고, 식물병리학을 전공한 어떤 놈은 이백 년 전 아일랜드의 대흉작을 지금도 강조하며 감자 역병을 못 잡으면 쫄딱 망할 것처럼 호들갑을 떨었었다. 전문가가 나타나면 문제도 따라 나오는 법이다. 혹여 인간사에 부딪히는 모든 인연을 공연히 심각하게 전문가들이 번뇌라 선동하는 것은 아닐까. 나는 그리 심각한 놈이 못되고 단지, 되는대로 살아가는 사람임에 육번뇌가 어쩌고 하는 말은 알지 못한다. 생로병사가 다 고통이란 말도 알지 못하며, 가끔 마이크 들고 말씀하시는 바, 불신지옥이란 말도 잘 모르겠다. 혹여, 고명하신 분들이 지나친 엄살은 아닐까. 세상은 그래도 살 만한 곳이고 살 만한 세상에서 마주하는 인간사의 잠깐의 껄끄러움을 번뇌요 고통이라고 호들갑을 떠시는 것은 아닐지. 사람 살아가는 일에 굽이굽이 격랑이야 어찌 없겠는가, 없으면 또 무슨 재미가 있겠는가. 물살에 몸을 맡기고 흐르는 대로 흐르다 보면 결국은 대해로 모이는 것을. 가끔 바람에 파도가 일렁여도 표면만 그럴 것이고 그 밑이야 미동도 안 하고 있을 것인데.

어쨌든 멀리 내려다 속세를 바라보던 승복 사나이의 속연은 애처로이 아름다웠고, 멀리 바라보는 택시기사의 눈 속의 경치는 처연히 아름답다. 바닷가에 멈추어 멀리 떠나는 여객선을 바라보며 커피 한잔 담배 한 모금 하는 통영 택시기사나, 승과 속의 경계에 멈추어 읽었던 편지 다시 한 번 보고 멀리 산 아래에 눈길을 한참 주다가 돌아선 승복 사나이나 모두 멋있는 풍경이다. 벗어날 수 있는 끝까지 나가서 폼나게 서서 멀리 바라보고 이내 돌아설 줄 아는 두 사나이는 눈물 나게 멋이 있다.

산사의 추억

내 팔자가 떠돌이 중 팔자라는 소리는 어릴 적부터 들었다. 어머니가 매년 초에 청량비결을 보셨는데 그때마다 어김없이 들어오던 팔자. 어머니는 당신의 아들이 공부를 열심히 해서 출세하여 당신을 호강시켜줄 팔자를 기대하셨겠지만, 어김없이 돌아오는 이야기는 떠돌이 중 팔자, 바꾸어 말하면 거지 팔자란 이야기다.

어릴 적 우리 국수공장에 국수를 주문하러 백운산 중턱에 있는 칠봉암의 처사가 가끔 왔다. 그 처사로부터 절에 고시공부를 하는 학생들이 몇 명 들어와 있다는 이야기를 들으시고 고시가 뭔지도 모르고 계셨던 어머니의 고등고시 타령은 그때부터 시작되었다.

"환아, 니도 고등고시 붙어라"

고등고시가 만화방에서 붙여주는 거면 자신이 있겠지만, 나 역시 국민학교 3학년 때이니 고시가 뭔지 알기나 했겠는가? 까짓것 어머니의 소원이라는데 못 들어 드릴 것이 있겠는가.

"예"

이왕 대답하는 것 큰소리로 우렁차게 대답했다. 학교에 갔다가 돌아오면 공부라고는 1초도 안 하고 들로 산으로 내뛰기 바쁜 아들, 어머니의 생각에도 아들의 모양새가 고시공부하고는 영 '아니올시다' 이었는지, 어머니는 머리를 굴리셨다. 길 건너 양조장을 통하여 들여온 구호품 밀가루를 두 포나 들여서 국수를 뽑으셨다. 아버지가 백운산 중턱의 칠봉암까지 국수를 지게에 지고 올라가서 뇌물로 바쳤다.

"여름방학 때 국민학교 3학년짜리 아들을 올려 보낼 테니, 절에 와 있는 학생들에게 고시공부 좀 가르쳐 주십사 스님이 압력을 좀……"

우리 아들 비록 촌 학교지만 공부 1등 하니까 '고시공부' 잘 알아들을 거란 이야기까지 하셨던 모양이다. 하긴 뭐, 학교공부나 고시공부나 글자 두자 차이, 그놈이 그놈이니 잠깐 잠깐씩 고시공부를 좀 가르쳐 주면 되겠지.

어쨌거나 국민학교 3학년 여름방학 때 한석봉의 마음으로 절에 올랐다. 치악산 시명봉이 마주 보이는 백운산 칠봉암. 스님 한 분, 공양주 한 분, 처사 한 분, 고시생 셋, 나는 형인지 아저씬지 헷갈리는 얼굴이라고는 핏기가 하나도 없이 하얀 병자 같은 샌님과 같은 방을 썼다. 휑한 방에 행사 때 식탁으로나 쓰일 법한 탁자 하나 촛대 두 개, 이것이 나에게 배정된 가구 전부였다. 대충 짐을 풀고 나자 종소리가 뎅그렁 났다. 밥 먹으라는 신호다. 형의 손을 잡고 본당으로 갔다. 배는 고파 죽겠는데 먹을 생각은 않고 쭈그리고 앉아 스님이 오시길 기다렸다.

"환이라고 했지? 절에 온 소감이 어떠냐"

다른 형들이 관심을 보이며 물었다.

"배고파요."

"무섭지는 않고?"

"밤이 되어봐야 알죠."

방안이 무서웠다. 천장에 매달아 둔 흔들리는 연등들, 바람도 별로 없는데도 처마 끝의 풍경은 뎅그렁뎅그렁 거리고 잠이 안 왔다. 마루에 쭈그리고 앉아 하늘을 보았다. 휘영청 보름달과 풍경소리가 열 살 출가한 사나이의 가슴을 흔들었다. 밥은 어쩌면 형들보다 더 많이 먹는 것 같았는데도 배는 항상 고팠다. 낮 동안 하라는 공부는 뒷전인 채 절 주변을 싸돌아다녔다. 촌놈은 성냥만 달랑 들고 있으면 온 산이 먹을 것. 산도라지 더덕이 곳곳에 널려 있었다. 산 도랑에 개구리 가재까지 있었다. 당연히 밥맛이 없을 수밖에 없었다. 형이 측은한 듯 물었다.

"심심하지?"

"조금요."

"절 뒤로 바람 쐬러 갈까?"

서울 촌놈인 형이 개구리 뒷다리 맛을 본 적이 있겠는가?

"야! 고것, 맛있는데."

절에서 살생에다가 취식까지……. 어쨌든 신이 나서 형에게 설명했다.

"늦가을이 되어 개구리 입이 붙어야 몸통을 먹을 수 있고요, 지금은 다리만 먹어야 해요."

"가재는 구울 때 발갛게 변하지 않은 것은 먹으면 큰일 나요."

"이 냄새 더덕 냄샌데, 고추장만 있으면……."

"절에 내려가서 말하지 마, 알았지?"

다짐을 받아 놓고 형은 스스로 떠벌렸다. 물론 다른 형들에게. 저녁공

양을 하고 공부에 싫증 난 형들은 번갈아 나를 불렀다. 심심풀이 말상대로, 고시공부는 안 가르쳐 주고!

형들은 여러 권의 책들을 가지고 있었는데, 공통으로 가지고 있는 책이 있었다. 'TOEFL' 무슨 책이냐 물었더니 어른이 되면 보는 영어책이란다. 토플을 잘 봐야 유학시험도 붙고 고시도 잘 본다고. 나는 절에 온 보람을 느꼈다. 중학교 입학시험과 고등고시 외에, 어른들은 유학시험도 본다는 새로운 사실을 알고 절에서 내려가 아이들에게 자랑할 것을 생각하며 기뻤다. 나는 내가 가지고 올라간 전과와 수련장의 표지에 크게 썼다.

'TOEFL = 토플'

보름을 예정으로 출가했는데 열흘 정도 지나니 어머니가 올라오셨다. 죽기 살기로 매달려 파계하고 환속했다. 열 살짜리 국민학교 3학년이 절에서 무얼 얻었느냐고? 열린 세상을 보았다. 고시공부라는 것이 무지 두꺼운 책을 보아야 한다는 것과 고시공부도 외무, 행정, 사법고시가 있다는 사실도 알았다. 내 목표였던 원주중학교 외에도 더 많은 시험이 있다는 것도 알았으며 특히 토플이라는 아주 두껍고 멋진 책이 약방의 감초처럼 모든 시험에 끼어 있다는 것도 알았다. 그래서 너가 쓰는 모든 교과서와 노트의 표지에 색연필로 굵게 썼다. 'TOEFL = 토플' 아이들이 무슨 뜻이냐고 물어도 절대로 안 가르쳐 주었다.

또 무엇을 얻었느냐고? 풍경소리를 얻었다. 가슴에 외로움과 그리움이 쌓이면 풍경소리가 듣고 싶은 것. 보름달과 풍경소리는 지금도 좋아하며 내 집의 처마에는 풍경 비슷한 종이 달려 있다.

스님 말고 돌중, 목사님 말고 목수牧手, 세상에 이보다 더 좋은 직업은 없을 것이다. 목 맨 곳이 없으니 빌어야 할 곳도 없고, 또한 남에게 싫은 소리 할 필요도 없이, 그저 덕담만 해대고 밥 빌어먹을 수 있으니……

1979년 여름 개똥철학에 빠졌던 까까머리 고교 3년생, 공부 왜 하나 싫어 빈둥빈둥 놀다가 퍼뜩 정신 차려보니 벌써 고3에 예비고사도 코앞으로 다가왔다. 도저히 안 되겠다 싶어 그 옛날 절에 있던 고시생을 떠올리고는 학교 가기 싫다고 엄살떨어 휴학했다. 여름방학이 시작되면서 나는 만 9년 만에 칠봉암 절에 다시 올랐다. 산천은 의구하였고 고시생은 한 명도 없었다. 공양주 보살 할멈은 마치 잃었던 아들을 본 듯 반겨주었고 스님도 많이 늙으셨고, 처사 할아범(?)도, 아궁이 주지가 더 맞는 표현이지만, 더 할아범이 되어 있었다. 이번에는 고시공부는 아니었지만 열심히 공부했다. 보름 만에 '삼위일체'라는 영어책 독파하고, 한 달 만에 '고교기본영어'와 '핵심영어'를 또 한 달 반 만에 '해법수학' 떼고……. 나는 지금도 자유낙하운동의 원리를 이해하며 미분 적분을 풀 수 있다. 절에서 독을 품고 책을 본 덕분에.

전기가 없었으니 밤에는 탁자에 양쪽으로 한 개씩 촛불을 켰다. 어느 날인가 성냥으로 촛불을 붙이다가 문득 이상한 생각이 들었다. 이쪽 촛불과 저쪽 촛불이 같은 촛불인가 다른 촛불인가? 당시에는 여학생 대부분은 문학소녀였고 까까머리는 개똥 철학자가 아니었겠는가? 나는 내가 생각해 낸 이 의문이 참으로 멋진 철학적 명제, 고상한 말로 멋있는 화두란 생각을 했다. 지금 누가 그것을 내게 물어본다면 웃고 말겠지만 말이다. 어쨌거나 한참 고민에 빠진 나는 당시 외부에서 손님으로 와 계시던 '지명'이란 객승에게 물어보았다. 행랑채 마루에 앉으면 멀리 신림역이 보였는데, 저녁식사 후 어둠이 내린 신림에 유독 하나 밝게 빛나던 신림역 플랫폼의 전등 빛을 바라보며, 상기된 얼굴로 대답해 주시던 스님의 얼굴은 어린 내 마음을 사로잡기엔 충분했다.

"촛불은 인연을 설명할 때 늘 쓰이는 예로, 환이도 스스로 그 화두를 마음에 붙들어 둘 정도면 불심이 있는 것, 공부를 좀 해 봐라."

지명스님은 일주일에 두세 번, 반 시간씩 반야심경을 설명해 주셨다. 새로운 경험이었다. 지명스님은 멋쟁이였다. 30대 중반쯤 되었는데 다재다능, 박학다식했다. 초겨울 칠봉암에 손님이 왔다. 일본인 한 명, 서양인 하나, 못 생긴 가이드 한 분. 저물녘 행랑채 마루에 앉아 영어와 일어를 넘나드는 지명스님을 보고 넋을 놓고 말았다.

마치 '커플링'이 끼고 싶어 연애하고 싶다던 어떤 아이처럼, 교복을 입어보고 싶어 중학교에 가고 싶던 내 어린 날처럼, 저물녘에 사색하는 얼굴로 행랑채 마루에 앉아 보고픈 마음에서 중이 되고 싶었다. 지명스님처럼 폼나게 산 아래를 내려다보며 사색에 잠긴 내 모습, 상상만으로도 멋진 일이었다. 까까머리나 중 머리나 어차피 비슷한 것! 당연히 영어와 국어 공부만 하고 수학은 멀리 했다. 나도 멋진 말로 폼 잡으려면 말을 잘해야 할 것이 아닌가? 아궁이 주지 할아범에게 헐렁한 잿빛 핫바지도 하나 얻어 입었다. 주지 스님이 물으셨다.

"환이 중이 되고 싶나?"

얼굴을 붉히며 대답을 못했다.

"이놈아, 중은 아무나 되는 줄 알아? 팔자가 중 팔자라야지."

중 팔자? 어릴 적부터 어머니가 청랑비결을 보실 때마다 내 팔자가 중 팔자라 했는데...

"핫바지 벗어버리고 이거 입어, 이놈아"

스님이 승복 하나를 내어 주셨다.

"중 되라고 주는 게 아니야. 절에 있을 때만 입어 이 또한 젊은 날의 추억일 테지. 허, 그놈 참"

나는 서산대사, 원효대사가 되어 도량을 백 바퀴는 돌았고 칠봉암 뒷산의 일곱 봉우리를 오르내렸다. 만해가 되어 님의 침묵을 읊었다.

어머니가 절에 올라오셨다. 승복을 입은 나를 보시고는 거의 기절 직전이셨다. 스님께 바짝 다가앉아 울다시피 따지셨다.

"환이는 큰 스님이 될 걸세. 허허허"

어머니는 집에 돌아가시지도 않고 주무셨고, 출가한 아들에게 죽기 살기로 매 달렸다. 나는 또다시 파계했다. 효도 또한 수행일 터!

돌중. 절은 있되 그 절에 별로 머물지 않고, 이곳저곳 거지꼴로 싸돌아다닌다. 입담도 좋고 욕심도 별로 없고, 아줌마 할매들이 잘 따른다. 목수牧手. 촌구석에 교회는 있되 그 교회에는 별로 머물지 않고, 이곳저곳 싸돌아다닌다. 단 돌중보다는 덜 거지꼴이다. 입담도 좋고 욕심도 별로 없고, 아줌마 할매들이 잘 따른다. 창환이. 촌구석에 처자식은 있으나 별로 책임감도 없었고 이곳저곳 싸돌아다녔다. 입담은 별로고 욕심은 부릴 처지도 못되었지만, 아줌마 할매들에게 점수를 잘 딴다.

제3부

들마루와 별 이야기

아버지와 들마루와 별 이야기

"환아, 하늘에 별이 몇 개나 될꼬?"

"하나, 두울, 세엣, 네엣..."

아무리 세어 봐도 그놈이 그놈 같고, 다시 세고 또 세고, 미련스레 별을 세었다.

"바보 같은 놈, 그것도 몰라? 삼백육십 개."

"예?"

"동쪽 하늘에 스물스물, 서쪽 하늘에 스물스물... 가운데 빽빽."

여름밤 모깃불을 피워놓고 나면 저녁식사 이후의 모든 일정은 들마루에서 진행되었다. 집 앞 미루나무에 걸어 둔 안테나선에 라디오를 연결하고 모두 아홉 시 사십 분에 나오는 연속극을 기다렸다. 너무나 지루했다. 낮 동안 온통 들로 산으로 쏘다니다가 배가 볼록하게 밥을 먹고 들마루에 앉아 있으려니 연속극을 기다리는 마음과 달리 하품은 계속 나왔다. 누가 먼저랄 것도 없이, 우리 올망졸망 사 남매는 누에처럼 서로 엉겨 들마루 위에 누웠고 저절로 하늘을 보게 되었다.

별은 쏟아질 듯 많았고, 별똥별도 심심찮게 떨어졌던 것 같다. 가만히 하늘을 쳐다보고 있자니 아득히 높게 별이 깜빡이며 하늘을 가로질렀다. 나는 별똥별이 떨어질 자리를 찾으려고 이동하는 것으로 생각했고 우쭐해진 마음에 아버지께 물었다.

"아부지, 별이 움직여요."

"어디?"

"좀 전에 용암리 쪽 하늘에 있었는데 지금은 성남 쪽에 있어요."

"……."

"저것 보세요. 저기 깜빡이는 거요."

"……."

아버지는 잠시 생각에 잠기셨다. 곧 답을 주시리라. 세상에서 가장 힘도 세고 키도 무지 크실 뿐 아니라, 선생님 다음으로 많이 아시는 분이시니.

"저거 말이다. 인공위성이다. 미국 건데 북괴하고 중공하고 소련 놈들을 감시하러 가는 거다."

"……."

"환이 자나?"

"아이요."

눈이 가물가물 감기면서도 방에 먼저 들어가기 싫어 자꾸만 안 잔다고 우겼다. 두런두런 어머니 아버지의 이야기 소리, 멀리서 개 짖는 소리, 중앙선 철도에 석탄 화물차 소리, 그렇게 산골 소년은 자장가를 들으며, 별님을 바라보다가 잠이 들었다. 깨어났을 때는 항상 방안이었다.

"남주야, 인공위성이 지나간다."

"어디요?"

"저기 하늘 높이 깜빡거리며 한산도 쪽으로 나는 거 안 보여?"

"에이 아빠도 저게 어디 인공위성이에요 비행기 운항등이고만."

"이 놈이 아빠가 인공위성이라면 인공위성이야 알겠어!"

"헤헤헤"

영악한 놈 그 옛날 아이들처럼 순진한 맛이 없다.

"남주야, 북극성 좀 찾아봐라."

"모르겠어요, 아빠."

"몰라? 북극성을? 아니, 애들이 북극성을 몰라 당신은 알아?"

나는 북극성을 모르면 큰일 날 것처럼 호들갑을 떨었다.

"북두칠성을 찾아라. 국자 끝 방향으로 하나, 둘, 셋……."

북두칠성, 북극성, 카시오페이아, 요놈들을 세트로 엮어야 설명이 쉬운데……. 아, 들마루 생각이 간절하다. 아버지가 쓰시던 들마루를 없애지 말 것을…….

여력을 모두 잃어버리고 떠도는 당신의 맏아들을 따라, 내 부모님은 정든 곳 원주 신림 땅을 떠나 바다 한가운데 통영 땅에 오셨다. 많이도 외로우셨으리라. 아버지는 들마루를 마치 고향인 양 사랑하셨다. 낮에는 들마루에 걸터앉아 딸아이랑 딱지치기도 하셨고, 또 옛날이야기도 해 주셨고, 별이 총총한 밤에는 하늘을 한없이 쳐다보시며 깊은 담배를 피우셨다. 그나마 가시기 전 반년 간은 문밖에도 못 나오셨는데, 그래도 들마루에는 미련이 남았는지, 가끔 들마루에 나앉아 보고 싶다고 하셨다. 아버지 대신 내가 그 들마루에 앉아, 아버지가 누워계시는 방의 창문과 별이 쏟아지는 겨울 하늘을 바라보며 깊은 담배를 피울 수밖에 없었다.

날이 따뜻해지면 들마루에 앉아 바람 쐴 수 있게 해 드리겠다는 아버지께 했던 내 약속은 지키질 못했다. 아버지는 두 달간 기저귀 갈기로 아들 마음 편하게 해 주시고, 아들 며느리 돈 쓸까 봐 딱 두 달만 버티시고, 매화가 흐드러진 이른 봄날에 그렇게 훌쩍 가셨다. 아버지를 집 뒤 대숲에 흩어 드린 날 밤, 나는 아버지가 쓰시던 유품을 모두 태워 아버지께 보내 드렸다. 물론 그 들마루도.

이제는 내가 들마루를 갖고 싶다. 거기에 누워 아내랑 딸아이랑 별 이야기 반딧불 이야기를 하며, 내 아버지께 받은 추억도 사랑도 정도 고스란히 딸아이에게 전해주고 싶다.

내 마음의 삼한사원三寒四原

　　내 아버지는 무학無學이시다. 아버지는 일제 강점기에 한 달 정도 동네 서당에서 천자문 조금 깨우치다 마셨다. 후에 한글은 야학으로 공부하셨고 집에서 천자문도 떼셨다. 그래서인지 아버지는 한자를 사랑하셨고 또 애용하셨는데, 어쩌다 사용하시던 어구語句가 가물가물해지면 혼자서 시무룩해하며 그 기억을 떠올리려고 애를 쓰셨다. 어구 중 상당수는 모양도 뜻도 용법도 세월의 풍화에 아주 조금씩 변형되었으나, 어쨌든.

　　돌이켜 보면 그래도 내 어릴 적은 행복했다. 내가 보아둔 새집의 알들을 누가 꺼내 가면 어쩌나, 뒷산에 놓은 토끼 올가미를 누가 먼저 걷어 가면 어쩌나 하는 단순한 것들이 사시사철 내 걱정거리 전부였다. 내게 소용이 되는 장난감은 모두 아버지가 직접 만들어 주셨고, 내가 알고자 했던 것들은 모두 아버지께 물어보기만 하면 항상 명쾌한 답을 얻을 수 있었다. 저녁을 먹고 화롯가에 둘러앉으면 우리 올망졸망 삼남 일녀는 밤이며 감자 고구마를 구워 먹으며 아버지의 입을 쳐다보았다. 오늘은 무슨 이야기를 해주실 건가 잔뜩 기대를 했다. 삼국지이야기. 유충열전, 흥부전으로부터 아버지가 지어내신 엉터리 옛날이야기까지……. 해방

전 쌀 공출이야기, 영주 박봉산 빨치산이야기, 6.25피난이야기……. 선생님만큼 세련된 멋은 없었으나 역시 내 아버지는 많이 아시는 분이셨고, 항상 친구들에게 내 아버지가 자랑스러웠다.

세월의 흐름에 변하는 것이 산천초목뿐이랴. 아이들은 커가고, 또 어른들은 늙어가는 것. 유식한 말로 바꿔 말하면, 애들은 대가리가 커져 어른들의 권위에 엉겨 붙는 데 반하여 어른들은 총기와 당당함이 흐려져 서운해지는 것.

내가 고2, 둘째 놈 중3 때의 일이다. 여름방학 때, 둘째 놈의 고등학교 연합고사 준비를 위해 수학을 봐 주고 있었다. 아들의 교과내용에 유난히도 관심이 많던 아버지가 옆에서 거드셨다.

"환아, 영쩜이 뭐고?"

0.5, 0.3하는 소수점을 현대교육의 문턱도 못 밟아보신 아버지가 이해하실 수 있겠는가.

"소수점요."

둘째 놈의 퉁퉁대는 대답에 아버지는 화를 버럭 내셨다.

"이놈이, 어른이 물어보면 공손히 대답을 해야지."

"아부지는, 얘기해 드려도 몰라요."

둘째 놈은 나가버리고 아버지는 담배만 뻑뻑 피우셨다. 어쩌겠는가. 내가 중재에 나섰다.

"아부지, 서양 놈들은 할, 푼, 리를 몰라요. 그래서 삼 할 오 푼을 영쩜 삼오라고 그래요."

"영쩜이란 말이 할, 푼, 리로 말한다는 뜻이가?"

"예."

"음, 그래도 더 배운 놈이 낫구나 흠."

그날 나는 처음으로 자식 앞에 부끄러워하시던 내 아버지의 얼굴을 보았다. 어찌 보면 오만하기까지 하셨던 내 아버지의 당당함은 어디에도 없었다. 이왕 내친걸음, 나는 화제를 돌렸다.

"아부지, 우리가 의성 김가, 평장군파잖아요. 근데, 오토산 할배는……."

신이 나서 설명을 하시는 아버지의 말을 귓등으로 흘리면서 나는 그때의 내 아버지를 이해할 수가 없었다. 자식의 배움에 질투를 하시는 건가라는 생각을 했던 것 같다. 그날 이후 아버지의 한자공부는 다시 시작되었다. 꼬깃꼬깃 장롱 속에 처박아두셨던 누렇게 바랜 천자문 책을 펴보시고 하늘 천, 따 지……. 천자문을 읽으시는 내 아버지의 모습이 한없이 좋았다. 천자문을 읽으시는 내 아버지의 모습이 한없이 안쓰럽기도 했다.

몇 해 전, 가족이 둘러앉아 이런저런 이야기를 하며 저녁을 먹고 있는데, 딸아이가 아버지께 물었다.

"할아버지, 고등어 머리가 맛이 있으세요? 어두육미魚頭肉尾라고 하더니……."

"이놈아, 어두육미가 아니고 어두일미魚頭一味라고 하는 게야."

딸아이가 의아한 눈으로 나를 쳐다봤다.

"어두육미도 맞는 말인데."

"남주야, 어두일미가 맞아. 어두육미는 정육점 주인들이 만든 말이야, 알았지?"

"아! 요즘 밸런타인데이나 화이트데이처럼요?"

"음."

그 옛날의 삼한사원三寒四原이 떠올랐다. 그해 겨울은 유난히도 추웠다. 아버지는 보일러를 돌리셨다.

"애들이 힘들게 돈 벌어서 기름 넣어 줬는데 보일러를 자꾸 돌리면 그 기름을 애들인들 뭔 수로 감당 하니껴? 밖에서 군불 때면 되겠구먼."

어머니의 핀잔에,

"아따, 우리나라는 삼한사원이야, 삼일 추우면 따스해져! 추울 때만 잠깐 돌리는데 뭘 그래."

아버지는 예의 삼한사원론을 내세우시며 항변을 하셨다.

"아버지, 삼한사원이 아니고요."

몇 번이고 망설이던 삼한사원의 교정을 시도했다. 아버지 화를 벌컥 내시며,

"삼한사온三寒四溫이라는 말은 요즘 애들이 쓰는 말이고 원래는 삼한사원三寒四原이 맞아. 삼 일 춥고 사 일은 원래대로 돌아간다는 뜻이야! 옛 사람들의 깊은 뜻을……"

부창부수라고 어머니도 거드셨다.

"나도 예부터 삼한사원은 들어봐도 삼한사온인가 뭔가는 못 들어봤다."

나는 아버지 앞에서 또 꼬리를 내렸다. 어디 나가서 강연하실 분도 아니고, 그냥 산골에 그대로 계실 분이 삼한사온이면 어떻고 삼한사원이

면 또 어떠리. 그 이후 아버지 앞에서 나도 삼한사원이었다. 삼한사온은 철딱서니 없는 애들이나 쓰는 달이다.

요즘 어렵다고 난리들이다. 남쪽 나라 통영의 택시기사인 나 역시도 빠듯한 나날이다. 내 가족의 입에 풀칠하는 것도 버거우니 내가 봐도 나 스스로 초라하기 짝이 없다. 이런 때일수록 그 옛날 내 아버지의 당당한 삼한사원이 떠오른다. 자식들 앞에 당당함을 가장해야 했을 내 아버지의 속내를 짐작하면 그 허허로움이 상상이 되기도 하고······.

어머니의 통닭

　내가 통닭을 처음 먹어본 것은 고등학교 2학년(78년) 때였다. 또래의 여고생과 미팅 겸 치악산 등반을 했는데, 계곡을 타고 올라 정상인 시루봉이 쳐다보이는 능선에서 친구 녀석이 준비한 꽁꽁 얼어버린 '원주통닭'을 맛본 것이다. 그것도 여학생들의 존재에 마음이 쓰여 아주 조금.

　그해(86년) 봄은 장학금 대박이 터졌다. 과외공부가 불법이라 생활이 난감했는데 기숙사 생활담당조교를 맡게 되어 숙식이 해결되었을 뿐 아니라 지도교수의 식물병리학 실험조교로 월 7만 원, 또 한국과학재단에서 주는 장학금으로 분기별 12만 원을 받게 되었다. 등록금이 40만 원 하던 시절에 정말 큰돈이었다. 이게 웬 떡인고? 실험실 동료에게 한턱 쓰려고 춘천 팔호 광장 부근의 원주통닭집으로 갔다. 이미 켄터키거시기가 춘천에도 있었지만, 굳이 원주통닭집으로 가려 하는 나를 동료가 이해할 수 없다는 표정을 지었으나, 내가 돈을 내는 것이니 내 마음이었다. 나를 포함한 네 명이 통닭 두 마리를 시켜놓고 맥주 몇 병을 비워 몸도 마음도 흐뭇해져 있을 무렵, 통닭 한 마리를 추가로 주문하는 나를 걸신 들었다고 동료가 놀렸다.

조금 이상한 통닭이긴 했지만, 통닭을 먹어 볼 뻔했던 미수사건이 있었다. 중학교 3학년(76년) 봄 소풍 때였다. 당시 우리 집은 원주에서 제천 쪽으로 오십 리 떨어진 신림이었고 나는 원주에 있는 중학교에 다니고 있었다. 신림 집에 닭을 키우고 있었으므로 닭요리를 안 먹어 보았겠는가마는, 어머니가 해 주신 닭국(닭곰탕)이 대부분이었고 가끔 닭개장과 찜닭(찜통이 없었으므로 사실상 삶은 닭)이었을 뿐이지 토막 낸 통닭은 구경도 못해 보았고 당연히 그런 것이 있는지도 몰랐다.

　　미수사건의 발단은 내가 학생회장이 된 것이다. 촌놈인 내가 대처인 원주에서 학생회장이 된 것은 순전히 학도호국단 덕분으로 중, 고등학교의 학생회장을 학생 스스로 선출하지 않고 학교장이 임명했기 때문이다. 선출을 했더라면 돈도 빽도 없었고 단지 공 잘 차고 공부 좀 했던 내가 어려운 가정 사정을 생각해서 출마했을 리 없었다. 어쨌든 선생님 앞에서 내숭도 잘 떨어 예의를 갖출 줄 알았던 나를 당시에 학생 주임이셨던 담임선생님이 적극적으로 추천해 주셨다는 후일담을 들었다. 월요일마다 운동장에서 열리던 조회 때 천육백 명의 학생들 앞에서 차려, 열중쉬어, 폼 잡는 것도 잠시. 봄 소풍이 다가오자 나는 그만 주눅이 들어 학교에 가기 싫었다. 소풍 때 각반 반장들이 담임선생님들의 도시락을 준비해야 하고 학생회 간부들은 교장, 교감선생님 또 담임을 맡지 않은 선생님들의 몫을 준비해야 했는데, 내 부모님은 돈도 그리 많지 않으신 듯했고 무엇보다 촌 아낙인 내 어머니가 선배들이 가지고 오던 그 세련된 도시락을 준비해 주실 수 있을 것 같지 않았다. 난감했다.

고민스러운 표정으로 학교에 다니기를 며칠, 이상한 눈치를 챈 친구 놈이 물고 늘어져 울먹이며 고민을 털어놓았다. 어쨌거나 한동안 마음 쓰이던 소풍 도시락은 당시 도시락으로는 최고급이던 원주통닭 도시락으로 준비해 주시겠다는 친구 어머니의 배려에 의해 부끄러웠으나 고맙게도 해결되었다. 그래도 나는 차마 이 사실을 어머니께 말씀드릴 수 없었다.

드디어 소풍날 아침, 부산스런 소음에 눈을 뜬 나는 대경실색했다. 어디서 통닭 도시락 이야기를 들으셨는지, 어머니는 아버지가 잡아 주신 닭을 튀기느라고 법석을 떨고 계셨다. 평생 시판되는 통닭을 구경도 못하신 어머니가 통닭을 만드시고 계셨다. 양동이에 들기름을 가득 붓고 튀김옷도 입히지 않은 수탉, 토막도 내지 않은 글자 그대로의 통닭을 튀기신다고 석유곤로의 심지를 한껏 올려놓았다. 온 집 안에 그을음이 가득했고 두 동생은 침을 꼴깍꼴깍 삼키고 있었다. 나는 도시락이 이미 준비되었다는 말씀도 못 드리고 망연히 들기름에 까맣게 변해가는 그 통닭을 바라볼 수밖에 없었다. 닭 껍질 일부는 떨어져 나갔고 색도 거무튀튀해졌지만, 어머니의 '신림식 통닭'은 완성되었다. 어머니는 완성된 신림식 통닭을 밀가루 포의 속 종이에 둘둘 말아 노끈으로 꼭 묶어서, 옆집에서 빌려 온 까만색 비닐 가방에 넣어 주셨다.

원주 인근의 섬강으로 소풍을 갔다. 나는 오전 내내 이 통닭을 어찌할까 고민했다. 내어 놓자니 그 후의 상황들이 빤하고, 버리자니 어머니의 성의에 죄스러웠고, 침 삼키던 동생들의 얼굴이 눈에 밟혔다. 결국 내어 놓지도 버리지도 못하고, 또 누가 볼까 봐 내 도시락을 꺼내지도 못하고 그 가방을 어깨에 맨 채 그렇게 점심시간은 지나갔다. 점심은 친구들이 싸 온 김밥을 얻어먹는 둥 마는 둥 하고, 돌아앉아 내 가방 안에 무엇이 들었나 보자던 친구 놈들의 손길을 뿌리치기에 바빴다. 장기자랑 시간이었는데 가방을 매고 뒷전에 나앉은 나를 기술선생님이 불렀다. 가방에 무엇이 들었는지 같이 먹자는 것이었다. 어떻게 열어 보일 수 있겠는가. 얼굴이 벌게져서 가방을 끌어안고 안 된다고 버틸 수밖에. 선생님은 더욱 짓궂게 재촉하셨고 나는 더욱 움츠러들었다. 한동안 실랑이가 계속 되었다.

"이번 한번만은 봐준다. 다음에 또 걸리지 마!"

그러다가 선생님은 표정을 굳히고 돌아 서셨다. 아하! 선생님은 내 가방 속에 학생이 지녀서는 안 될 물건이 들어 있는 것으로 오해하셨나 보다. 담배, 포르노 잡지, 흉기로 사용될 수 있는 칼 등등, 눈물이 핑 돌았다.

집이 있는 산골 신림으로 돌아오는 버스 안, 여전히 그 가방을 끌어안은 나는 울적한 마음으로 망설이고 있었다. 버릴 것인가 말 것인가. 어머니의 불호령으로 눈물만 글썽이던 동생들을 생각하면 가져가야 할 것이고, 솔직히 나도 참 먹고 싶었는데 가져가면 어머니께 뭐라고 말씀드려야 할지 난감했다. 결국, 나는 한 정거장 앞에 내렸다. 어머니의 통닭을 도랑에 버리고 논둑에 망연히 앉아 있었다. 배신자의 마음이란 결코 편치 않아서 눈물도 흘렸고 아이러니하게도 동시에 군침도 돌았다.

요즘 통닭을 즐겨 사 먹는다. 언젠가 통닭을 먹으면서 어머니께 중학교 다닐 때 만들어 주신 통닭을 기억하시는가 여쭈어 보았더니 고개를 끄덕이며 웃으셨다. 지난날의 내 배신에 대해 이실직고하려다가 이제 와서 뭘 하는 생각에 그만두었다. 그렇지만 오늘은 문득 그 옛날의 신림식 통닭이 먹고 싶어진다. 어떤 맛일지 정말 궁금하다.

이야기 할머이

옛날 옛날, 깊은 산 속에 어흥 호랑이와 꿀꿀 돼지와 곰돌이가 사이좋게 살았는데, 어흥 호랑이와 꿀꿀 돼지와 곰돌이는 사람이 되고 싶어 했어. 어느 날 하늘에서 할아버지가 내려오셨는데, 어흥 호랑이와 꿀꿀 돼지와 곰돌이는 할아버지께 부탁했다네. 할아버지 우리는 사람이 되고 싶어요. 할아버지가 말씀하셨지. 사람이 되려면 사탕이랑 아이스크림 안 먹고 밥이랑 김치랑 많이 먹고 하나, 두울, 세엣……. 열 밤 동안 견뎌야 된다. 그래서 어흥 호랑이와…….

무슨 이야기냐고? 딸아이가 말을 알아듣기 시작할 때부터 여섯 살 어린이집 갈 때까지 들려 준 옛날이야기이다. 부모님이 나를 '돼지야' 라고 불러 주셨듯 나 역시 딸아이를 돼지야 이렇게 불렀으므로 이 이야기에도 꿀꿀 돼지가 등장하게 되었다. 딸아이가 단군신화를 알게 된 때까지 몇 년간 계속된 잊지 못할 이야기이다. 수백 번도 더 들려준 이야기다. 내게도 이렇게 이야기를 들려주신 할머니가 한 분 계셨다. 옆집 담뱃집 할머니. 할아버지의 함자는 선대균이었는데, 정작 할머니의 이름은 몰랐고 그저 할머이였다. 물론 두 분 다 이미 작고하셨다. 아직 살아 계신다면 백세도 더 되셨을 것이다.

1966년 겨울 우리는 영월을 떠나 원주에서 오십 리 떨어진 산골마을 신림으로 이사했다. 아마도 가진 재산을 거의 날려버리고 이주한 듯 어렴풋이 기억된다. 처음에는 치연이네 사랑방에 온 식구가 뭉쳐 지냈는데 겨울이 지나고 이듬해 봄, 아버지는 멀리 대구에서 손으로 돌리는 중고품 국수틀을 들여오셔서 종선이네 앞집에 국수공장을 차리셨다. 산골이라 해도 집집마다 미국에서 원조해 준 밀가루가 있었기에 우리 국수공장도 눈코 뜰 사이 없이 바빴던 것 같다.

당시 여섯 살, 세 살, 두 살의 삼 형제는 자연히 알아서 놀아야 할 처지였다. 아홉 살의 누이는 학교에 갔다. 아침을 먹고 삼 형제는 어머니가 옆집인 담뱃집에서 사 주시는 크림빵 세 개와 포대기를 들고 개울로 내려갔다. 막내 놈을 업고 징검다리를 건너 개울 가운데에 있는 모래톱으로 갔다. 모래 위에 포대기를 깔고 삼 형제는 온종일 놀았다. 모래밭에 길을 만들고 굴도 만들고 모래를 소복하게 쌓아 가리파재도 만들어 놓고, 고무신을 뒤집어 차를 만들고는 부우웅 자동차놀이를 했다.

한참 그러고 놀다가 배가 출출해지면 어머니가 가르쳐 주신대로 다리 밑의 첫 번째 교각에 등을 붙인 체 하늘을 보고는 해가 미루나무 꼭대기를 지났으면 점심때이므로 가져간 크림빵을 하나씩 먹었다. 시간이 이르면 두 동생에게 크림빵을 한입씩만 먹게 했고 꼴에 나는 형임을 증명하기 위하여 개울물을 마시며 허기를 넘기기도 했다. 지루한 줄 몰랐다. 해가 앞산에 닿을 무렵 누이가 우리를 부르러 오곤 했는데 그때까지도 우리는 물 위에 주저앉아 엉덩이를 적신 체 자동차 놀이, 탑 쌓기, 고기 잡기에 정신이 없었다. 얼굴이 바알게지도록…….

약이 바짝 오른 누이의 앙칼진 고함을 듣고 나서야 징검다리를 건너 집으로 돌아오곤 했는데, 다음날이면 또 찾아와야 할 개울가 모래톱이 아쉬워 뒤를 돌아보곤 했다.

그날도 우리 삼 형제는 개울에서 놀았다. 가져간 크림빵을 먹기 전이 었으니 열 시쯤 되었는지도 모른다. 두 동생을 개울 가운데에 두고, 점심때 돌아올 요량으로 메기 잡으러 가는 동네 형들을 따라 남산개로 갔다. 한참 넓이 나가서 놀다 보니 퍼뜩 동생들 생각이 났다. 발바닥에 불이 나게 뛰어왔는데 동생들이 없었다. 중앙선 철교 위쪽 칼바위부터 한참 아래인 신랑바위까지 온 개울을 찾아 헤맸다. 어디에도 동생들은 없었다. 문득 탁상보에 산다는 물귀신 이야기가 떠올라 탁상보에 가서 두 놈을 목이 터져라 불러도 보았다. 겁이 덜컥 났다. 두 동생을 다시 못 볼지도 모른다는 걱정은 이미 사라졌고 어머니 아버지께 혼날 거라는 생각만 머릿속에 맴돌아 철교 밑에 마냥 앉아 있었다. 해는 이미 졌고 배도 고팠다.

"환아"

멀리서 나를 찾는 어른들의 목소리가 들려왔다. 대답을 못하고 그냥 엉엉 울어버렸다. 양조장에서 일하시는 순철이 아버지가 내게로 오셨고 나는 업혀서 집으로 갔다. 나를 기다리는 것은 어머니의 매타작이 아니라 장에서 사 오신 새치(임연수어)구이였다. 당연히 마구 먹었다. 눈물범벅이 된 얼굴로…….

내가 형들을 따라 메기 잡으러 사라지자 동생들은 집으로 돌아가려고 움직였단다. 세 살이던 둘째 놈이 한 손에 포대기를 들고, 한 손으로는 두 살짜리 동생을 잡고 징검다리를 건너다가 둘 다 넘어져서 포대기도 적셨고 무엇보다도 크림빵이 물에 떠내려가서 울었단다. 물에 빠진 생쥐 꼴로 두 놈이 징검다리에 걸터앉아 엉엉 울어대고 있었는데, 마침 빨래하러 나오신 담뱃집 할머니가 보시곤 집으로 데려가셨단다. 아무리 어려워도 애들만 개울 한가운데에서 놀게 놓아두었다고 어머니는 담뱃집 할머니께 혼이 나셨다. 맏아들이라 해도 여섯 살짜리 아이에게 맡겨두었다고 할머니는 어머니를 나무라셨다. 어머니는 엉엉 우셨고, 아버지는 담배만 뻑뻑 피우셨다. 그날 이후 점심때마다 담뱃집 할머니가 크림빵을 가져오셨다. 가끔 찐 옥수수도, 고구마도 가져 오셨다. 개울 한가운데 포대기를 깔고 앉아 우리 삼 형제는 담뱃집 할머니의 옛날이야기를 들었다. 글도 모르던 할머니가 끊어진 기억을 겨우겨우 이어가면서도, 당신의 할아버지한테 들은 이야기를 전해주시곤 했는데, 커다랗게 몸짓을 할 때마다 할머니의 가는 손가락에 헐렁하게 걸려 굵은 뼈마디에 아슬아슬하게 대롱거리던 반지가 떠오른다.

옛날 옛날, 호랑이가 담배 피우던 시절로 시작되던 그 아련한 이야기들……. 세월이 흘러 돌이켜 보니 순 엉터리 이야기다. 장화홍련과 콩쥐팥쥐가 뒤섞인 이야기. 춘향전인지 옥단춘전인지 도무지 종잡을 수 없는 이야기. 삼국지 적벽대전에 제갈량과 조자룡이 적이 되어 치고받고, 관우도 촉나라도 되었다가 오나라도 되었다가, 역발산기개세의 항우가 시대를 뛰어넘어 수호지에도 등장하고, 그래도 제비 새끼의 박씨 이야기 하나는 제대로였다.

　담뱃집 할머니의 아드님은 이미 내 아버지의 나이이셨고, 딸 셋 모두 성장하여 두 분만 계셨는데 당시에 벌써 환갑을 넘기셨다. 외로운 분이 셨다. 이미 당신의 고향땅 양푱에 백골로 누우신지도 이십여 년. 옛 이 야기 들려주던 옆집 아들, 유충열 눈매 닮아 크게 될 놈이라던 국숫집 맏 아들이, 이 먼 통영 땅에 택시기사 되어 당신을 흉내 내어 제 놈의 딸아 이에게 단군신화를 삐딱하게 이야기해 준 이 일을 백골이 되신 지금 들 으신다면 과연 웃으실까 눈물지으실까.

노전사老戰士의 학예회

"저년, 그 계모 맞지?"

"아유, 조년 생긴 것 좀 봐 못되게도 생겼네!"

"에이, 요 못된 년 퉤, 퉤!"

이거야 정말 한두 번이지. 냅다 뛰어 누이를 저만치 떼어 놓았다. 책가방을 집에 팽개치고 기찻길 옆 빠끈이네 언덕 밭으로 냅다 뛰었다. 나 역시 누이랑 같이 다니고 싶지 않았다. 나 역시 누이가 그렇게 표독스럽고 앙칼진 여편네인지 몰랐다. 빠끈이네 언덕 밭에는 벌써 동네의 악동들이 모여 사방치기(비사치기)를 하고 있었다. 나도 숨겨둔 내 비석을 찾아서 사방치기 패거리에 합류했다. 평소에 저희 밭이라고 유세를 떨던 빠끈이 녀석, 주르르 흐르는 콧물을 소매에 쓱 닦고서 내 비위를 건드렸다.

"야, 우리 할머니가 니랑 놀지 말래, 우리 밭이니까 여기에서 나가"

밭주인 아들놈이 저희 밭에서 나가라니 나가기는 해야지 어쩌겠는가. 잔뜩 무게를 잡고 빠끈이 놈을 째려보다가 어쩔 수 없이 빠끈이네 언덕 밭에서 내려왔다. 죽으나 사나 내 눈치를 보며 나를 따를 수밖에 없었던 두 동생과 뒷집 종선이, 그 뒷집 진옥이, 또 나머지 내 수하들이 모두 내 뒤를 따라 빠끈이네 언덕 밭에서 철수했다. 순식간에 언덕 밭의 사방치기는 파장이 되어버렸다. 빠끈이 녀석, 약이 올랐던지 내 뒤통수에 대고 내공을 실은 한마디를 날렸다.

"야, 이 새끼 계모 동생"

이 많은 수하 앞에서, 내가 요즘 제일 듣기 싫어하는 계모 운운하다니 언덕 밭으로 쫓아 올라갔다. 걷어차고, 올라타서 두들기고, 조르고, 꺾고……. 역도산 만화책에서 본 그 많은 묘기를 한껏 펼치고 보니 겁이 덜컥 났다. 내가 봐도 이번에는 좀 심했다. 빠끈이 놈은 쌍코피가 터졌고, 귀밑이 조금 째졌으며, 무르팍도 까졌다. 에라, 이왕지사 이렇게 된 것, 마무리로 협박까지 했다.

"야, 빠끈이! 이 새끼, 한 번만 더 계모라고 그러면 아주 죽을 줄 알아"

빠끈이네 할머니로 말미암아 이후에 올 사태가 걱정되었으나, 그래도 그놈의 허세 때문에 기찻길에서 그냥 놀았다. 짧은 봄날, 금방 다가온 어스름에 집에 가면 분명히 빠끈이네 할머니가 와서 방방댔을텐데, 걱정하며 엉덩이를 쑥 빼고 집으로 갔다. 아니나 다를까, 벌써 빠끈이네 할머니가 집으로 찾아와서 내 어머니랑 한바탕 하신 모양이었다.

"환아, 이리 온나 보자."

"빠끈이를 왜 그 모양을 만들어 났노?"

서러움에 울음이 터져 나왔다.

산골 신림에서 남녀노소를 가리지 않고 천여 명의 면민이 한자리에 모이는 행사는 신림국민학교 운동회, 소풍, 그리고 학예회였다. 새 학년이 되고 한 달도 채 되기 전부터 모든 학년은 학예회 준비로 바빴다. 5월 8일 어머니날(당시에는 어버이날이 아니라 어머니날이었음)에 열렸던 학예회. 일 학년 꼬맹이들의 무용부터, 합창, 독창, 아동극, 초립동 공연, 리듬악기부의 연주, 선생님 딸 문숙이의 피아노 독주, 피날레를 장식하는 6학년 연극.

아침 아홉 시에 전교생이 교실 세 칸을 합쳐 만든 강당에 모여 1차 공연을 했고, 학교가 파하고 오후 네 시부터 출연학생만 남아서 산골마을의 어른들을 모시고 공연을 했다. 그놈의 학예회를 보려고 멀리 학산, 구학, 가리파재에서 왕복 삼십 리가 넘는 길을 걸어서 왔다. 마치 '대한 늬우스'에서 본 피난민 행렬처럼 끝없이 몰려왔다. 전기가 안 들어왔으니 당연히 가로등도 없었던 시절, 학예회가 끝나면 밤 아홉 시였다. 어쩌다가 하나씩 군용 손전등이었고 대부분은 양초를 종이에 둘둘 말아 손전등 대용으로 들고 길을 밝혀가며, 거동 못하는 노인네는 동네 총각들이 업고……. 그때부터 걸어서 집에 도착하면 거의 자정이 되어버렸다.

학예회는 그렇게 산골 신림의 총체적 행사였다. 어쩌다가 한둘씩 있던 좀도둑들도 그날은 텅 빈 마을을 이리저리 휩쓸고 다녔고, 이에 대비하여 신림지서의 경찰들도 원주 경찰서에서 인원을 지원받아서 텅 빈 마을 순찰에 바빴다.

물레방앗간에는 쿵덩.
할아버지 혼자서 쿵덩.
풍년 방아 쌀 방아 쿵덩.

잘도 잘도 찢지요 쿵덩, 쿵덩.

나는 4학년의 합창부에 들어갔다. 지금도 그때 부른 두 곡 중 하나인 물레방앗간이라는 노래가 생각이 난다. 합창부는 대부분 여학생들이었고 남자라고는 몇 명 없었는데, 모두 반바지에 흰 타이스를 입어야 했다. 촌놈들에게는 타이스를 입는다는 자체가 바로 스스로 '사나이'임을 포기하는 것과 같은 수치스런 일이었다. 선생님 딸, 통운 지소장집 딸 등 여자아이들 몇 명만 타이스를 입었고 남자는 서울서 전학 왔던 정식이 놈만 입었던 타이스. 그 정식이 놈도 우리가 하도 놀려서 결국 며칠 만에 입기를 포기했던 그 타이스. 안 입는다고 버티다가 엉덩이를 무수히 맞고 하나 얻어 입었으나, 정작 총연습이 끝나고 학예회 당일은 타이스를 찢어버렸다. 선생님께 뺨을 수차례 맞고 나서 합창부 맨 뒷줄에 서서 두 차례의 공연을 무사히(?) 치렀으며, 나는 '사나이'다운 이 행동으로 또 하나의 영웅담을 만들었는데…….

문제는 누이였다. 6학년 연극반에 들어갔다고 촐랑대며 자랑을 하더니만, 그만 배역을 홍련이를 맡지 못하고 장화네 엄마, 즉 홍련의 계모가 되었던 것. 누이는 집에 와서 울며불며 어머니께 하소연했다.
"나 연극반 안 해요. 절대로 못해요!"
어머니는 참기름을 4홉들이 병에 가득 넣어서 연극지도교사인 6학년 담임선생님의 자취방으로 가셨다. 그러나 산골동네에서 선성님의 말씀은 대한민국 헌법보다도 더 지엄한 법! 별 소득 없이 참기름만 한 병 날리셨다. 실제 그렇다는 게 아니라 연극이라고, 게다가 장화네 엄마, 계모의 역이 연극의 성패를 좌우하는 아주 아주 중요한 배역이라는 꼬임에 넘어가셨다.

　학생들끼리 하는 오전공연을 마치자 조짐이 좀 이상했다. 나는 예의 그 타이스 사건으로 뺨을 예배당 종을 치듯 이쪽저쪽 번갈아가며 쥐 터진 대가로 영웅의 대접을 받았으나, 누이는 못된 계모라는 놀림을 받고 눈물을 아주 쬐끔 흘린 것이다. 이때에 그만두고 잠적했어야 했는데……. 오후의 2차 연극공연을 마치고 지도 선생님인 6학년 담임선생님과 출연학생들이 막 앞에 나와서 인사를 하자, 우레 같은 박수소리를 졸지에 온통 웃음으로 바꿔버린 한 마디.
　"에이, 요 못된 년, 이년!"
　"천벌을 받을 년!"
　"벼락 맞아 뒈질 년!"
　진미식품집 할머니랑 빠끔이네 할머니가 그만 흥분을 하셨다. 무대에서 내려오는데, 누이는 요즘의 십 대 극성 팬에 둘러싸인 유명 연예인처럼 그만 장화네 엄마의 의상인 저고리의 앞섶을 잡혔다. 머리채도 잡힐 뻔했다. 또 한 번의 웃음소리, 선생님의 고함소리. 1971년 5월 8일, 어머니날에 치러진 대한민국 산골 신림의 학예회의 밤은 그렇게 끝장이 나고 있었다.
　저녁을 먹고 있는데 빠끔이라면 꺼벅 죽는 빠끔이네 할머니가 빠끔이를 앞세우고 우리 집을 또 찾았다.
　"환이 이놈, 이리 나와! 니도 우리 근이처럼 코피 터트리고 귀밑을 잡아 째 놓을 거여 당장 나와!"

나는 반사적으로 뒷문으로 냅다 뛰었다. 솔직히 빠끈이네 할머니보다 내 아버지가 더 무서웠다. 동네 아이들을 조금 손봐준 날이면, 어김없이 아버지께 혼이 나곤 했었다. 그런데 집안이 온통 왁자지껄했다. 몰래 엿보니 그만 내 엄마, 갱상도 영주 아지매가 투혼을 발휘하고 계신 것이 아닌가?

"이누무 할매, 오늘 내 손에 죽어보소!"

"우리 겡이(경이)가 어째 계모인겨? 그건 연극이시더 연극!"

"우리 겡이 나중에 시집 못 가면 책임질 게인겨?"

내 아버지의 표현대로 '힘 씨고 코 신(힘세고, 고집 센) 여편네'의 기질을 어머니는 유감없이 발휘하고 계셨다. 옆집 담뱃집 할머니도 오셨고, 길 건너 양조장 아줌마도 들려오셔서 겨우 사태를 수습했다. 빠끈이네 할머니는 헝클어진 머리로 비실비실 되돌아가셨다. 나는 내 어머니의 위세를 업고 한 며칠 동안, 빠끈이만 보면 죽여 버린다고 기세를 올렸고, 동네의 껄끄러웠던 유일한 내 숙적 빠끈이를 완전히 제압하는 개가를 올렸다.

엊그제 딸아이의 학예회라나. 그녀가 하루 휴가를 내고 신이 나서 학교에 갔다. 재미있었느냐고 물어보니 딸아이는

"재미있었어요."

라고 대답을 했고 그녀는,

"그냥 하루 때우는 거지 뭐. 요즘 거창하게 하면 엄마들이 난리를 치고 그냥 그래!"

괜히 내가 다 서운해졌다. 딸아이를 불러 세웠다.

"남주야, 장화홍련전 연극은 안 했어? 다음에 장화홍련 연극을 하면 계모 역을 맡아 알겠지?"

"왜요?"

"이놈아, 할머니가 계시잖아 걱정하지 말고"

그녀와 딸아이는 눈이 동그래지며 의아해했고, 옆에서 단감을 깎아 드시던 어머니는

"애비야! 쓸 대 없이……."

눈을 흘기시더니 빙긋이 웃으셨다. 나는 마당에 나와 참았던 웃음을 터트렸다. 힘 씨고 코 신 노전사老戰士가 따라 나오시더니 내 등을 철썩 때리셨다. 한참을 같이 웃었다

이별 데이트

    내 어머니의 표현대로라면 아버지는 얼굴값 하느라고 이 계집 저 계집 넘보고, 있는 것 남 퍼줄 줄만 알았지 내 식구 건사하나 제대로 못 하는 무능력하고 바람둥이 남편이셨다. 아버지 역시 어머니를 나만 알고 남은 모르는 무식하게 힘세고 코 센(고집 센) 여편네라고 혹평을 하셨다. 무능력하고 바람둥이인 아버지와 무식하게 힘세고 코 센 어머니 사이에 태어난 내 모습을 상상하라고 이 글을 적는 것은 아니니 엉뚱한 상상은 말기를 바란다. 나야 내 어머니보다 열 배는 더 코 센 아내님의 치마폭에 쌓여 있으니 어디 숨이나 크게 쉬고 살 수가 있겠는가. 더구나 척추에 질병까지 있으니 그저 안 쫓겨나고 목숨 부지하는 것만도 감지덕지다. 아버지는 대단한 미남이셨다. 원주에라도 나가는 날에는 아버지는 항상 검은 양복을 입고 가셨는데, 가끔 아버지를 따라 원주에 간 날은 지나는 아줌마들이 아버지를 흘긋거리는 것을 어린 나도 느낄 수 있었는데 괜히 나도 덩달아 기분이 좋아졌던 기억이 난다. 반면에 어머니는 미녀하고는 너무나도 거리가 먼 분이셨고 힘도 세셨다. 아버지 탓인지는 모르겠으나 어머니는 아버지에 대한 관심은 별로 없었고 온통 자식들에게만 정성을 쏟으셨던 것 같다.

아버지가 17세 어머니 15세 되시던 1941년에 두 분이 혼인을 하셔서 2년 만에 아들을 하나 낳으셨는데, 내 어머니의 표현대로라면 두 돌 지나고 그만 인간 구실 못하고 가 버렸단다. 그 후로 아버지 34세, 어머니 32세에 나보다 세 살 위인 누이를 낳았으니 실로 15년 만에 자식을 본 것이다. 일제 강점기와 해방, 6.25를 거치면서 15년간이나 후사가 없었다? 얼마 전에 우스개로 그 당시에 15년간이나 자식을 못 낳았으면 안 쫓겨나고 버티신 것만도 고마운 일이라고 했다가, 내 나이 마흔을 후딱 넘기고 오십이 내일 모래인 지금 어머니께 맞아 죽을 뻔했던 일도 있다만.

당연히 아버지는 자식을 낳지 못하는 내 어머니를 뒤로하고 화려한 여성편력을 유감없이 발휘하신 모양이다. 미남에다가 다정다감했던 아버지가 가만 계셨으면 오히려 이상한 일이 아니었겠는가. 그 시절에 말이다. 격이 안 맞는 말이긴 하나 울고 싶은데 뺨 맞은 격. 미녀하고 영 거리가 먼 부인에게 중매로 장가든 것부터 싫던 차에 후사까지 없었으니 또 미남이셨고 말을 안 해도 아시리라. 누이를 먼저 낳고 아들 셋을 내리 낳아 삼남 일녀를 두시고 나자, 약간의 '러브썸씽'은 있었으나 아버지는 열심히 일하셨다. 당신의 자식들에게도 다정다감하셨다. 코가 센 어머니는 그저 자식 입에 먹을 것 넣어주고 바라보시며 웃으실 줄이나 아셨는데 아버지는 계절에 따라 썰매며 연이며 나무를 깎아 자전거를 만들어 주셨고 나무로 칼을 깎아 나랑 칼싸움 놀이도 꽤 하셨다. 짚신도 삼아 주셨다.

우리 삼남 일녀가 성장하자, 어머니는 울적해지면 누이를 붙잡고 지난 세월의 한풀이를 하셨는데 그러면 지나치게 흥분한 누이는 나를 붙잡고 엉엉 울면서 아버지에 대해 원망을 쏟아냈었다. 나는 어머니와 누이가 아버지의 뒷말을 하는 것이 이상스러울 정도로 싫어서 나와 누이 간에 아버지에 대한 견해 차이로 다툼도 꽤 여러 번 했지 싶다. 하지만 머리가 커 가면서 내 마음속에도 어느 정도 아버지에 대한 실망감은 자리를 잡았던 것 같다. 아들들이 육체적으로 힘쓰는 일을 아버지만큼 하게 된 이후에는 어머니는 아버지를 많이 소홀히 대하시는 듯했다. 엄밀히 말하자면 소홀하신 정도가 아니고 마치 이제는 자식들이 다 자라서 당신은 필요가 없어졌으니 나가 달라고 말씀하시는 듯한 태도를 보이시는 듯 느껴졌었다. 내 눈에는 그리 보였다.

자식들이 성장함에 따라 아버지란 존재는 원래 쓸쓸해지는 것인지도 모를 일이란 생각이 들어서 그랬을까 어머니가 그러실 때마다 아버지의 뒷모습이 한없이 초라하게 느껴져 안쓰러운 적도 많았다. 그렇더라도 아버지와 마주 앉아 살갑게 대화를 한 적은 거의 없다. 내 마음 속에 아버지에 대한 실망감으로 그랬다기보다 막연히 아버지가 어려워서 그랬으리라. 아버지는 참 열심히 일을 하셨고 아버지의 부지런함은 동네 사람들이 다 알아줄 정도였다. 물론 새털같이 많은 날 중에 몇 날은 아닌 적도 있었다.

어릴 적 그 이름의 뜻도 모르던 '마이크로 버스'가 비포장 길로 가리파재를 넘어 산골 신림과 원주를 하루 두 번 오가던 시절에는 우리 방앗간도 눈코 뜰 사이 없이 바빴던 것 같다. 그러나 원주와 제천을 잇는 5번

국도가 포장되자 원주에서 시내버스가 하루에도 일고여덟 차례나 들어오니 당연히 장사는 안 될 수밖에 없었다. 아무리 가격을 낮추고 동네 아줌마들에게 살살거려도 시장 핑계를 대고 원주 시내에 놀러 가고픈 아낙들의 욕망을 꺾을 수는 없는 것이 아니겠는가? 어머니와 아버지의 힘은 힘대로 들어도 어쩔 수 없는 일이었다. 그러나 세상이 좁아져서 안 되는 것조차도 어머니의 마음에는 아버지의 무능으로 각인된 듯, 어머니는 아버지께 앞으로 어떻게 할 것인지 다그치시곤 했다. 어쨌거나 부부가 같이 고생을 해도 일이 안되면 신랑이 무능한 것이며, 그 신랑의 아내는 무능한 남편 만나서 무진장 고생만 했다고 치부되는 것이 어디 그 시절에 국한되는 일이겠는가? 또 내 부모만의 일이겠는가?

나와 딸아이 그리고 그녀가 빡빡한 생활을 하는 것도 나야 시절 탓은 할 수도 없거니와 나 혼자 저지른 일이고 보니, 그녀와 딸아이에게 내 아버지가 어머니께 미안했던 것보다 백배는 더 미안해야 되겠지만, 다행히도 나의 그녀는 내 어머니처럼 코만 센(?) 것이 아니고 나에게 곧잘 여우 짓을 하니 내 아버지보다 덜 외로워도 되리라 감히 생각해 본다. 나중에 쫓겨날지도 모를 일이지만 말이다.

목발에 의지하여 삼 년을 버텨 오신 아버지의 거동이 이상하게 느껴지기에 돈이 필요할 것 같아서 평소보다 두 시간씩 더 운전석에 앉아, 말 그대로 죽을 둥 살 둥 버티기를 몇 달, 참기 어려울 정도로 엉덩이에 통증이 느껴져서 쉬고 싶기도 하고 몸도 추스를 겸, 보름간의 휴가를 얻었다. 쉬는 것도 내 팔자에는 어울리지 않은 일이었던지 기다렸다는 듯이 아버지는 마비가 심해지셔서, 휴가 이틀째 되던 날부터 하루 두 번 아버지의 기저귀를 갈고 욕창을 소독해 드렸다. 병간호 초보자인 내 손길은 한없이 둔해서 하루 세 시간이 소요되었다. 처음으로 기저귀를 갈던 날은 당당했던 젊은 날의 아버지의 나이를 이미 넘겨버린 아들과 어린아이처럼 아래를 그대로 드러낸 채 누워있는 아버지와의 첫 대면이었다. 아버지는 마치 첫 밤을 보내던 때의 나의 그녀처럼 부끄러워하셨다. 소리 없이 눈물만 흘리셨다. 천붕지통天崩之痛. 어린 날 나에게 하늘같았으나 그보다 더 오랜 기간 쓸쓸한 남자의 뒷모습을 보여주시던 아버지, 이미 죽음의 그림자를 드리운 체 눈을 감고 눈물만 주르르 흘리며 누워계시는 아버지를 물끄러미 내려다보고 있자니 내 가슴 역시 새하얗게 무너져 내렸다. 날이 계속될수록 아버지는 금슬 좋은 부부의 사랑 행위처럼 아래를 온통 나에게 내맡기신 채 행복하기까지 한 표정으로 나를 바라보곤 하셨다. 말 배우는 아이처럼 쉼 없이 말을 하셨다. 이 다정다감하신 분이 그간 얼마나 외로우셨을까? 안쓰러웠다. 참으로 외로우셨으리라. 젊은 날 잠깐 얼굴값(?) 하시느라 이 기방 저 과수댁을 넘나드셨다는 것과 변화하는 세상에 발 빠르게 대처하지 못했다는 것 때문에 온통 외롭게 살아오신 당신의 말년이 억울하셨을지도 모를 일이다. 어찌 보면 자식만 바라보고 막무가내로 내달리는 당신의 아내, 내 어머니가 아버지는 버겁기도 하셨으리라.

"어이구 따갑다 좀 살살해라."

"뭐가 따가워요 엄살은……. 애들도 아니고 좀 참아요."

83세의 벌거벗은 아버지와 46세인 아들은 한 시간 반씩 두 번, 하루 세 시간을 적나라한 자세로 안타까운 데이트를 했다. 나 역시 아버지께 물

려받은 역마살을 풀어내느라 내 가족을 이리저리 무던히도 끌고 다녔을 뿐 아니라 입에 풀칠하는 일조차도 버거운 삶을 살고 있으므로, 눈앞에 누워계신 외로운 아버지의 모습이 바로 내 미래의 모습일 것은 자명한 일이고 보니, 부자지간에 묘한 동병상련을 느끼며 아버지와 데이트하는 시간이 즐겁기까지 했다.

"아버지 지난 애인 중에 어느 분이 가장 기억에 남으세요?"

아버지는 대소변도 못 가리고 누워 계시면서도 옆방의 어머니 눈치를 살피고 나서 만면에 미소를 머금고 이야기하셨다.

"흐흐흐, 그래서 말인데 당시에는 말이다 배는 고픈 시절이었지만, 이것저것 생각해 보니 아비보다는 내가 더 좋은 시절을 산 것 같다."

"부럽네요 아버지."

"흐흐흐 그렇제?"

"예, 흐흐흐."

매화가 흐드러진 봄날의 대화 한 조각.

"내 곁에는 아비가 있었다만, 아비는 누구랑 마지막을 보낼 거고?"

"이미 누구랑 이별 데이트를 할 그럴 시절은 지났습니다. 아버지가 마지막이세요."

"……"

"……"

"아비야, 남주 국민학교 졸업할 때까지 이 집에서 살게제?"

"예, 아버지"

"세월이 참 지겹게 안 간다는 생각을 했었는데, 지금 와서 생각하니 참 빠르게 흘렀네. 돌이켜 보면 아비랑 참 재미있게 산 것 같다. 고맙다."

"……"

"나 죽거든 고향이고 뭐고 다 필요 없다. 화장해서 이 집 뒤 대숲에 뿌려다오. 비 오면 빗물에 씻기면서 바람 불면 바람에 날리면서 한 이 년 더 아비랑 남주랑 같이 살고 싶다."

아버지의 유언이다. 뭘 형편이 못 되는 아들을 배려하신 고마운 유언이다. 아버지의 유언대로 해 드렸다. 내 형편상 어쩔 수 없는 선택이었지만 마치 그러지 않으면 안 될 것 같은 의무감도 느꼈다. 아버지가 누워 계시던 그 방, 그 자리에 컴퓨터가 놓여 있다. 컴퓨터 앞에 앉아있노라면 가끔 대숲에 흩어 드린 아버지가 살며시 처마 밑으로 다가오신다. 화들짝 일어나 아버지를 맞으면, 아버지는 내 어릴 적 보여주시던 장난기 어린 얼굴로 빙긋이 웃으시곤 한다. 아버지 가시고 이미 삼 년이 지났으나 그동안 태풍 한 번 불지 않았고 큰 비도 없었으니, 아마도 남주 중학교 졸업할 때까지는 집 뒤 대숲에 사시며 수시로 내 처마에 오실지 모른다.

누이

"누야, 엄마 언제 오나?"

막내 녀석은 칭얼거렸다.

"머리 긁어 봐라."

앞머리를 긁으면 올망졸망 촛불 앞에 모여 있던 사남매는 환성을 질렀다. 모두 들뜬 얼굴로 얼른 자리에 누워 오지도 않는 잠을 청했다. 얼른 잠이 들어야 내일이 빨리 올 것이고 내일이 되면 어머니가 오실 것 같았기에 그랬던 것 같다. 뒷머리를 긁으면 모두 멍해진 얼굴로 말을 잃었다. 침묵은 분위기를 더욱 가라앉혔고 이내 막내 놈과 둘째 놈은 울음을 터트렸다.

"바보 같은 새끼야, 앞머리를 긁어야지"

나는 참았던 짜증을 한꺼번에 터트렸고 동생의 울음소리는 더욱 커졌고 결국 해결사는 누이였다. 누이는 얼른 재미있는 옛날이야기 해 준다며 분위기 수습에 나서는 한편, 가재 눈으로 나를 째려보며 마치 엄마라도 되는 양 앙칼진 목소리로 나를 나무랐다.

"동생들을 잘 보살펴야지 왜 욕을 하고 난리야?"

동생 놈들은 더욱 섧게 흐느끼기까지 했다.

내가 국민학교 3학년, 누이 5학년, 동생 두 놈이 미취학이던 1970년 겨울 이야기이다. 부모님은 국수기계와 기름틀을 놓고 조그만 가게를 하셨다. 농번기에야 새참으로 국수 먹을 일이 많아 당연히 우리 집도 바빴지만, 겨울이 되면 자연히 한가해졌다. 그래서 부모님은 늦가을이 되면 참기름, 들기름을 한 열흘 동안 계속 짜 놓고는 보따리장사를 떠나셨다. 원주는 군인이 많던 곳이고 당연히 군인들이 사용하던 폐기처분 된 군복들이 수선과정을 거쳐서 뒤로 흘러나왔는데 이놈들을 헐값에 사서 경상도 지방으로 옮겨 가기만 하면 제법 돈이 되었던 모양이었다.

어머니 아버지가 보따리 장사를 떠나시면, 때로는 큰 이모님이 오셔서 우리를 보아 주시기도 했고, 옆집인 담뱃집 할머니에게 우리를 부탁해 주시긴 했지만, 방학이 되면 우리끼리 집을 지킬 때가 더 많았다. 지금에야 도저히 있을 수 없는 상황이긴 하나 사남매만 동그라니 남아 그럭저럭 집을 지켰다. 5학년 누이가 밥하고 동생들 자리 봐 주고, 3학년이던 나는 스스로 가장의 대리가 되어 안살림은 누이에게 일임하고 외적의 침입으로부터 우리의 터전과 누이, 남동생들의 안위를 돌보는 임무를 떠맡았다. 무슨 일인고 하니 군불 때기 전에 가마솥에 물을 길어 놓고, 동결방지를 위해 낮 동안 사용한 펌프의 물을 빼버리는 것이다. 누이가 불을 지피기 전에 불살개(불쏘시개)로 쓰게끔 장작을 잘게 부수어 놓는 것. 석유곤로에 석유를 채우는 것 등등. 어쨌건 아이들 넷만의 소꿉놀이 같은 살림은 짧게는 닷새 길게는 열흘 이상 지속이 되었다.

누이가 차려준 아침밥을 먹고 나면, 누이는 어머니의 대리로서 우리 삼 형제에게 각자 10원씩 용돈을 줬었다. 두 동생은 그 10원으로 온종일 밖에 나가 잘 놀았지만, 나는 그럴 수 없었다. 누이 혼자 집을 지킬 수는 없었기에……. 가끔 기름이나 국수를 사러 손님이 왔었기에 집에 돈이 항상 있었는데, 그 푼돈을 있지도 않은 깡패가 와서 빼앗아 갈지도 모른다는 막연한 불안 때문에 집을 비울 수 없었다. 물론 집을 비우지 말라는 아버지의 당부도 있었지만 말이다. 하지만 유혹이 너무 많았다. 얼음 위에 나가 놀고픈 마음은 계속해서 고개를 들었고, 만홧가게의 오뎅도 먹고 싶었다. 그래서 누이에게 일주일치 용돈을 한꺼번에 달라고 떼를 썼고 급기야 안 된다는 누이를 몇 대 패주고 칠십 원을 들고 밖으로 나갔다. 누이는 울음을 터트렸다. 한참 신나게 놀았다. 사실은 만홧가게로 갈려고 신작로 다리를 건너다가 누이가 걱정되어 돌아왔다. 누이는 내가 돌아왔을 뿐 아니라, 돈도 돌려줬는데도 울음을 그치지 않고 계속 서럽게 울었다. 나는 무릎을 꿇고 싹싹 빌었다. 그 후로 누이는 걸핏하면 부모님께 일러준다고 협박했으며 나는 그때마다 빌어야 했다. 무릎까지는 꿇지 않더라도 걸핏하면 집안의 여자에게 싹싹 빌어야 하는 내 운명이 그때부터 시작되었는지도 모를 일이다.

누이는 겁이 많았다. 겁이야 나도 많았지만 가장 대리인 내가 내색할 수는 없었다. 잠들기 전에 꼭 변소에 다녀오라고 누이가 동생들에게 당부해 놓고 막상 잠이 들 만하면 누이는 기어들어가는 목소리로
"환아, 오줌 마려워."
변소가 집을 돌아서 좀 컴컴한 구석에 있었기에 손전등을 켜도 어둡기는 매 한가지였는데, 그나마 손전등은 누이가 가지고 들어가면서도

밖에 있는 나를 보고는 기어들어가는 소리로 애원했다.

"내가 나갈 때까지 가면 안 된다 알았지?"

예나 지금이나 그놈의 구신이야기에는 공동묘지하고 재래식 변소이야기는 꼭 들어 있는 법. 누이의 볼일이 끝날 때까지 머리를 절레절레 흔들며 변소 밑에서 빨간 손이 올라온다는 둥 긴 혀가 스윽 올라와서 똥꼬를 닦아준다는 둥 하는 귀신이야기를 떨쳐버리려 애썼다. 볼일이 끝나고 방에 들어갈 때에도 누이가 앞서서 들어가고 내가 따라 들어갔는데, 꼭 누가 뒤에서 발목을 잡는 것 같아 후다닥 뛰어 들어갔다.

평상시에는 호야(유리 갓을 씌운 램프)를 사용했으나 잠자리에 누울 때는 겁이 나서 촛불 켜고 호야불 끄고 누워서 촛불을 불어서 껐는데, 잠이 잘 올 리가 있겠는가? 밖에서 좀 이상한 소리가 나거나 개가 좀 크게 짖으면 벌벌 떨면서도 가장대리임에 순찰을 해야 했다. 물론 임무완수 후 방으로 들어올 때는 사색이 되었다. 닥치는 대로 학교 도서실에서 책을 빌려 읽어댄 5학년 누이는 3학년 남동생에게 참 많은 이야기를 해 주었다. 신데렐라, 소공자, 장화홍련전, 올리버 트위스트, 참 웃긴 것은 그 당시에 모윤숙님의 랜의 애가란 책 이야기를 들은 것 같다. 김말봉님의 찔레꽃도……

보따리 장사로 수입이 괜찮으셨던지 우리는 그 이듬해 겨울 원주로 이사했다. 그러나 정작 원주에서 국숫집은 더 어려웠던지, 아버지는 몇 달 버티시지 못하고 다시 어머니랑 보따리 장사를 떠나시더니 내가 6학년이 되던 해 다시 신림으로 이사하셨다. 그래도 자식은 대처에서 키워야 한다는 부모님의 배려로 누이와 나는 원주에 남았다. 군인극장 뒤에 사글셋방을 얻어 자취를 했었다. 백열등이 덩그러니 매달린 자그마한 방에 창호지로 된 화판 크기의 창문 하나, 연탄이 쌓여 있는 습기 찬 부엌이었다. 학교에 다니면서 연탄불을 관리한다는 것이 참 쉽지는 않았다. 집으로 일찍 돌아오는 내가 연탄불 담당이었는데 걸핏하면 꺼트리고 곧이어 누이의 앙칼진 원망, 지금처럼 번개탄이라도 있었더라면 쉬웠을 것을 처마 밑에 나앉아 울기도 많이 울었다. 옆방 아줌마에게 새 연탄을 주고 밑불을 얻어오면 다행이고 안 그러면 숯을 피워 연탄에 불을 지펴야 했다. 어쩌다가 연탄불을 꺼트리고 석유곤로에 석유마저 바닥이 나면 우리는 화덕을 걸고 학교에서 나누어 준 등사물을 태워서 밥을 지어 먹었다. 시험지는 생각보다 화력이 좋아서 밥은 금방 할 수 있었다. 연탄불이 온전하면 설거지와 밥을 내가 할 때도 있었다.

[피란시절 신랑, 나, 우리 아기 나란히 누워서……. 아기가 잠이 들면 돌아누워서 남편의 품에 안겨 큰아기가 되어……. 한여름 밤의 싱그러운 정사였다.]

당시 유명세를 타던 박계형의 수필집 '날이 새면 생각하리'에서 본 글이다. 정확한 기억은 아니나 지금부터 30년도 더 된 6학년 때의 기억. 이해나 되었을까마는 누이가 읽는 책을 얻어서 막연히 그냥 읽은 기억이다. 당시 누이는 중학교 2학년, 나는 6학년이었다. 밥을 먹고 나면 라디오도 없던 방에서 누이랑 할 게 무엇이었겠는가? 누이의 학교 도서실과 시립도서관에서 빌려온 책을 읽고 또 읽었다. 이해하고 못 하고는 문제가 아니었다. 30촉짜리 백열등이 천장에 동그라니 매달려 있는 방. 아버지가 사과 궤짝으로 만들어 주신 앉은뱅이책상에 마주앉아, 분위기상

전등을 꺼버리고 촛불을 밝힌 채 책을 읽다가 누이의 이야기를 듣다 했다. 6학년짜리가 읽었던 전혀 이해할 수도 없었던 책, 인간의 굴레, 북경에서 온 편지, 대지, 호밀밭의 파수꾼, 찔레꽃, 유정, 무정, 안나까레니나, 대위의 딸, 이방인, 까라마조프의 형제들, 야간비행……. 지금 생각해도 웃음이 난다.

누이는 걸핏하면 원고지에 글을 써서 읽어보라는 통에 많이 황당했었다. 재미없다고 대답하면 샐쭉해진 얼굴로 가만있는 누이가 불쌍해서 무조건 재미있다고 했는데, 그러면 성의 없다고 또 뭐라 그랬다. 어쨌든 누이는 책읽기와 글쓰기를 계속하더니 중학교 2학년 땐가 '여학생' 이란 잡지에 글을 올렸다. 제목이 '깨진 안경' 이었는데 심사 후기에 동생에 대한 어린 누이의 애정 어쩌고 라는 심사평을 쓰신 분을 누이와 함께 막연히 미워했다. 나는 당시에 안경을 사용하지도 않았을 뿐 아니라, 내 허락도 없이 누이의 글에 나를 올렸고, 그것도 말썽만 피는 놈으로 올렸다. 나도 누이 때문에 힘든 일도 많았는데 말이다. 누이와 함께하는 책 읽기와 이야기나누기는 밤 열한 시 삼십 분 통행금지 예비 사이렌이 울릴 때까지 계속 될 때가 잦았다. 사이렌이 울리면 누이는 여태껏 보여 주었던 꿈꾸는 얼굴에서 금방 겁먹은 얼굴로 변해 버렸고, 다시 한 번 사이렌 소리 야경의 호루라기 소리, 그렇게 오누이는 잠이 들곤 했다.

누이는 나중에 시집 장가를 가지 말고 바닷가 언덕 위에 예쁜 집을 짓고 동생들이랑 같이 살자고 했는데 자기가 먼저 홀라당 시집을 가버렸다. 내가 스무 살 되던 그 해에……. 그 후 나는 십 년도 더 스절하다가

장가를 갔다. 물론 바닷가 언덕 위도 예쁜 집도 아니지만 지금 섬에 살고 있다. 아, 누이 이야기를 할라치면 그림처럼 떠오르는 옛 추억 하나. 학교에 가려면 모자가게 앞을 지나야 했는데, 진열장에 있는 '시인모자'가 엄청 갖고 싶었다. 신문 만화에 나오는 호떡같이 생긴 것에 수박 꼭지가 붙어 있는 '고바우영감'의 모자. 용돈을 백 원 가까이 모아 보았는데 누이에게 빼앗겼다.

딸아이에게 아빠의 옛이야기나 들려줄 요량으로 글을 쓰기 시작했는데 왜 문학소녀시절의 누이가 자꾸만 떠오르는지 모르겠다. 딸아이와 그녀에게 아빠가 택시 운전할 때 그 '시인모자'를 쓰면 어떻겠냐고 물어보니, 그녀는 웃기만 하고, 딸아이는 '시인모자'가 아니고 '화가모자'란다. 무슨 소리, 시인모자지 그럼 시인모자!

둔전마을에 오시면

막연히 나도 그렇게 가고 싶다는 생각이 들곤 했기에 그럴까? 꽃비가 되어 흩날리는 매화를 보면 비장해지기까지 하다. 이미 변심한 정인情人의 문가에 비굴하게 매달려 애원하다가 털썩 떨어져 추한 몰골을 보이고 마는 능소화와 달리, 고고한 기품으로 살다가 미련 없이 흩날리는 매화가 나는 그지없이 좋다. 남 먼저 피는 정열을 가슴에 삭이고 무심한 듯 고고하게 한 세상 살다가 깨끗하게 털고 가기가 어디 쉬운 일인가.

어젯밤부터 비가 내린다. 집 앞의 몇 그루 매화는 멋지게 흩날려보지도 못하고 더러는 발아래 덜어지고 더러는 빗물에 푹 젖어 있다. 안타깝다. 깨끗이 흩날리지 못함도 운명이런가. 아버지가 가신 날도 집 앞의 매화가 흐드러졌었다. 며칠 있으면 아버지가 가신 날이라 공연히 심사가 서러워 내 아버지를 대하듯 매화를 바라보고 있었는데 어젯밤 비에 매화는 날아보지도 못하고 떨어져 버렸다. 내 탓인 양 아버지께 죄스러웠다. 공연히 심사가 서러워 집 뒤 대밭에 올랐다.

아버지를 흩어 드린 이 자리에 올라오니 내 집이 잘 보였다. 서로 외로울 것 같아 가까이 흩어 드렸는데, 지금은 너무 잘 보인다는 생각이 든다. 훵 떠나지 못하시고 아들 집 처마 밑에 가끔 찾아와 아들놈의 심사를 흔들어 대시니 말이다. 이 자리에 이렇게 흩어져 아들의 처마를 물끄러미 내려다보는 내 아버지나, 요만큼 거리에 아버지를 흩어 드리고 올려다보며 한숨짓는 나를 보면 이것이 역마살이 낀 부자의 운명일지도 모른다는 생각이 든다. 그러고 보면 나도 내 아버지만큼이나 많이 돌아다녔다. 반평생을 마냥 돌아다니다가 자식이 학교에 들게 되자 그 자리에 그대로 앉은뱅이가 되어 미처 다 못 푼 역마살로 가슴이 붕 뜬 채 남은 세월을 살다 가신 내 아버지의 뒤를 나 역시 기가 막히게 잘 따르고 있다.

　여전히 우리 동네 통영 미륵도의 둔전마을은 안개비에 젖어 있다. 안개비 속의 둔전마을은 이미 떠나신 내 아버지가 아들의 가슴에 담겨 함께 사는 곳이다. 둔전마을 꼭대기, 산 밑의 파란 양철지붕집은 그래서 나쁘지 않은 곳이다. 아버지 흩어 드린 이 자리에 서니 새삼 내 집이 잘 보인다. 내 집을 내려다보니 어머니가 마당을 서성이고 계신다. 애나 어른이나 안개비가 날리면 공연히 쓸쓸해지는 모양이다. 어머니가 걱정스러운 눈으로 올려다보시니 얼른 내려가야겠다. 팔순의 노모도 어머니는 어머니인지라 자식의 심사를 너무도 잘 읽으시니 얼른 내려가 안 그런 척 웃어야 한다.

　둔전마을에는 미풍에도 가슴 부풀어 오르는 머리 허연 소년이 살고 있다. 제 어머니에게 꺼벅 죽는 마마보이로, 마누라 치마폭에 쌓인 못난 놈으로, 딸아이에게 쩔쩔매는 즛대 없는 아빠로 이 세상을 비틀비틀 살아가는 여린 사춘기 소년이 살고 있다. 둔전마을에 오시면 강원도 산골에서 자라나서 이리저리 부평초로 떠돌던 덜 떨어진 한 촌놈이, 두 눈을 꼭 감고 가슴에 아버지를 묻고 등에 어머니를 업고 양손에 처자의 손을 잡고 산 밑 움막에 비를 피하고 서 있는 모습을 보실 수 있을 것이다.

아버지의 장화

딸아이의 발이 커버려서 언젠가 사 주었던 장화를 더 신을 수 없는 모양이다. 생전에 아버지가 쓰시던 방 처마 밑에 딸아이의 분홍색 장화가 뽀얗게 먼지를 뒤집어쓰고 놓여 있다. 이제 신지 못하는 장화를 보고 있자니 내 마음이 서운해진다. 36년 전 눈 쌓인 가리파재, 새벽하늘을 찌르고 아득히 높게 서 있던 치악산 시명봉, 그리고 헐떡이던 아버지의 등이 떠오른다. 공연히 아버지가 쓰시던 방을 들여다보며 유난히 맏아들 자랑에 열 올리시던 내 아버지께 죄스러움을 느낀다.

1974년 초, 자식은 대처에서 키워야 된다는 부모님의 소신에 따라 원주에서 누이와 자취를 하며 국민학교를 다니던 나는 6학년 겨울 방학을 맞아 신림 집에서 신나게 놀고 있었다. 하루에 한 번 나무하러 가시는 아버지를 따라 산에 오르는 일 외에는 딱히 할 일도 없었다. 그나마 며칠간은 계속해서 눈이 내렸으므로 나무하러 가는 일조차 중단되었기에 마냥 즐거웠는데, 그날은 분위기가 심상찮았다. 책상 앞에 앉아 공부하는 척하고 있어야 한다는 것을 본능적으로 알고 있었으므로 두 동생과 함께 책상머리에 앉아 콧구멍만 후비고 있었는데, 어째 부모님의 분위기는 점점 더 가라앉았다.

"어째야 좋노?"

조급한 마음을 달랠 길이 없으셨던지 종종걸음으로 신작로에 나가 먼 가리파재 쪽을 한참 바라보시던 어머니가 머리와 어깨에 온통 흰 눈을 가득 얹은 채 집으로 들어오셨다.

"도대체 이놈의 눈은 그칠 줄 모르네, 어쩔 거이껴?"

아버지는 별 반응이 없이 화로의 불만 부젓가락으로 쑤시고 계셨고, 어머니의 조급함에도 아랑곳하지 않고 싸락눈은 소리 없이 계속 내리고 있었다.

"우리 환이 중학교에 못 가서 나중에 땅 파먹고 살면 어쩌노."

급기야 어머니는 털썩 주저앉아 울기 시작하셨다. 눈이 계속 내리면 길이 막혀 원주 가는 버스가 오지 않게 되고, 그러면 맏아들인 내가 중학교 추첨을 못하게 되며 결국은 중학교에 진학을 못하게 될지도 모른다는, 지금 생각하면 실소를 자아낼 조바심을 어머니는 하고 계셨다.

"아따, 그 사람 방정은……. 버스가 못 오면 걸어가면 되지 뭘 그래?"

아버지는 여유 있게 담배를 피우시더니 비장한 목소리로 말씀하셨다.

"내일 새벽까지 기다려 보고 버스가 못 올 것 같으면 가리파재 넘어 금대리까지 걸으면 되지, 금대리에 가면 원주 시내버스가 들어올 테니."

눈길을 걸으려면 장화가 있어야 되니 장터 신발가게로 가자고 하셨다. 장화, 눈이 쌓이면 쌓인 대로 비가 오면 오는 대로 산골 촌놈에게 장화 없는 설움이 얼마나 큰 것인지는 촌에 살아보지 않고는 절대로 모른다. 장화라……. 얼마나 신어보고 싶었던가. 조르고 궁둥이 맞기 또한 몇 번이던고! 장화가 제 발로 걸어 들어오게 생겼으니 그 기쁨을 어찌 말로 다하겠는가. 아버지 손을 잡고 쪼르르 장터의 신발가게로 달려갔다. 그러나 아무리 골라도 아동용 장화 중에는 내 발에 맞는 것이 없었다. 성인용은 항공모함이었고. 그렇지만 이대로 물러설 수는 없는 일, 나는 아동용 중에서 제일 큰놈을 골라 들고 내 발에 꼭 맞는다고 빡빡 우겼다. 신발가게 아저씨도 거들었다.

"뭐 맞긴 맞네."

아버지는 너무 작다고 하셨으나 장터에 신발가게가 또 있는 것도 아니고 대안이 없는데 어쩌시겠는가. 운동화를 신고 무릎까지 빠지는 눈길을 걸을 수도 없거니와 가리파재를 넘어 금대리까지 삼십 리가 넘는 길을 업고 갈 수는 더더욱 없는 일이 아닌가?

한 밤인 세 시 반쯤 밥을 먹고, 그 장화를 신고 주먹밥을 허리에 찬 채 네 시경에 길을 나섰다. 눈은 이미 그쳤으나 무릎 위까지 쌓여 있었다. 그 길을 넉가래를 멘 아버지가 앞서시고 나는 아버지의 발자국을 따라 걸었다. 장화의 차가운 느낌이 무척 좋았다. 눈이 장화의 바닥에 달라붙어 걷기가 정말 어려웠으나 나는 마냥 좋았다. 장화가 생겼으니 말이다. 두 시간 이상 걸었지 싶다. 멀리 치악산 시명봉 위로 까만 하늘에 푸른빛이 살짝 비칠 무렵 가리파재 정상에 섰다. 가리파재 정상의 성황당 처마에 서서 잠시 휴식을 취하는데 발이 화끈거리고 간지럽게 느껴졌다.

"아부지, 발이 간지러워요."

아버지는 황급히 장화를 벗기고 내 발을 살펴보셨다. 벌겋게 달아오르긴 했어도 별로 아픈지 모르고 있었다. 단지 간지러웠을 뿐이었다. 황망한 표정을 잠시 보이시던 아버지는 급히 내 양말을 벗기고 주변의 눈을 뭉쳐 발을 문지르셨다.

"환아 쫌만 참아라. 중학교 못 가면 평생 땅 파먹고 살아야 한데이."

"예, 아부지 괜찮아요 이제 안 간지러워요."

겁이 덜컥 났으나 어쩔 수 없었다. 아버지는 발이 아프다는 나를 업고 오금까지 빠지는 눈길을 걸어 내려가셨다. 가리파재는 정말 험했다. 몇 번이나 아버지와 함께 눈길을 뒹굴었는지 모른다. 등이 아플 정도로 찬바람이 불어왔고 길 양편의 상수리나무는 횡횡 울어댔지만, 아버지의 등은 후끈한 열기를 전해 주었고 헉헉대는 아버지의 숨결이 자장가처럼 느껴졌다. 자꾸만 잠이 왔다.

"춥제?"

"아이요, 아부지. 그런데 잠이 와요."

"자면 안 된데이. 자지 마라."

가리파재를 거의 다 내려와 치악역 부근에서 마침 지나가던 제무시 산판차(GMC 트럭을 개조한 사륜구동의 벌목용 차)를 얻어 타고 관설리 시내버스 종점까지 갔다. 다시 시내버스로 쌍다리 앞 그레이하운드 고속버스터미널까지. 주먹밥은 버려두고 터미널 옆 찐빵 집에서 아버지는 찐빵과 만두를 사 주셨다. 생애 최초로 빵집에서 가마솥에 연탄불로 찐, 뒷집 종선이가 자기 엄마 따라 원주 갔을 때 먹었다고 자랑하던 돈 내고 먹는 찐빵을 먹었다. 아버지는 내 발을 닦고 주무르느라 정신이 없으셨다.

원주국민학교 체육관에 시내 6학년 전체가 모여 중학교 배정을 위한 뺑뺑이를 돌렸다. 복권을 추첨하듯 원통에 번호가 적혀 있는 은행 알을 넣어놓고 오른쪽으로 두 번, 왼쪽으로 한 번 통을 돌리면 은행 알이 하나 떨어졌는데, 내 은행 알은 六 번이었다. 6번이 아니고. 9번과 혼동을 피하고자 그랬겠지만 다른 번호는 모두 아라비아 숫자였는데 오직 六 번만 한자라, 六 번은 6학년을 다시 다녀야 한다는 소문이 금방 돌았고, 이 불안감은 중학교 예비소집일에 내 이름이 호명되고 나서야 사라졌던 기억이 난다.

추첨을 마치고 신림으로 돌아왔다. 발이 화끈거리고 심하게 부어올라 장화 벗기에 애를 먹었다. 발등은 퍼렇게 멍이 든 채 부어올라 있었다. 발가락도 견딜 수 없이 아팠다. 다음에 다시 발에 맞는 것으로 사주시겠다는 아버지의 말씀이 별로 믿기지 않았으나 결국 장화를 동생에게 양도해야 했다. 내 발에 꼭 맞는다고 우기지도 못한 채……. 그 후 세 살 아래의 동생 녀석은 장화를 신을 때마다 엉덩이를 나에게 맡겨야 했다. 어머니께 내가 엉덩이를 맞는 것으로 되돌아오곤 했지만 말이다.

"당신 뭐해?"
"아무것도 아니야."
"그 장화, 재활용 통에 넣을 건데 뭐 하러 씻어?"
"그냥."
"물은 그냥 나오나? 할 일 없으면 마당이나 쓸지."
망할 놈의 여편네가 또 잔소리이다.
"당신이 장화가 뭔지 알기나 해? 장화는 말이야 바로 아버지 사랑이야. 개뿔도 모르면서."

엉뚱한 내 대답에 마누라는 황당한 표정을 지으면서 딸아이에게 한마디 한다.

"남주야, 니 아빠가 4년이나 신어서 닳아빠진 장화란다. 곧 재활용 통에 들어갈 쓰잘떼기 없는 장화란다!"

그러거나 말거나 나는 딸아이의 분홍장화를 깨끗이 씻어서 아버지의 창틀에 고이 올려 두었다.

제4부

내 마음의 보석상자

나무꾼과 선녀

-김숙희 선생님

　나무하러 가시는 아버지를 따라 산에 가는 것이 무진장 싫었다. 봄부터 가을까지는 산에 풀도 므성했고 또 자그맣게 국수공장을 하시던 부모님도 바빴으니 두 동생과 놀기만 하면 장남의 임무는 끝이었다. 그러나 가을걷이가 끝나는 늦가을로 접어들면 땔나무를 장만해야 했기에 아버지는 오전 오후, 하루 두 번씩 지게를 지고 산으로 가셨고 그럴 때마다 나를 데리고 가셨다. 산에서 돌아올 때, 아버지는 어김없이 갈비(소나무 낙엽)를 자그맣게 한 단 묶어서 내 등에 지워 주시곤 했는데, 나는 지게가 아닌 갈비 단을 지고 온다는 사실이 친구들에게 부끄러웠다. 7, 8세의 어린 나이였기는 했으나 그래도 나무꾼의 체면이 있지 않은가? 처음에는 나도 어른이 된 것 같은 착각에 빠져 내 몸에 맞는 지게를 만들어 주셨으면 하고 바랐으나 하루 이틀 지나니 꾀가 났고, 나중에는 친구들과 놀고 싶어 꾀병도 자주 했지 싶다.

　그날은 앞산의 신랑바위를 돌아 산뒤(골짜기 이름이 산뒤다)로 갔었는데 시간이 지체되어 그단 해거름이 되었다. 마음이 조급해지신 아버지는 신랑바위를 돌아 내려오는 길을 포기하고 가파른 비탈로 질러 내려오는 길을 택하셨다. 결국 내가 발을 헛디뎌 산 아래로 30m가량 내리 굴렀다. 잠깐 기절을 했던 것으로 생각한다. 머리가 터졌다. 아버지는 나를 업고 바로 국민학교 앞에 있는 김창성 의원으로 가셨다. 아버지가 높이 치켜든 호야 불에 의지하여 의원은 내 머리를 꿰매셨고, 나는 고개 를 숙이고 바닥에 일렁이는 내 머리의 그림자를 바라보고 있었던 것 같 다. 몇 바늘 꿰매고 엉덩이에 주사를 맞았다. 발가벗긴 채 여기저기 아 까징끼인지 옥도정끼인지로 도배를 하던 차에 웬 아리따운 색시가 들어 왔다. 시골 의원이라 간호부는 없었고 마침 겨울 방학이라 교육대학 다 니던 의원 댁 맏딸이 아버지를 돕고 있었는데 그만 전라로 보디페인팅 을 하는 나와 눈이 딱 마주쳤다. 사나이의 알몸을 어머니가 아닌 의원 댁 맏딸에게 보이고 만 것이다.

이놈의 아가씨는 얼른 밖으로 나갈 생각은 않고 자기 아버지인 의원 의 가위, 칼, 빨간 약솜이 들어 있는 바구니를 들고 바짝 다가서는 것이 아닌가? 얼굴이 붉어져서 몸을 비비 꼬다가 결국 돌아서서 울었다.

"고추도 조그만 놈이 부끄러운 줄은 알아서. 숙희는 그것 여기 두고 그만 나가 보아라."

의원님의 말에 아가씨는 되레 자기가 얼굴이 나보다 더 붉어져서 밖 으로 뛰어나갔다. 의원님도 껄껄 웃으셨다. 어쨌든 내 알몸을 처음 본 이성 처녀가 나를 책임질 생각은 않고 얼굴이 붉어져 도망을 갔다.

국민학교 4학년 때. 여름 방학이 끝나고 학교에 가자 담임선생님이 바 뀌었단다. 운동장에서 아침 조회를 하던 중 교장선생님의 전근 오신 선생님 소개가 있었는데 4학년 1반을 맡으신다고 말씀하실 때까지도 우리는 선생님이 바뀐 줄 모르고 있었다. 최 선생님이 전근을 가시고 학교 앞 김창성 의원의 맏딸, 예쁜 김숙희 선생님이 오신 것이다. 내 알몸을 보고 나를 울려 놓고 자기도 얼굴이 붉어져서 도망갔던 그 사랑스러운 여자였다. 그날 집에 가서 김창성 의원의 맏딸이 내 담임선생님으로 오셨다는 말을 했더니 어머니가 국수를 싸 주시며 드리고 오라고 하셨다. 친구들이 볼까 두려웠던 생각이 난다. '니네 엄마 선생님에게 와이로 썼다.' 라고 놀릴 것이 두려웠다. 의원 댁에 갔더니 의원 내외분하고 선생님이 계셨다. 선생님이 놀리셨다. 내 고추 봤다고. 또 얼굴이 붉어졌다.

선생님은 걸핏하면 반장이던 나를 부르셨다. 4교시가 끝나고 점심을 먹고 나면 수업을 빼먹고 축구부 훈련을 해야 했는데 묘한 해방감을 느꼈었다. 공부시간에는 이상하게도 선생님 얼굴 보기가 좀 부끄러웠다. 뭔가 선생님과 어떻게 될 것 같은 운명을 느꼈었다. 빨리 커서 선생님께 장가들고 싶었다. 그 선생님은 나이를 안 먹는다고 생각을 했는지 모른다. 그 후로 내 머리는 두 번 더 터졌지만 김창성 의원에는 가지 않았다. 목숨 걸고 그냥 집에서 된장 발랐다.

나중에 이 글을 보내드리고 싶어 교육청 사이트의 '은사 찾기' 프로그램을 기웃거려 보았으나 도저히 찾을 수가 없었다. 옛 여인은 마음에 담아 두어야만 하는지 혼자 쓸쓸히 웃고 말았다.

옥분이를 아시나요

산골 신림에 산다고 해도 다 같은 촌놈은 아니었다. 신림 촌놈보다 더 촌놈도 있었던 것이다. 금창리 안쪽, 백운산 기슭으로 산 도랑을 이쪽저쪽으로 건너뛰며 나 있는, 달구지조차도 들어가지 못했던 산속 오솔길로 30여 분을 걸어 들어가면 나타나는 여차이(예찬) 마을, 옥분이는 거기에 살았다. 신림국민학교까지 아이들의 잰걸음으로 걸어서 한 시간, 매일 왕복하기는 절대 녹록하지 않은 거리였다. 그러므로, 학교까지 동네 아이들을 인솔할 사람이 필요하였기에, 여차이 마을 사람들은 4, 5년에 한 번씩 동네 아이들을 몰아서 같은 학년에 입학시키고는 했는데, 당연히 나이가 많은 아이는 동네 아이들의 보호자였다.

나보다 다섯 살 많은 여차이 마을의 옥분이. 얼굴에는 검버섯이 항상 피었었고 목이 길고 황소 눈깔에다가 걸핏하면 울던, 또래의 아이들과 하루에도 몇 차례나 싸움을 하던 욕쟁이. 점심시간이 되면 나는 옥분이랑 나란히 앉아서, 서로의 도시락을 탐하기에 정신이 없었다. 내 노랑양은 도시락은 밥과 퍼런 짠지(김치), 가끔 염소 똥(콩자반), 일 년에 한두 번 계란프라이와 멸치가 전부였다. 옥분이는 도시락이 없어서 베 보자기에 옥수수떡, 찐 감자와 고구마, 수수부꾸미를 싸 가지고 왔다. 가끔 밥주발에 보리밥과 퍼런 짠지가 들어 있었다. 악동들이 여자와 점심을 같이 먹는다고 얼레리 꼴레리 할 때가 있었는데 당연히 옥분이에게 반쯤 죽어야 했다. 아무도 싸움으로 옥분이를 이길 수가 없었다. 나만 빼고……. 뭐, 맞아 준 것이겠지만.

옥분이로 인하여 정말로 가슴 싸한 추억 하나가 떠오른다. 신체검사를 한단다. 신체검사야 뭐, 키와 몸무게를 재고 시력측정하고 색맹판정하고, 운동장에서 달리기, 던지기, 그냥 노는 날과 마찬가지로 신나는 일이었다. 그러나 신체검사 전에 하는 때 검사는 죽을 맛이었다. 며칠 전에 예고를 하기는 했지만 산골에서 이른 봄 그나마 낮에는 들일을 나가고 저녁식사 후, 피곤한 몸으로 자식들 목욕시키기가 어디 쉬운 일인가. 기껏해야 가마솥에 물을 데워 함지에 옮겨 붓고 대충 물칠만 하는 목욕. 악동 대부분은 선생님께 '까마귀사촌'이란 판정을 받아야 했다. 당연히 벌 받고 심하면 몇 대 맞았다.

신체검사 날, 남자아이들 먼저 팬티 바람에 치수를 재고 밖으로 나왔다. 뛰고 달리고 던지고 무난히 일정을 치르고 나서 운동장 구석에서 놀았다. 잠시 후, 여학생들도 하나씩 둘씩 밖으로 빠져나왔는데, 옥분이는 나오지 않았다. 가슴둘레를 재지 못하겠다고 버티는 중이었다. 선생님과 옥분이의 실랑이, 선생님의 성질에 분명히 몇 대 맞았을 것이다. 잠시 후 옥분이는 눈물을 훔치며 나왔고, 이어서 여자아이들의 체력검사가 있었다. 청소검사 맡고 종례 후

"옥분이는 남아라!"

선생님의 명령에 모두들 우르르 몰려 나왔다. 옥분이가 궁금했다. 교문을 빠져나와 아이들을 따돌리고 얼른 학교 뒤로 돌았다. 아카시아로 된 담에 뚫어 놓은 개구멍으로 다시 학교에 들어가 창문 밖에 숨어 교실을 보니 옥분이는 벌서고 있었다. 무릎을 꿇은 채 선생님께 꿀밤을 몇 대 맞고 한참 후 가슴둘레를 쟀다. 윗옷을 가슴까지 올리고 선생님이 뒤에서 손을 돌려서 쟀다. 깜짝 놀랐다. 옥분이의 젖무덤이 내 어머니만큼은 아니었지만 봉곳하니 솟아 있었다. 얼른 달아나 운동장 구석에 있던 돌배나무 아래에 쭈그리고 앉았다. 까닭 모를 설움에 울고 싶었다. 한참 후 옥분이가 나왔다. 손에는 무상으로 배급하던 옥수수 빵을 두 개나 들고 있었다. 가슴둘레를 끝까지 재지 않았다며 그렁그렁한 눈으로 빵을 내밀었다. 하나씩 먹었다.

"맛있지?"

"응."

까짓것, 그래도 빵 맛만 좋았다. 눈물에 젖은 빵. 그날 저녁을 먹고 슬그머니 밖으로 나왔다. 주먹만 한 돌멩이를 한 손에 하나씩 들고, 우리 집에서 오십여 미터 떨어진 선생님의 집으로 갔다. 호야의 불빛이 창호지 문으로 새어 나오고 있었다. 돌멩이를 냅다 던졌다. 두 개 다 창호지 문을 맞추었다고 믿으며 냇가의 둑길로 뛰었다. 한참을 엉엉 울었다.

십칠 년의 세월이 흘러 스물일곱 때 신림 능골의 우리 집 앞에서 옥분이를 만났다. 그녀는 이미 서른둘이었다.

"어머, 환이 아니니? 나 옥분이……."

"많이 변했다. 나 기억 안 나?"

예전과 변함없는 수다다.

"아……."

'예'도 아니고 '어'도 아니고 말을 놓을 수 없었다. 그렇다고 존댓말
도 안 나왔다. 이미 아이 둘 딸린 아줌마가 되어 있었다. 황소 눈만큼이
나 커다란 눈에 가는 목, 여전히 예뻤다. 연상의 여인이 별로 문제 되지
않는 시절이 온다는 것을 그때는 왜 몰랐을까?

내 마음의 보석상자

　그 안에 무엇이 들어 있는가 하는 약간의 차이가 있을 뿐이지 누구나 마음속에 보석 상자 하나씩은 끼고 살아가리라. 나 역시 그런 보석 상자 하나는 끌어안고 사는 놈이다. 가끔 홀로 열어보는 즐거운 내 마음속의 보석 상자. 요즘, 새로 주워 담은 놈이 있어서 그 중 하나를 공개하려고 한다. 이왕이면 구색 맞춰서 삼십오 년 전 쯤에 집어넣은 놈도 하나 더해서 세트로 공개 한다. 기왕 인심 써서 공개하는 것 통 크게 세트로!

〈종과 액자〉

　며칠 전 그녀가 안 하던 짓을 했다. 퇴근하면서 뭔가 잔뜩 숨겨오는 듯 눈치를 보이더니 저녁 식사 후 커피잔을 마주하고 상자 하나를 내미는 것이 아닌가.

"당신 선물이야."

　순간 당황했다. 이놈의 여편네가 어디 아픈가.

"거기 둬라."

　안 뜯어본다고 성화를 부리는 그녀를 뒤로하고 마당으로 나왔다. 딸 아이 앞에서 마누라 선물을 받고 히죽거리기가 어색했다. 그놈의 체통 때문이다. 그녀는 조금 서운해 하는 눈치였다. 아차 싶었지만 내친걸음, 어쩌겠는가.

"남주 이거 좀 뜯어봐라"

딸아이에게 밀었다.

"그래도 엄마가 아빠께 드리는 선물인데요."

"야 인마 남주, 빨리 안 뜯어?"

담배 하나 느긋하게 피우고 누렁이 녀석도 좀 어르고 천천히 들어갔다. 그녀는 삐쳐서 샐쭉해져 있고 딸아이는 다가올 사태가 재미있다는 듯 나와 그녀를 번갈아 바라보며 실실 웃고 있었다. 액자 하나, 편지 한 통.

"남주, 이거 읽어"

"아빠……."

딸아이는 그녀의 눈치를 보더니 슬그머니 밖으로 나가버렸다. 그녀도 쌩하니 나갔다. 진작 나갈 것이지. 혼자서 슬그머니 읽어보았다. 나중에 둘이 살 촌집에 걸어둘 액자라나. '사이다 병을 딸 수 있는 병따개를 드립니다.' 하던 철 지난 코미디도 아니고 이 무슨 황당한 일인가. 그러나 사실은 말이지 별로 황당한 일은 아니다. 이게 다 내 입이 방정이어서 만든 일이니까. 내 집 처마에 종이 하나 걸려 있다. 4년 전 그녀가 다니던 그릇가게를 일시적으로 그만둘 때 기념으로 받아온 물건이다. 그녀가 그 종을 가지고 오던 날 내가 농담 비슷하게 한 말이 있다.

"우리가 살 촌집 문에 걸어두어야겠네. 그래야 밖에 신경 안 쓰고 마음 놓고 뽀뽀하고 있다가 손님이 오면 얼른 안 그런 척하지."

아마도 그 시리즈로 들고 들어 온 액자인 모양이다. 그러니 이렇게 붙어살고 있겠지 등신 같은 가스나…….

'삭은 청춘네 비 새는 찻집'

내 이웃이 붙여준 이름인데 언젠가 내가 갖고 싶은, 나의 못 생긴 그녀와 함께 살 집이다. 마음속에 그 집을 몇 번이나 지었다가 허물었는지 모른다. 설계도 수없이 바꾸었다. 내가 괜히 '앉은뱅이의 역마살'이겠는가. 능력도 없는 놈이 뭔가 실마리라도 하나 있으면 그 끝을 붙잡고 상상의 나래를 한껏 펼치는 내 못된 습성을 그대로 드러내는 이름이 아닌가. 비 새는 찻집을 마음으로 몇 번이나 지었다가 허물었는지 모른다. 수없이 되풀이한 집짓기 속에 유일하게 변치 않고 그대로인 것은 화장실과 욕실에 커다란 창문을 내는 것이다. 이건 내 어릴 적 추억과 연관이 있다. 어릴 적 목욕할 때 부엌 아궁이 앞에 함지를 들여놓고 벌거벗은 채로 들어앉아 밖을 내다보던 추억이다. 또 변소(똥투깐)에 엉덩이 까고 앉아 허름한 벽 틈 밖으로 하늘의 달을 보며 겨울 달이 참 하얗다고 생각하던 추억 때문일 거다. 나는 지금도 욕조에 드러누워 창문을 열어 놓고 푸른 하늘과 흰 구름을 보고픈 놈이고, 화장실에서 적나라한 자세로 저 아래 들판을 보고픈 놈이다. 혹시 독자들이 내 집에 놀러 오시게 되더라도 창문은 열어두어야 될 거다. 왜냐고? 주인장의 규칙이니까. 뭐, 기념사진을 부탁하셔도 거절하지는 않을 것이다. 어쨌거나 마루에 서서 처마에 달린 종을 바라보다가 슬그머니 마음속 보석 상자를 열어 액자와 종을 꺼내 그 비 새는 찻집을 떠올려 보는 것도 산골 촌놈에겐 징그럽게 즐거운 일이다.

〈해적 LP판〉

내가 중학교 1학년 때에 산골 신림으로 나보다 두 살 위인 '아제' 네가 이사를 왔다. 무진장 부자였다. 우리는 똥꼬가 째질 정도로 가난한 축만 겨우 면한 상태였다. 아제네는 산골 신림의 중심부에 땅을 사서 과수원을 만들었다. 처음 과수원을 만들 때 그래도 친척이라고 도와줘야 한다는 아버지의 엄명으로 아제네 집으로 부역을 가곤 했다. 우리 집 일도 아니고. 끌려간 나는 밭에서 일하는데 나보다 두 살이나 많은 아제는 어린아이 취급을 당하며 집 안에서 빈둥빈둥 노는 것을 보고 울화가 치밀곤 했다. 그래서 나는 아제라는 놈의 가족 모두와 내 아버지를 싸잡아 미워하기도 했다.

그 아제는 야외전축 즉, 야전을 하나 가지고 있었다. 보통 코는 그런 엉성한 야전이 아니고 빳빳한 007가방처럼 생긴 통 안에 들어 있었고 그 통의 뚜껑을 열면 뚜껑에 스피커 두 개가 붙어 있는, 내 눈에는 기가 막힌 물건이었다. 그놈은 팝송을 듣고 있다가 내가 가까이 가면 야전을 꺼버리곤 했다. 죽이고 싶었다. 하루는 밭에 부역하다가 심부름으로 미숫가루를 가지러 아제네 부엌으로 갔는데, 그 아제는 얼음 띄운 냉차를 마시고는 유리컵을 부엌에 갖다 놓으면 야전을 돌려준다고 해서 그리했었다. 그때 들은 팝송이 에버그린추리였다. 오, 다링 윌알러브비 라이컨에 버그린추리~ 아, 가슴이 두근거린다. 지금도.

다음에는 아무리 빌어도 아제가 야전을 안 돌려주기에, 난생처음으로 어머니께 참고서를 산다고 거짓말을 하고 돈을 타서 LP판을 하나 샀다.

원주 황금당레코드라는 유명한 집에서 해적판을 샀는데 '골든팝스' 가 재킷 이름이었다. 카펜터스의 예스터데이원스모, 잠발라야, 에버그린 추리, 사이먼 앤 가펑클의 사운옵사일렌스…….

하지만 무슨 소용이 있었겠는가. 야전이 없는데. 매일 그 LP판을 보고 또 보고……. 귓가에는 에버그린추리가 맴도는데. 그래서 아제란 놈한 테 가서 한 번만 내 판을 돌려달라고 애걸복걸했다. 물론 거절당했다. 그 이유는 바늘이 망가진다나 어쨌다나 해적판이라서…….

그 LP판은 3년간 내 책상 위에 있었다. 내가 고등학교 1학년이던 어느 날 학교에 갔다 오니, 두 동생 놈이 원반던지기를 하고 검둥이라는 집에 서 키우던 개가 물어오고, 그렇게 없어져 버렸다. 그래도 내 보석 상자 에는 그때의 LP판이 당연히 들어 있다. 그 아제, 후에는 마치 형처럼 친 구처럼 잘 지냈다. 내가 대학 3학년 때까지만……. 그 후, 아제는 신학대 학을 가더니 거들먹거리는 꼴이라고는……. 그 후로는 연락도 안 하고 살았다. 그래도 그 아제가 보고 싶다. 야전의 추억 말고는 모두 예쁜 추 억인데.

〈보석 상자〉

내 보석 상자에는 지난 추억, 내가 버려야만 했던 꿈, 지금은 잊은 척 해야만 하는 내 정인情人이 들어 있다. 이렇게 말을 하니 참 낭만스럽게 느껴지는데, 하지만 꼭 그런 것만은 아니다.

꿈이니 추억이니 지난 연인이니 하는 것들은 혹시라도 누가 특히 마 누라가 무엇이 들어 있는가 물어올 때 대답하는, 말하자면 적당히 가리고 치장한 공개용이란 것이다. 사실은 보석 상자 안에 무엇이 들어 있는지 나도 잘 모른다. 그저 보석 상자 안에 손을 넣고 휘휘 젓다 보면 나도 깜짝 놀랄 만큼 엉뚱한 놈이 튀어나올 때도 있으니 말이다. 별 쓸데없는 오만 잡것 중에 악동시절의 못된 습성, 사춘기 때의 호기심은 물론이고 스무 살 때의 공상도 버젓이 올라온다.

상자 속에서 튀어나오는 그놈의 끝을 잡은 채 눈을 지그시 감고 상상에 젖어들 때가 가끔 있는데, 때로는 표정 관리를 잘 못해서 빙긋이 웃다가 그녀에게 들켜버린 날도 꽤 된다. 어떤 날은 혼자서 중얼거리다가 눈총을 받기도 한다.

"무슨 생각해?"

노회한 여우, 그녀가 상냥함을 가장한 목소리로 물어오지만 내 대답은 항상 똑같다.

"당신 처음 만났을 때."

못 믿는 그녀가 재차 다그쳐 오지만 나는 절대로 입을 열지 않는다. 아니 못 연다.

"당신 정말 그럴 거야?"

다그치던 그녀가 짜증을 내어도 내 대답은 변함이 없다. 단지 속으로
'정말 확 불어버릴까 보다. 이제 당신 지겨운데'

노란 레인코트의 아가씨

　종잡을 수 없이 비가 내린다. 그쳤는가 하면 또 퍼붓고, 차창을 열었다가 금방 닫고 에어컨 켜고 다시 차창 열고……. 영 택시기사 잡는다. 잡아! 비 오는 강구안을 그저 앞 차의 궁둥이만 보며 지나고 있는데 노란 레인코트가 바닷가를 꿈길을 걷듯이 걷고 있다. 참으로 오랜만에 보는 노란 레인코트, 문득 함께 걷고픈 마음이 일어 차를 바닷가에 붙였다. 밖에는 비가 오는데 담배생각은 간절하고 차창은 못 열겠고, 몰래 사진이라도 한 장 찍어둘까? 젠장맞을! 매일 실려 있던 사진기가 오늘따라 도망갔다. 이제 저 노란 레인코트의 여인을 놓쳐버리면 언제 어디서 다시 만날 수 있나, 공연히 한숨이 나왔다. 요즘 아가씨들은 레인코트 자체를 잘 안 입더구먼.

　1976년 봄 원주문화극장에서 '신춘 가곡의 밤'이 열렸다. 여학생들이 많이 모일 거라는 친구 놈의 꼬임에 즐겁게 넘어가서 팔자에 없는 가곡을 들었다. 음악책에 나오는 유명한 테너인지 바리톤인지 하는 꼰데가 나와서 꽥꽥 소리를 질렀고, 소프라논지 뭔지 하는 신경질적인 뚱뚱한 아지매가 나와서 악악거렸다. 이게 뭐 하는 짓인지. 차라리 송창식이나 김세환이면 몰라도……. 예쁜 여학생이 있으면 그리 자리를 옮겨가려고 두리번거리고 있는데 성화여상의 숙경이 누나가 무대에 나왔다. 내 X 누나, 곱게 화장도 했네. 꾀꼬리 같은 목소리로 '바람이 서늘도 하여 창밖에 나아섰더니……' 가곡은 저렇게 부르는 것! 숙경이 누나가 교순지 하는 놈들보다 훨씬 더 잘 불렀다. 옆에 있던 친구 놈에게 호기를 부렸다.

"저 누나가 내 X 누나다. 빨리 커서 저 누나에게 장가갈 거다."

주변에서 킥킥거렸고 나는 학생 주임에게 정강이뼈를 걷어 채였다.

"제기랄, 이 시키는 밤낮 가리지 않고 걷어차기는……. 내 나중에 선생 돼서 저시키 아들놈 영 죽여 버린다."

늘 하던 대로 투덜거렸다. 음악선생님이 나왔다. '그 집 앞'을 불렀다. 나는 그때부터 그 집 앞을 좋아했다. '불빛에 빗줄기를 세며 갑니다.' 이 대목에선 정말이지 지금도 한숨이 나온다. 나는 그때부터 음악선생님이 좋았다. 외모는 내가 구제해 주지 않으면 평생 시집 못 갈 적삼귀신이었으나, 앵두 같은 입술을 오들거리며 '그 집 앞'을 잘 부르지 않는가? 물론 지금의 그녀와 한참 죽고 못 살 때에도 강릉 남대천 둑길을 함께 걸으며 '그 집 앞'을 불러 주었다. 음악선생님이 생각났으나 당연히 내색은 할 수 없었다.

그날은 음악선생님이 연분홍색 블라우스를 입고 오셨다. 타이트스커트랑 잘 어울린다고 생각했다. 지금은 '장3도 음정, 단3도 음정' 이게 뭔지 모른다. 하지만, 죽을 때까지도 장3도, 단3도란 말은 못 잊을 것이다. 선생님은 그 장3도 단3도를 설명하시며 내 책상 주위를 뱅뱅 도셨다. 나는 선생님을 흘끗거렸다. 마침 선생님이 창문 옆을 지나셨는데 나는 그만 못 볼 걸 보고 말았다. 선생님은 창밖을 내다보며 긴 생머리를 다시 묶고 계신 게 아닌가, 그런데 겨드랑이 밑에 꼬불꼬불……. 순간 얼굴이 화끈거렸다.

한동안 잠을 못 잤다. 온통 겨드랑이 밑에 꼬불꼬불 비치던 그것이 떠올랐다. 자리에서 일어나 공연히 학교 운동장을 빙빙 돌곤했다. 내 자취방과 학교 사이에 있던 선생님 댁을 기웃거려 보기도 했다. 선생님의 치마 밑이 무진장 궁금해졌다. 고개를 절레절레 흔들어도 떨쳐 버리기 어려웠다. 특히 자리에 들어서는 더욱 그랬다. 얼굴에 온통 멍게처럼 여드름을 달고 있던 시절이니 그럴 수도 있겠거니 하는 것은 지금의 생각이고, 당시에는 죄책감이 많이 들었다. 내가 혹시 정신병자가 아닌가 걱정했었다.

수업시간에 여선생님의 치마 밑을 몰래 보려는 것은 다반사였는데 내가 왜 눈에 뵈는 게 없었는지 모른다. 시험감독 들어오신 선생님의 주름치마 밑을 옆 분단(요즘의 모둠)의 껄렁껄렁한 악동 두 놈이 거울로 비추는 것이 아닌가. 나도 모르게 의자에서 일어나 놈들을 걷어찼다. 그리곤 치고받고……. 시험 보던 교실이 순식간에 난장판이 되었다. 학생과에 끌려가 마냥 맞았다. 그저 잘못했다는 말만 되풀이했을 뿐 왜 싸웠느냐는 물음엔 일절 말을 하지 않았다. 상벌위원회를 소집한다고 일단 돌아 가래나. 방과 후 학생 주임이던 담임선생님이 불렀다. 마지막 기회라 할 수 없이 고자질했다. 악동 두 놈만 별도의 처벌을 안 한다는 선생님의 약속 하에, 내가 보고 싶었던 치마 밑을 놈들이 봤기에 투닥거렸다는 말만 빼고. 별 처벌 없이 흐지부지 넘어갔다. 풍미당에서 단팥죽과 호떡으로 고자질을 안 한 대가를 두 악동 놈들에게 톡톡히 받아냈고 우리는 친해졌다. 한동안 여선생님들은 바지를 입고 출근하셨다. 따라서 치마 밑의 궁금증은 슬그머니 사라졌으나 음악선생님의 얼굴은 쳐다보기 힘이 들었다.

멀리 노란 우산을 든 노란 레인코트가 걸어가고 있었다. 순간 가슴이 쿵쾅거렸다. 시간은 얼마 남지 않아 부지런히 걸어야 했는데 레인코트는 도무지 제자리걸음만 하는 듯 보였다. 답답했다.

'아~씨, 어제도 지각했는데, 명색이 학생회장이란 놈이. 등굣길에 선도부 활동도 해야 하는데…….' 별 수 없이 책가방을 옆에 끼고 뛰었다. 레인코트를 지나쳐 내달리는데

"환아! 우산도 없이. 이리와 같이 쓰고 가자!"

"저 지각인데요."

"괜찮아, 선생님하고 같이 가면 오늘은 봐줄 거야."

"선생님."

"짜식이."

둘이는 말이 없었다. 온통 뺨이 화끈거렸다. 노란 레인코트의 음악선생님, 우산 좀 큰 것 좀 갖고 다니시지 어깨가 온통 젖었다. 선생님이 내 어깨 뒤로 손을 돌려주셨고 나는 꿈길을 걸었다. 어깨에 닿던 레인코트의 손길, 가끔 팔꿈치에 닿던 몽실한 느낌, 터질 것 같던 가슴.

내 졸업식 날 어머니가 주신 꽃다발 하나, 레인코트가 준 시계. 나는 그렇게 내 까까머리 시절의 연인, 노란 레인코트의 여인을 남겨두고 중학교를 떠나왔다. 내 나이 열여섯 레인코트 스물다섯, 열 살 차이도 아니니 얼른 자라서 레인코트를 책임지리라고 한때 마음먹었다.

10년 후인 1986년 기숙사 오픈하우스 때 레인코트를 보았다. 조카가 기숙사에 있다나. 나는 당시 기숙사에서 학생 생활지도 담당조교를 하고 있었는데 반가웠다. 춘천의 모 여중으로 전근을 오셨다고, 결혼했으며 신랑도 교사라나. 못생긴 건 여전했고 책임 안지길 다행이지 큰일 날 뻔했다. '그 집 앞'이란 가곡을 대할 때 가끔 떠오르는 노란 레인코트의 그 선생님. 요즘도 겨드랑이 밑의 꼬불꼬불은 여전하신지 궁금하다.

내 친구, 참꽃도사

　　첫 경기에서 삼대 빵으로 깨져 버렸다. 원주지역의 춘계 종별 축구대회에서 매년 우리학교가 우승을 했었기에 올해도 그러기를 기대했을 텐데 그만 예선에서 나가떨어졌다. 선생님들도 동문도 난리가 났다. 우리가 어쩌다가 저놈들에게 지냐? 축구부 저 병신 자식들! 다음날 코치는 술이 엉망으로 취하여 축구부 전원을 집합시켰다.

　　"새끼들 10초 내로 병뚜껑 하나씩 주워와!"

　　"맨 꼴찌로 오는 새끼는 이리 오지 말고 아예 어디 가서 뒤져, 오늘이 그 새끼 제삿날이다."

　　우리는 구내매점으로 냅다 뛰었다.

　　"빙신시끼, 병뚜껑은 백 개라도 주워 온다. 그것도 기합이라고 주고 자빠져 있나."

　　당시는 캔 음료는 없었다. 모두 유리병에 금속으로 된 병뚜껑 뿐, 매점에 가면 수북 쌓여 있었다. 우리는 가쁜 숨을 몰아쉬며 병뚜껑을 하나씩 들고 와서 다음 지시를 기다렸다.

　　"돌멩이 하나씩 주어와"

　　다시 후다닥 학교 옆에 있는 향교 담을 넘어 언덕 밑 원주여중 축대공

사장으로 갔다. 주워 온 돌멩이로 병뚜껑을 두들겨서 금메달을 하나씩 만들라나. 별수 있나, 우리는 사색이 되어서 병뚜껑을 뒤집어 두들기고 못을 주워와 구멍을 뚫고는 축구화 끈으로 잡아 매어 금메달을 만들었다. 이어서 코치의 금메달 수여식. 차례로 코치 앞에 서서 주먹으로 뺨을 서너 대씩 맞고는,

"수고했어."

"감사합니다."

둘러선 놈들은 손뼉을 치고 생 쇼를 했다.

"오늘로서 축구부는 해산한다."

체육선생님의 말씀이다. 누가 뭐라나 차라리 잘 되었지. 마음 한구석에서 싸한 설움이 일었다. 말로는 축구부 때려치운다고 맹세를 수도 없이 했지만 다들 공차는 것 좋아했었다. 어차피 자취방에 가야 할 일도 없고 막차 시간을 기다려 집에나 가야겠다는 생각에 학교 운동장 스탠드에 앉아 있었다.

"야 옥시기(신림에 옥수수가 많다고 붙여진 별명) 이거 먹을래?"

'참꽃도사' 였다. 공 잘 차서 도사요 참꽃 잘 처먹어서 참꽃이었다. 학교 뒤 남산에서 발갛게 피어 있는 참꽃을 한 움큼 따다가 입에 넣고 우걱우걱 씹으면서 반대 손을 내밀었다. 평소에는 '니나 처먹어라.' 했겠지만 날이 날이라 받아먹었다.

"우리 집에 갈래?"

다른 놈들은 내가 자취하면서 축구부 활동을 한다고 저희 집에 불러서 가끔 남의 살도 뜯게 해 주었는데, 참꽃도사가 친구를 집으로 초대하는 일은 없었다. 쫄래 쫄래 따라가다 보니 이거 어째, '경천원' 들어가는

외길로 들어서는 것이 아닌가.

"야, 옥시기 들어가기 싫으면 여기서 기다려, 삶은 계란 갖고 나올 게."

참꽃도사는 뛰어 들어가고 나는 기다렸다. '망할 새끼, 자기네 집이 문디촌이라고 진작 말을 해주지... 괜히 따라왔네.' 후회되었으나 어쩌 겠는가. '에이 쓰벌, 문둥병 걸려 주지 뭐.' 엉덩이를 들고 경천원으로 밍기적 밍기적 들어갔다. 문가에 매어 둔 개새끼가 더럽게 짖어댔다.

참꽃도사가 돌아 나오더니 접견실 식당으로 가잔다. 깨끗하게 차려입 은 아줌마가 화색을 하고 반겨 주었다. 닭찜을 신나게 뜯고 있는데

"오늘 데려온다던 친구냐?"

경천원 원장님이셨다.

"여기는 괜찮아, 다들 음성 환자고 보기 흉한 사람은 접견실 쪽으로는 안 나와."

놈은 이상스럽게도 꽃을 좋아했다. 수업을 마치면 바로 도서실로 뛰 어가서 식물도감을 뒤지다가 마음에 드는 꽃 그림이 나오면 사서 선생 님의 눈치를 봐서 그 꽃 그림을 찢어서 몰래 가져 나오곤 했다. 놈이 참 꽃을 잘 처먹는 것은 나름대로 놈의 믿음이었는지 모르겠으나 어쨌든 나도 곧잘 받아먹었다. 놈은 외관상 전혀 나환자라고는 여겨지지 않았 다. 다만, 왼쪽 엄지발가락이 약간 뭉그러져 있는 것 외엔 표시가 나지 않았다. 그 발로 어떻게 공은 찼는지……. 그렇더라도 한동안은 놈과 부 대끼는 게 싫었다.

그날 이후 나는 가끔 그 녀석의 집에 놀러 갔었고 입가에 좀 큰 사마귀처럼 보이던 혹을 단 그 녀석의 어머니와 셋이서 밥도 곧잘 먹었다. 밑반찬은 노다지 경천원산으로 채웠다. 콩자반, 돼지고기 장조림, 깍두기 등. 다른 식구들, 놈의 형 아버지 그리고 여동생은 본 적도 없고 묻지도 않았다. 언젠가 내 손등에 콩알만 한 사마귀가 돋았었는데 나보다 참꽃도사가 더 사색이 되었었다. 언제 없어졌는지도 모르게 없어졌지만. 그 녀석의 집에 드나드는 것과 가져온 반찬 때문에 어머니가 아셨고 나도 문디 된다고 난리를 치셨다. 결국 나는 다시는 참꽃도사네 집에 안 가는 것은 물론 같이 놀지도 않겠다고 맹세를 했다. 그러나 나는 그 맹세를 너무도 쉽게 저버렸다.

서로 다른 고등학교를 진학하게 됨에 더 만날 수도 없었고 만날 생각도 안 했다. 후에 직장생활을 접고 농사하다가 쪽박 차고 돼지똥거름장사로 떠돌던 때 충주에서 놈을 만났다. 화원을 냈다고 했다. 혹시 참꽃만 파는지도 모를 일이었다. 녀석의 화원은 내가 본 화원중에 가장 화려한 화원이었다. 녀석의 집에 갔는데 홀아비 냄새가 폴폴 났으나 장가갔냐고 물어보지 않았다. 마당에 설치한 비닐하우스에서 영양생장하는 구근류의 생산 방법에 대해 아는 대로 자세히 가르쳐 주었다. 몇 번이고 반복하여 가르쳐 주는 나를 보고 놈은

"옥시기, 니가 꼭 내 어머니 같다."

"말로만?"

"새끼, 농담 아녀. 고맙다. 니는 내 우상이었다. 니는 공부도 잘했고 공도 잘 찼고, 니가 학생회장 되었을 때 내 어머니도 우셨다."

순간 멍해졌다.

"그래 나를 예뻐해 주시던 네놈의 어머니가 계셨지."

"니를 친아들처럼 여기셨는데……. 니가 대학원에 갔을 때도 어머니는 우셨고, 니가 거름장사를 한다는 것을 아시고도 우셨다. 재작년에 돌아가셔서 화장해서 달천강에 띄워 보냈어."

놈은 내 근황은 듣고 있었다. 그리고 나를 위해 울어줬다. 나는 놈과 이미 돌아가셨다는 놈의 어머니를 위해서 울어줬다.

지랄……. 뭔가 어려운 놈은 해피엔딩, 그딴 게 왜 안 되는지 몰러.

"니 놈 같이 착하고 성실한 문디 만나서 잘 살아라. 문디야!"

둘이는 지난날의 그 금메달을 만든다고 소주병 뚜껑을 망치로 두들기며 눈물 나게 즐거웠다.

거무내 이야기

    덕배 놈은 그냥 촌놈이 아니라 완전히 깡촌놈이었다. 면사무소가 있던 본동에서 30분이면 갈 수 있는 가까운 거리였으나, 본동 앞들을 가로지르고 논둑길을 걸어 한참, 앞산 자락의 신랑바위를 돌아 골짜기 안에 있는 옴팍한 곳, 도저히 집이라고는 있을 것 같지 않은 앞산의 뒤편에 놈은 살고 있었다. 동네라기보다는 화전민 세 집이 모여 사는 곳이었는데 맨 윗집이 놈의 집이었다. 놈의 아버지는 송이 따고 복령 캐고, 어머니는 싸리버섯, 뽕나무버섯 따고 산나물 꺾으러 항상 산을 쏘다녔으며 놈의 바보 큰형은 한 마지기 남짓 되는 집 앞의 다랑논과 주변의 화전火田을 붙였다. 일주일에 한 번꼴로 놈의 부모는 채취한 것들을 주섬주섬 보따리에 싸서 기차를 타고 서울로 가셨다.

    아버지를 따라 일주일에 사오 일을 거무내로 나무하러 가곤 했지만, 내가 놈의 부모를 본 것은 몇 번 되지 않는다. 덕배네는 조그만 방 두 개에 부부와 3남 1녀가 바글거리며 살았는데 장녀인 놈의 누이는 국민학교를 졸업하고 집에서 안살림을 도맡아 했었다. 큰 형은 약간 모자라는 바보였는데 굳은 일, 힘쓰는 일은 맡아 놓고 했고 거무내를 찾는 모든 사

람에게 항상 넉넉한 웃음을 선물하곤 했다. 바보여서 그랬는지 모를 일이지만 놈의 큰형은 하늘이 두 쪽이 나도 아버지가 시키는 일이면 무엇이든 했다. 그날(1969년, 국민학교 2학년 때)은 점심시간이 ス 나자마자 장대비가 내렸다.

녀석은 잔뜩 울상을 하고는 고개를 쑥 빼고 자꾸만 선생님과 복도 끝을 번갈아 바라보았다. 그러나 선생님은 아는지 모르는지 반응이 없으셨다. 결국, 선생님의 허락을 받지 못해 늦게 출발한 탓에 산 도랑을 이리저리 건너며 나 있는 골짜기 길을 포기해야 했다. 비 오는 날 산골짜기의 물은 서서히 불어나는 게 아니라 물이 일어서서 구르며 내려온다. 그렇기에 2학년 놈과 6학년 놈의 둘째형은 비가 쏟아지는 앞산을 네발로 기면서 넘어가야 했다. 놈의 바보 큰형은 신랑바위에서 놈과 놈의 둘째형을 기다렸기에 길이 엇갈렸다. 동생이 올 때까지 신랑바위를 벗어나지 말라는 명령을 받은 놈의 큰형은 그 비를 쫄딱 맞으며 신랑바위의 틈새에서 밤을 새워 동생을 기다렸다. 적당히 기다리다가 돌아오겠지라는 생각을 한 놈의 식구들은 모두 잠이 들었다. 아침에 거의 초죽음이 되어 있는 바보 형을 놈의 아버지와 둘째형이 가마니로 들것을 만들어 들고 올라왔다. 놈의 큰형은 그런 사람이었다.

국민학교 4학년인 1971년, 놈의 누이가 돈 벌러 대구로 떠났다. 놈의 큰 형은 장가를 갔고. 마당 한 구석에 두 평이나 될까? 손바닥만한 신방을 새로 지어서 아주 많이 바보인 형수를 들인 것이다. 누이가 떠나서 바보 형이 장가를 든 것인지 장가를 들게 되어서 누이가 떠났는지는 잘 모르겠다. 새색시는 아무것도 할 줄 몰랐다.

"이 년은 밥을 너무 많이 처먹어서……."

"이년의 젖통은 왜 이리 커!"

부모님의 말투를 그대로 이어받은 덕배의 형제들이 바보 형수에게 그렇게 구박을 주었다. 놈의 형수는 욕을 먹어도 그냥 웃을 뿐이었다. 때가 묻어 꼬질꼬질한 검은 치마와 흰 저고리를 입고 묶은 머리에는 꽃을 꽂고, 손에는 무언가를 항상 들고 있었다. 들꽃, 옥수수, 나뭇가지, 가끔은 바보 신랑의 속옷, 자기 속옷까지 벗어들고 있었다. 그러고 춤을 추며 집 주변의 밭을 쏘다녔고 언제 그랬나 싶게 바위에 걸터앉아 눈물 그렁그렁한 눈으로 멀리 신림역을 내려다보곤 했다.

덕배놈의 행복한 바보 형수는 나무하러 산에 오르는 나만 보면 한걸음에 달려와서 해맑은 미소를 지으며 내 머리를 쓰다듬고, 저고리의 앞섶을 열어 가슴을 보여주었으며, 가끔은 검은 치마도 덜렁덜렁 들어 올렸다. 그럴 때마다 아버지가 소리치셨고, 때로는 지게작대기로 때리기까지 하셨지만, 나는 아버지의 등 뒤에 숨어 배처럼 하얗게 빛나던 가슴과 깜짝 놀랄 만큼 시커멓던 아래를 흘끔거렸다. 내 어머니의 표현을 빌리면 '따다메떼기(작은 메뚜기) 메로 쪼마구리 만한' 덕배 놈이 철딱서니 없이 학교에서 자기의 바보 형수를 자랑했고, 호기심이 발동한 악동 몇이 거무내 마을로 요즘의 표현으로 하면 '생 비디오'를 보러 갔다.

앞에 가는 처녀

빤쓰를 벗어

이 잡아 줄게
시커먼 게 뭐여
바로바로 그거

　우리는 동네 형들에게 배운 노래를 불렀으며 바보 형수는 그 노래에
맞추어 웃으며 춤을 추었다. 물론 저고리를 열어젖혔고, 치마를 덜렁덜
렁 들어 올렸다. 소문은 알음알음으로 금방 퍼져 갔고, 급기야 동네의
총각 놈들도 슬금슬금 거무내 마을을 기웃거리게 되었다. 얼마 후 그 누
구도 거무내 마을을 찾을 수 없게 되었다. 덕배놈의 큰 형이 소리를 지르
며 신랑바위 뒤로 올라오지 못하게 가로막았기 때문이었다. 거무내 마
을을 드나들 수 있었던 것은 나와 내 아버지였을 뿐 그 누구도 드나들 수
없었다.

　그해 가을 덕배 놈의 바보 큰 형이 우리 집을 찾았다. 어머니에게 자기
색시 줄 옷을 달라고 했다. 한 때 보따리장사를 하셨던 어머니는 팔다가
남아있던 옷 중에서 바보 형이 입을 검은 물들인 군복과 그의 상냥한 색
시가 입을 월남치마와 분홍색 스웨터를 내 놓았다. 며칠 후 바보 형은 상
냥한 색시 손을 잡고, 매일 밤 불빛을 바라보던 신림역에서 청량리행 기
차를 탔다. 신랑이 신림역에서 역무원으로 일하던 영주댁 아줌마의 눈
물 글썽이며 하던 전언은 이랬다.

　"아 글쎄, 그 바보가 며칠 전부터 대합실을 들락거리더니 어젯밤에는
지 색시 손을 꼭 잡고 대합실에서 하룻밤 꼴딱 새고 아침 여섯 시 십칠
분 청량리행 기차를 탔데요."

내가 국민학교 5학년 때 우리 집은 원주로 이사했다. 다시 1년 반 뒤인 6학년 여름방학 때 다시 산골마을로 이사를 했고, 거무내 마을에 놀러 갔었다. 대대적으로 이루어진 화전정리 탓에 집은 세 채 모두 뜯겨 버렸고 집터만 사람 살던 곳이었음을 말해 주고 있었다. 하지만, 나는 화전정리 탓이 아니고 덕배 놈의 바보 형이 없기에 거무내 마을이 없어졌을 거라는 생각을 했었다. 나는 바보 형의 상냥했던 색시의 소지품이라도 남은 게 없나 샅샅이 뒤졌으나 아무것도 찾질 못했다. 까닭 모를 눈물이 났다.

중학교 2학년 때, 우리 떡 방앗간에 떡 하러 온 중학교 뒤 골안 아줌마가 전해준 전언은 슬펐다.

"아 글쎄 거무내 살던 바보 말이야, 언제 왔는지 지 각시하고 같이 신랑바위에 있는 곳집(상여 보관 창고)에서 한 며칠 밥 끓여 먹고 있더니 그만 지 살던 집터에서 목을 맸데."

"바보색시는 한동안 거지 노릇하며 곳집에 살았었는데……."

입만 뻥긋하면 소설을 쓰던 아줌마의 말이라 믿기지는 않았으나 가슴이 막혀왔다. 그 후론 거무내에 다시 가지 않았다.

십여 년의 세월이 흘러 내 나이 스물여덟 되던 1988년. 팔자에 없는 사단장 표창으로 같이 표창 받은 대대장이 바라는 것이 없는가 물었다. 방위소집해제를 4개월 앞둔 터에 딱히 불편함은 없었으나 집 가까이 출퇴근하고 싶어서 예비군 신림면대 무기고 경계병으로 가길 청원했다. 예비군무기고가 신림지서에 있었는데 고등학교 5년 후배인 의경이 근무하고 있었다. 문득 거무내 마을의 바보 형과 상냥했던 형수의 일이 떠올라 곳집에서 자살한 사건기록이 있는가 찾아봐 달라고 의경 놈을 협박했다. 기록이 있었다. 정황 사진까지……. 며칠 망설이다가 거무내 마을 덕배 놈의 집 자리를 찾았다. 소주 한 병, 오징어 한 마리 사 가지고…….

여전히 신림역 플랫폼은 잘 보였다. 바보 형과 상냥했던 형수의 일, 걸핏하면 열어젖히던 가슴팍과 덜렁덜렁 들던 치마. 바보 형 부부에 대한 미안함과 자세히 보고팠던 어릴 적의 호기심이 떠올랐다. 거무내 마을의 소멸(?)에 나도 일조를 했다는 생각이 문득 들었다.

얼레빗 사연

에로영화에서 흔히 보는 장면. 잔잔한 음악이 깔리면서 남녀가 애절한 사랑을 하든, 화면 가득 거친 숨소리와 열기를 뿜어내며 격렬한 사랑을 하든, 사랑이 끝나면 대부분 꼭 안고 잠이 들었다. 내가 본 삼류영화들은 다 그랬다. 기분 좋은 나른함을 조금이라도 더 즐기려는 듯 영화의 남자는 아직 곤한 잠에 떨어져 있고 여자는 항상 먼저 일어나 몸단장을 했다. 그런데 궁금한 것은 옷차림이다. 왜 잉그릿 버그만은 멀쩡한 자기 옷을 놔두고 남자의 헐렁한 셔츠를 걸치고 있을까? 팬티는 입었는지 안 입었는지 아주 궁금하게 허벅지까지 내려오던 남자의 셔츠. 그 차림으로 거울 앞에 앉아 마치 남자의 손길을 다시 한 번 느끼고 있기라도 하듯, 사랑의 표정을 지으며 천천히 머리를 빗어 내리고 있었다. 나는 지금도 이해가 안 된다. 옷을 입으려면 머리가 헝클어져 다시 빗어야 할 텐데, 왜 잉그릿은 사랑을 나누고 난 다음 날 아침 가장 행복한 표정을 지으며 머리부터 빗어 넘겼는지.

씨감자 바이러스 후대검정으로 한창 바쁘던 와중에도 꽤 자주 커피브레이크를 가졌다. 마치 일하기 싫은 노가다가 담배를 핑계 삼아 쉬듯이 바쁜 일상을 커피를 핑계로 쉬고 싶었다. 사실은 내가 그녀랑 마주 앉아 노닥거리고 싶었다는 것이 솔직한 말일 게다. 커피를 타 놓고 그녀를 부르면, 그녀는 대답해 놓고는 내게 등을 돌려 거울을 보며 긴 머리를 풀어 천천히 빗어 내렸다. 그러면 나는 그녀의 옷을 모두 벗기고 일 년에 두세 번 입을까 말까 했던 내 셔츠를 그녀에게 입혀 준 그림을 그렸다. 팬티는 입었는지 안 입었는지 헷갈리던 그 잉그릿 버그만의 셔츠. 등 뒤의 늑대 눈길은 아랑곳하지 않고 그녀는 천천히 머리만 빗어 넘겼다. 그녀가 과연 내 늑대 눈길을 알았는지 몰랐는지 나는 지금도 궁금하다. 그러나 죽을 때까지 안 물어볼 것이지만……

실험실 창에 쏟아져 들어오던 대관령의 짧은 겨울 햇살, 그 햇살에 투영된 그녀의 머리 빗는 모습. 아, 이 여자랑 하룻밤만이라도 같이 있어 보았으면, 하루는 너무 억울하고 딱 삼 개월만 살아보았으면, 그 영화의 잉그릿 버그만처럼, 그런 모습의 그녀를 자는 척하며 실눈을 뜨고 한참 바라보았으면……. 삼십 세의 대관령 촌 머스마는 상사병이 났다. 어찌보면 그녀가 나를 유혹하는 것 같기도 하고 아닌 것 같기도 하고.

"수영 씨, 지금 나 유혹하는 거요?"

터놓고 물어보면,

"네!"

분위기상 대답을 해 놓고 나중에는 웃으며 농담이었다고 하겠지. 그녀의 마음을 떠볼 세레나데를 준비했다. 오후 커피브레이크. 병리연구실 전원이 모여 커피를 마셨다. 나는 그녀를 바라보며 세레나데를 불렀다.

옛날에 수여이가
뻘거벗고 춤췄는데
고구마 같은 불알이
털렁털렁 하드라

옛날에 수여이가
뻘거벗고 춤췄는데
번데기 같은 고추가
달랑달랑 하드라

옛날 산골마을에 토산불알이라고 불알이 헐어 정말 고구마만큼 부어 오른 놈이 가끔 있었는데 그놈을 놀려주기 위해 불렀던 노래다. 실험실 동료 전원은 박장대소를 하면서도 나와 그녀의 눈치를 살폈다. 그녀도 웃어야지 어쩌겠는가? 다음날, 마치 못된 짓을 하고 들켜버린 아이의 심 정으로 그녀의 눈치를 살폈다. 나를 보더니 웃어 주었다, 마치 엄마가 어린아이를 보듯 했다. 나보다 여섯 살이나 어린 계집아이가……

"내년 봄에 감재나 같이 심글라우?"

웃으며 고개를 끄덕이던 그녀. 대관령에서 출발하여 전라남도 해남으 로 가던 출장길, 코스를 이탈하여 송광사에 들렀다. 언젠가 출장 중에 두세 번 보고 공들였던 얼레빗. 얼마냐 물어보고 그대로 다 주고 샀다. 그 빗을 두고 절대로 흥정하고 싶지 않았다. 얼레빗을 예물로 주고 시계 를 받고 네 평이나 되려나, 이 층 단칸 사글셋방에 살림을 차렸다. 옆방 에 세 든 중년부부에게 들릴세라 조용조용히 사랑을 나누었다. 서러움의 눈물을 훔치는 그녀의 머리를 빗어내려 주었다. 노란 커튼에 비치던 햇살, 그녀의 모습.

언젠가 그녀와 밥집을 냈었다. 바쁠 것이라는 이유로 그녀 닮아 예뻤던 딸아이의 긴 머리를 잘라버려 김남주가 아니고 '김남자' 라고 놀림받게 하더니, 그녀 역시 긴 머리를 싹둑 자르는 배신을 했다.

"머리 왜 잘랐어?"

"머리 손질하기가 얼마나 귀찮은 줄 알기나 해?"

대관령의 눈매 선했던 그녀는 이미 내 곁을 떠나고 없었고, 손에 김치 냄새가 배어버린 억척스런 아줌마가 앞에 서 있었다. 언젠가 남주 없는 날, 그녀와 사랑을 나누고 돌아앉아 머리 빗는 그녀에게 어떤 느낌이냐 물어보고 싶었는데……. 긴 머리의 여인은 이미 내게서 떠나 버렸음을 느꼈다.

요즘도 가끔 파마머리 손질하는 그녀의 등 뒤에서 아련해지는 기분으로 지난날의 긴 머리를 그려보곤 한다. 때로는 마음이 동하여 그녀의 등 뒤로 다가가서 머릿결을 얼레빗으로 손질하여 주고픈 마음이 일곤 하는데, 그녀가 내 손길을 뿌리칠까 두려워 마음뿐이다. 이미 내 밑천이 다 드러나 버려서 말이지, 내가 옛날에 멋있던 그 남자였다는 사실조차 그녀가 잊어버렸다는 것을 확인하게 될 것이 두려워서 그럴 거다.

택시 손님이 줄어 생활이 어려워질수록 새록새록 그 옛날, 이 층 단칸방의 조용조용 나누던 사랑이 그리워진다. 큰 창에 노란 커튼도 서러움에 눈물 흘리던 그 밤 그녀의 긴 머리도. 내 생애에 얼레빗으로 그녀의 머리 빗겨 줄 날은 정녕 다시 오지 않으려나.

봄, 그 노곤함

온통 보리밭이었다. 치악산, 백운산, 감악산에 둘러싸여 옴팍하게 자리를 잡은 산골마을 신림의 들판은 온통 보리밭이었다. 해동에 짜증스럽게 질척거리던 들판도 보리가 아이들의 무릎쯤 자라나 제법 바람에 일렁이면 이내 진달래도 개나리도 따라 피었다. 진정 봄이 찾아왔다. 너도나도 바구니를 들고 언뜻 밭으로 옮겨 다니며 달래, 냉이, 씀바귀를 캐고, 봄 처녀의 가슴은 부풀고 동네 총각들은 봄 처녀를 바라보며 외로운 늑대가 되고……. 그랬으면 오죽이나 좋겠는가. 그런 장면은 내가 알기에는 산골에 살아보지도 못한, 백번 양보를 해서 산골에 살아봤더라도 먹고 사는 것에 무관한 있는 집 샌님들의 추억이었을 것이다.

이미 보릿고개란 말은 지난날의 추억이 되어 버린 60년대 말, 70년대 초 사이 어른들은 바빴다. 남정네들은 이른 아침을 먹고 날이 샐 무렵이면 소를 몰고 들로 나갔다. 아낙들은 아침상 물리자마자 새참 준비를 서둘렀다. 학교가 끝나고 집으로 돌아오면 아이들을 기다리는 것은 엄마가 아니었고 덩그러니 놓여 있는 상위에 푹 삭다 못해 썩을 지경이 다 된 신 김치, 이미 식어버린 봄 나물국, 바가지 속의 보리밥이었다. (밥을 바

가지 속에 담아두어야만 질척거리지 않았다)

봄날이라 집 안보다 밖이 더 따뜻했으니 악동들은 점심을 먹고 밖으로 나왔다. 국숫집 아들인 나 역시 새참으로 국수가 불티나게 팔렸으므로 부모님이 바쁘긴 마찬가지였다. 악동들은 여전히 양지 편에 앉아 해바라기를 했다. 오후의 봄볕은 악동들에게 너무도 길었고 뛰어놀던 아이들은 금방 배가 고팠다. 어른들은 바빴다.

병사들은 한심했다. 용장 밑에 약졸 없다는 옛말도 배고픔 앞에선 헛말이 되어 버리는 것. 한심스러운 분위기 속에 오합지졸이 되어버리던 악동들을 이끌고 뒷산에 오르곤 했다. 칡뿌리를 캐서 질겅질겅 씹음으로 배고픔을 달래려고 했었으나 처음에 쌉싸래하며 씹을수록 달짝지근하게 느껴지던 맛도 하루 이틀하고 나니 시들해졌고 턱만 아팠다. 그러면 얼른 분위기를 바꿔야 했다.

"야, 오늘은 찔레 순 먹으러 가자."

가지에서 나오던 새순은 가늘었고 먹을 것도 별로 없었으나 땅에서 올라오는 순은 실하고 쌉싸름 달짝지근했다. 그렇게 버티기 며칠. 결국, 내 눈치를 보던 순철이 놈이 총대를 메고 하극상을 벌였다.

"우리 양조장에 술밥 먹으러 가자."

"이 새끼가 죽을래? 양조장 현오 새끼네 집에 빌어먹으러 가냐?"

"현오 엄마가 놀러 오라고 그랬어."

애당초 싸움거리가 되질 않았다. 내 막내 녀석조차

"형아, 나도 순철이형 따라 양조장 갈래!"

병사들은 대장의 절규에도 아랑곳하지 않고 전진을 이탈해 갔다.

"야, 이 비겁자 새끼들아!"

그래도 둘째 놈은 곁에 있어즈었다. 아주 잠시. 아이들이 기찻길 너머로 사라지기 무섭게 둘째 놈은

"형, 나는 양조장에 가기는 싫은데 배가 고파."

결국 모든 병사를 잃어버린 나도 어슬렁어슬렁 양조장으로……. 현오놈은 볼썽사납게 신이 났다. 평소 걸핏하면 울어 젖히고 산에 쐐기에 쏘여도 찔뚝거려서 비겁자로 낙인 찍혀 따돌림 당하던 아들놈이 졸지에 대장이 된 것에 현오 엄마도 신이 났다. 나는 황도 통조림의 황홀한 달콤함 속에, 패장임도 잊어 갔다.

"환이 너 이제 우리 현오랑 친하게 지내야 한다."

"네!"

나는 고들고들한 술밥과 달콤한 황도 통조림에 순한 양이 되어갔다. 청보리가 익을 때까지. 청보리가 익어서 그놈을 풋구(청보리를 불살라 손으로 싹싹 비벼 후~ 불어 먹는 것)해 먹을 때가 되면 다시 내가 대장이었으니. 현오놈은 또다시 비겁자일 거고.

이곳저곳 이 책 저 책 온통 봄 이야기로 도배를 했다. 내놓으라 하는 작가들도 다 한마디씩 썼고. 그때의 기억 때문일까. '봄이 오면 산에 들에……' 하는 부류의 작품을 대할 때마다 누가 쓴 작품이든 어떤 작품이든 나도 몰래 중얼거리곤 한다.

"웃기네 니들이 사나이의 슬픈 봄을 알아?"

황토물 흐르던 날

장마 중에 뜻하지 않은 선물처럼 찾아온 활짝 갠 아침의 햇살만큼 반가운 것이 또 있을까. 오늘 아침 노모와 그녀의 입에 웃음이 돌았다. 이내 마당에 빨래가 널렸다, 우산도 펼쳐졌다. 나도 다소 들뜬 마음으로 뒷짐을 지고 마당을 거닐다가 그 자리를 펼쳐진 우산에 내어주고 슬슬 밖으로 나왔다. 며칠간 퍼부은 비 탓에 도랑물이 시뻘겋게 흐른다. 시뻘건 황토물이…….

그래, 어레미! 어레미가 있어야 하는데……. 혹시나 하는 마음에 잰걸음으로 마당을 돌아 뒤란으로 향하며 처마 밑을 살폈다. 어레미가 있을 턱이 있나. 공연히 속이 상했다. 큰물이 내려간 다음 날이면 어레미를 미리 담 밑에 감춰두고 삼 형제는 즐거웠다. 아무리 아버지께 장만해 달라고 졸라대도 아버지는 물고기 잡는 것을 그리 좋아하지 않으셨던 고로, 족대만큼은 사 주지도 만들어주지도 않으셔서 항상 뒷집 종선이에게 주눅이 들었는데 비가 많이 온 다음 날은 사정이 달라졌다. 어레미를 들고 어머니 눈치를 보며 뒷담을 넘었다. 평소에는 말도 잘 안 듣고 뺀질거리던 막내놈도 이날만큼은 신통하게 잘 따라주었다. 어머니 몰래 주전자를 훔쳐 기가 막히게 잘 따라왔다. 둘째는 어레미를 들고 나는 미리 잘게 쪼개 둔 마른 장작을 들고……

　그놈의 족대 때문에 뒷집 영란이의 앙칼진 목소리에 대꾸할 필요도 없이, 종선이 놈은 버려두고 삼 형제는 마을을 가로지르는 둑길을 따라 내달렸다. 황토물이 논도랑을 가득 흐르면 우리의 목표는 신랑바위 밑이나 탁상보가 아니었다. 앞산 밑 남산개 너머 논도랑이 바로 우리의 목표다. 뒤이어 종선이 놈이 낌새를 채고 죽자고 따라오는 제 누이 영란이를 뒤로하고 내달려 왔다.

　장마 중에 어쩌다가 하루 맑게 갠 날은 산골마을 전체가 들떴다. 마을 아낙은 그간 밀린 빨래를 해서 빨랫줄에 쭉 널었다. 마치 누가 누가 더 많이 더 높이 빨래를 널어 놓는가 경쟁이라도 하듯 사릿담 밖에서도 잘 보이도록 빨랫줄을 장대로 하늘 높이 치받혔다. 그리고는 남아있는 몇 안 되는 빨랫감을 들고 마을 공동샘터에 모여 이야기꽃을 피웠다. 대부분이 시어미 흉을 보거나 뉘 집 아저씨가 다방 색시와 어쨌다는 둥, 밤에 잠자리가 어쨌다는 둥 하는 별 재미도 없는 이야기를 나누며 과장된 몸짓으로 까르르거렸겠지만.

　사내들도 비 온 다음 날은 행복한 날이었다. 일찌감치 아침을 먹고 삽자루 하나만 달랑 어깨에 메고 논으로 밭으로 한 바퀴 돌면 모든 일정은 끝이 날 것이기에 벌써 콧노래를 흥얼거리며 발걸음도 경쾌하게 사립문을 나섰다. 논을 한 바퀴 돌며 물꼬를 보고 밭을 기웃거리며 고인 물을 빼주고……. 아직 밭은 발목까지 푹푹 빠져 설사 손 볼일이 있더라도 하루 이틀은 어쩌지 못하기에, 큰물에 올라온 뱀장어를 잡아 매운탕을 끓여 한잔할 생각으로 머릿속을 가득 채운 채 대충대충 물꼬를 텄다. 어쩌면 장어나 개울 둑 밑에 들어앉아 꼼짝하지 않던 메기로 양기를 한층 돋우고 그 양기를 저녁에 아이들 일찍 재워놓고 마누라에게 쓸까, 아니면 장터 영월집이나 영산다방에 들를까 즐거운 궁리를 하였을 것이다.

물 가운데에서 고기를 잡을 때면 당연히 족대가 최고의 무기였다. 어릴 때는 고무신 하나로도 행복했었지만 국민학교 삼 학년만 되면 고무신으로 물고기 잡기는 너무 품위 없는 행동이었다. 뒷집의 종선이 녀석도, 그 뒷집의 진옥이 녀석도 자기 아버지의 족대를 들고 나와 설쳐대는데 우리 삼 형제만 달랑 고무신을 벗어들고 물고기 잡기를 할 수는 없는 일이었다. 그러다 보니 연신 종선이에게 딱지 몇 장 주고 빌어야 했고, 종선이 녀석은 어찌 꼬였다 해도 종선이 누나인 동갑내기 영란이 계집애가 따라온다고 우기는 통에 나는 영란이랑 연애한다는 놀림을 감수하여야만 족대를 쓸 수 있었다.

그러나 황토물이 논도랑을 가득 흐르는 날이면 사정이 달랐다. 논도랑의 폭이 어레미의 챗바퀴에 꼭 맞는 넓이이므로 어레미 이상으로 좋은 무기는 없었다. 어느 집이나 어레미는 있었지만 모두 싸구려 어레미로 몇 번 논도랑을 훑고 나면 어레미도 구멍이 뻥 뚫어져 쓸 수가 없고 챗바퀴도 찌그러져 버렸다. 하지만, 우리 집은 방앗간이 아닌가. 어레미는 규격별로 갖추어져 있었고 어레미를 묶었던 챗바퀴도 탄탄하여 좀처럼 망가지는 일이 없었기에 황토물만 논도랑으로 흐르면 하고 여름 내내 벼르고 있었다. 만사가 내 뜻대로 돌아갔기 때문이었다.

1971년 4학년 여름날. 그날은 시작부터 일이 꼬였다. 목표하던 논도랑은 남산개 건너에 있었기에 모두 바지를 벗고 빤쓰도 위로 당겨 올려 똥꼬 팬티를 만들고 겨우 건널 수 있었다. 잘 건너고 있는데. 아뿔싸, 다른 놈도 아니고 내 고무신 한 짝이 훌떡 벗겨져 버렸다. 황토물이었기에 쫓아가지도 못하고 망연히 냇물 가운데에 서 있다가 물을 건넜다. 그래도 내친걸음, 고기 잡기를 예정대로 진행했다. 나는 고무신이 없었기에 마음 놓고 고기를 몰지 못하였고 밖에서 입방아만 찧어댔고, 뒤따라 온 영란이와 함께 가져온 장작에 불을 지피고 주전자에 물을 끓이고 있었다. 종선이와 두 동생 놈들은 연신 미꾸라지를 건져 올렸고 그놈들은 건져진 순서대로 바로바로 주전자 속으로 들어갔다. 족대로는 어림없는 수확량이었다. 그러기를 한참, 막내놈이 호들갑을 떨며 울음을 터트렸다.

"아앙~ 형아 뱀이다 뱀!"

"어디 어디?"

뱀은 벌써 물에 첨벙 소리를 내며 떨어져 도망가 버렸다. 그래도 꼴에 형이라고 막내놈을 불러 물린 곳이 없나 확인을 했고 별 이상이 없자 취조를 시작했다.

"뱀이 오는 것 봤어?"

"아니 어레미를 건졌는데 그 안에 있었어"

나는 회심의 미소를 지으며 다시 물었다.

"뱀에 지느러미가 있었어?"

"몰라."

"이 새끼가, 잘 생각해봐"

"형아 꼬랑지는 미꾸라지 큰 것처럼 생겼어"

직감적으로 뱀장어임을 알았다. 평생 한 번도 잡아본 적이 없는 뱀장어가 수중에 들어왔다가 사라져 버린 것이다. 겁을 내는 두 동생과 종선이를 꼬였다.

"뱀은 잠수를 거의 안 해. 물 위로 헤엄쳐 온다. 그리고 지느러미가 있는 놈은 무조건 뱀장어야."

반은 꼬이고 반은 협박하며 논도랑 맨 위에서부터 맨 아래까지 훑어내렸다. 불 피우던 영란이도 합세했다. 어레미 하나가 구멍이 뻥 뚫어졌고, 쳇바퀴도 찌그러졌지만 짭짤한 수확을 올렸다. 길이가 50cm 가까운 뱀장어 네 마리, 족히 30cm 되는 메기 세 마리가 잡혔다. 고무신을 잃어버려 낭패였는데 이제는 보무당당히 집에 돌아갈 수 있게 되었다. 즉시 수확물을 분배했다. 족대 주인으로서 당당히 자신의 몫을 주장하던 종선이, 영란이도 별로 할 말이 없는 듯 가만있었다. 뱀장어 한 마리와 메기 두 마리를 영란이네 오누이에게 주고 뱀장어 세 마리 메기 두 마리는 우리 차지, 나머지 잡어는 모두 영란이 것이었다.

그 수확물을 가지고 집으로 돌아오면서 나는 머리를 굴렸다. 이것을 다 가지고 가봐야 고무신 잃어버린 것에 대한 문책은 면하겠지만, 그뿐일 것. 뱀장어 한 마리와 메기만 동생 손에 들려 집으로 보내고 나머지 뱀장어 두 마리는 만홧가게에 갖다 주었다. 그 대가로 삼 형제에게 만화 일주일 공짜와 어묵 열 개씩이라는 어음을 받아들고 유유히 집으로 돌아왔다. 역시 아버지는 순진하셨다. 고무신 잃어버린 것과 어레미 망가트린 것을 면책 받았고 아마도 10원씩 용돈을 주셨던 것으로 기억된다. 그날 저녁 장어탕을 드신 아버지는 북돋아진 양기를 어디에 쓰셨는지는 잘 모르겠다. 피곤해서 저녁 먹자마자 삼 형제는 곯아떨어졌기에.

낮에 논 것이 너무 재미있었는지 한참 자다가 막내놈이 벌떡 일어나 장롱문을 열고 문 앞에 놓여 있던 다듬잇돌 위에 서서 장롱 안으로 고추를 들이대고 오줌을 갈겨 버려서 한바탕 소동이 일었을 뿐이다. 놈은 오줌이 급하면 방문을 열어젖히고 문지방에 올라서서 마당으로 그냥 쉬~ 하던 버릇에 그랬겠지만, 어머니는 녀석의 궁둥이를 몇 차례 두들기고서야 화를 푸셨는데 가관인 것은 자다가 금방 또 벌떡 일어난 막내 녀석이 베개를 걷어차며 '형 간다, 가! 빨리 몰아' 하며 잠꼬대를 해대서 또 한바탕 소동을 벌였을 뿐 평온한 밤이었다.

다음날 영란이 아버지가 소주를 사 가지고 집으로 오셨다. 영란이 아버지의 입방아로 뱀장어 두 마리가 더 있었고 내가 그놈을 만홧가게에 팔아먹은 것이 들통이 나 버렸다. 실컷 혼나고 엉덩이 타작 당하고 홧김에 영란이네 집으로 쫓아가니 종선이는 아무 말 안 했는데 그만 영란이 계집애가 자기 엄마에게 입방아를 찧은 것을 확인했다. 몇 대 패주고 영란이 할머니께 혼나고 집에 돌아와 또 혼나고……. 수난의 여름날이었다. 내 잘못이었다. 입 싼 영란이의 입을 봉하지 않은 채 일을 도모한 것이 화근이었다.

점심때 어머니가 씩씩대며 만홧가게를 찾으셨으나 이미 그 뱀장어는 만홧가게 아저씨와 그 아들 이발소 펠레 형이 먹어버렸으니 어머니는 별 소득 없이 목청만 높이고 돌아오셨다. 약 열 달 후에 펠레 형은 장가든 지 삼 년 만에 아들을 하나 낳았으니, 뱀장어가 양기를 돋아주기는 하는 모양이다.

제5부

고향의 끈

부초유감 浮草有感

　시끄러워서 도저히 잠을 잘 수가 없다. 새벽부터 집 뒤에 있는 산소에 벌초 패거리들이 예취기를 앵앵거리고 마당의 누렁이 녀석은 벌초 패거리를 올려다보며 왈왈거려대니 말이다. 새벽 네 시에 들어와서 눈을 붙인 지 두 시간이나 되었을까? 벌써 일어나 앉아버렸다. 아주 짜증스럽다. 산 밑에 붙어살고 있으니 해마다 겪어 온 일이기는 하나 올해는 유난히도 더 그렇다.

　어릴 적 아버지가 국수공장과 방앗간을 하던 몇 해만 빼고 대부분을 산 밑에 자리 잡고 마을을 내려다보며 살아왔다. 그러므로 항상 집주변에는 무덤이 있었다. 무덤이란 게 바람 들이치지 않고 햇볕도 잘 드는 곳에 자리를 잡고 있어서, 어린 날 찬바람이 불곤 하면 제법 산소에 등을 붙이고 앉아서 또래의 악동들과 딱지치기도 했었고 또 불장난도 했었다. 그러다 보니 남의 산소를 태워버리고 산까지 태워버릴 뻔한 일도 있었다.

　지금 내가 사는 이 집도 주변에 무덤이 꽤 있다. 딸아이 역시 자라는 환경 탓인지 집 주변의 무덤에서 꽤 잘 노는 편이다. 지난 가을에는 내 젊은 날 모아 두었던 등산 장비 중 유일하게 남아있는 그물침대를 집 뒤 산소 옆의 소나무에 걸어 주었더니 또래의 친구들을 불러서 자랑하며 잘 놀았다. 물론 그 모습 바라보는 나도 즐거웠다.

고향이 무엇인가? 고향 하면 떠오르는 최초의 이미지가 무엇일까? 할아버지 할머니들이 잠들어 계신 산소가 아닌가? 고향과 할아버지, 할머니의 산소가 있는 곳. 더욱이 맛난 음식을 보따리에 잔뜩 싸 가지고 산소에 올라가 절 몇 번 후딱 해치우고 신나게 주워 먹던 그 제사 음식에 대한 즐거웠던 기억이 있는 곳.

아버지는 당신의 가족을 무던히도 끌고 다니셨다. 덕분에 나도 삼척의 도계라는 탄광촌에서 태어나서 영주로 영월로 다시 신림으로 원주로 또 신림으로……. 자식들이 학교에 입학하자 아버지의 방랑은 끝이 났다. 그럼에도 아버지의 마음은 항상 고향 땅인 영주로 돌아가고 싶어 하셨던 것 같다. 어머니도 '빈털터리로 고향에 가면 뭐해.' 하시며 들썩이는 아버지를 핀잔하셨지만 내심 고향으로 돌아가고 싶어 하시는 듯했다. 그러나 어머니 아버지가 고향으로 가고 싶네 가면 뭐 해 하며 다투시는 모습을 볼 때마다 나는 친구들과 티격태격하며 자라난 신림을 떠나기 싫었다. 그래서 '영주로 이사 가자' 하시던 아버지보다는 '빈손으로 가면 뭐 하냐' 하시던 어머니가 다툼에서 이겨주시길 마음속으로 항상 바랐었다.

역마살도 유전인가? 나 역시 꽤 촐싹거리며 싸돌아다녔다. 춘천에서 학교 다니고 대관령에서 직장생활 하다가 강릉에서 부잣집 막내딸 꼬여 살림 차리고 아이 낳고 원주로, 삼천포로, 통영으로……. 역시 아버지의 아들답게(?) 딸아이가 학교에 입학하자 어쩔 수 없이 통영 땅 미륵산 자락에 자리를 잡고 마을을 내려다보며 살고 있다. 자식, 특히 맏아들이란 정들었던 이웃 모두를 등질 수 있을 만큼이나 그리운 것이었나? 먹을 것이 없어 하루 세 끼 국수만 먹고 살아도 맏아들을 따라가시겠다는 부모님을 모시고 경상남도 바닷가에 자리 잡은 지도 벌써 10년이 다 되어간다.

육신이 멀쩡했고 무엇이든 될 것만 같았던 젊은 날에는 왜 고향을 등지고만 싶었을까. 그리고 지금은 또 왜 고향이 사무치게 그리울까. 아니, 고향이란 원래 힘이 빠져 더 움치고 뛸 형편이 안 될 때에만 그리워지는 것인가? 나 역시 아버지가 그러셨던 것처럼 어디 고향 비슷한 곳이라도 찾아서 들어가 앉고 싶다. 몸이야 좀 불편하더라도 보고 배운 것이라고는 농사와 미생물과 식물의 병뿐이니, 늙어 할 일이라고는 텃밭을 갈아 입에 풀칠하는 것일 터. 바닷가에서 할 수 있는 일이 무엇이 있겠는가? 요행히도 한적한 곳에 자리 잡게 되면 찻집이라도 하나 내었으면 좋으련만 망할 놈의 여편네가 그 옛날 내 어머니처럼 '발가벗고 고향 가면 뭐해'라며 핀잔을 주니……. 그렇지만 그녀도 강원도 동해의 촌에서 산을 등지고 개천을 앞에 두고 자란 촌 계집아이이니 못 이기는 척하고 따라오겠지만 말이다.

아버지가 세상 버리고 가실 적에 왜, 당신의 고향 경상도 영주 땅이나 아들의 고향이나 다름이 없는 원주 땅 신림에 묻히고 싶지 않으셨겠는 가. 돈 많은 아들의 처지를 생각하셔서 화장해서 집 뒤 대나무 숲에 흩어 달라 하셨겠지. 비 오면 빗물에 씻겨 내려가면서, 바람이 불면 그 바람에 날리면서 그렇게 아들의 처마에 같이 더 살고 싶다는 아버지의 말씀 대로 집 뒤 대나무 숲에 아버님을 흩어 드렸다. 그러나 이제는 그 아버지 흩은 자리도 또 하나의 마음 쓰임으로 자리 잡고 말았다. 이럴 것이 예상 되어 아버지의 유해를 흩어버리지 말고 깨끗한 항아리에 담아서 보관하 고자 했었으나, 주위에서 모두 만류했었다. 어머니 역시 그러하셨다. 처 음에는 내 편을 들어주던 그녀마저 마음에 짐만 되니, '아버님 항아리 끌어안고 엉덩이 들썩이지 말고 유언대로 대나무 숲에 흩어 드리자.' 라 며 슬그머니 반기를 드는 바람에, 또 아버지의 유언도 그러하므로 못 이 기는 체 흩어 드렸다.

그러나 매년 달라지는 내 몸뚱어리이고 보니, 한 해라도 빨리 내 고향 땅 원주의 언저리에라도……. 아니면 부모님의 고향 영주 땅 인근의 소 백산 밑이라도 옮겨 앉고 싶다. 그러나 아버지를 흩어버린 통영 땅, 이 집 뒤의 대나무 숲은 어쩌란 말인가? 훗날 나처럼 어디에선가 망향가를 부를 내 딸아이의 고향, 통영은 또 어쩌란 말이고? 유식한 말로 안팎곱 사등이가 딱 나를 두고 하는 말이구나!

어떤 할 일 없는 놈이 이 좋은 계절, 가을에 추석이란 것을 만들었는 지. 그나저나 TV에서 말하기를 예취기 사고로 몇 놈 다쳐서 병원에 실려 갔다는데, 집 뒤의 벌초 패거리들은 짜증스럽게도 여전히 앵앵거리고 있다. 마당의 누렁이 놈도 여전히 왈왈거린다.

추석! 좋은 명절이다. 심사 더러운 통영의 택시기사는 또 근무일이다.

이별의 부산정거장

'에이 시골에 가서 농사나 지어야지 더러워서.'

요즘도 이러는 사람이 있는지 모르겠다. 농사는 아무나 하나! 전원생활을 동경해 왔었네 혹은 풋풋한 농촌 인심이 어쩌고……. 이딴 별 희한한 이야기를 하면서 보따리를 싸 가지고 농촌으로 쫄래쫄래 내려온 도시의 샌님들이 제법 있었다. 그들은 미처 일 년도 되기 전에 부부싸움을 해대고, 이 년도 되기 전에 다시 보따리를 싸서 그들이 떠나왔던 자리로 돌아가고 만다. 더 나은 삶을 찾아온 사람이건, 죽지 못해 밀려온 사람이건 간에 결과는 마찬가지다. 귀歸농자들이 농촌에 발을 붙이고 살아가려면, 돈이 주체할 수 없을 정도로 많아서 무엇을 해도 우아하게 할 수 있는 귀貴농자이거나, 더 물러설 자리가 없어서 죽기 살기로 대들어 땅을 파는 귀鬼농자여야 한다는 것은 고금의 진리 아니던가.

'죽자고 땅 파면 뭐해. 도지 주고 나면 남는 게 없는데.' '맞아 차라리 강원도 가서 화전이나 일궈야지.' 해방과 6. 25, 너도나도 먹고살기 어렵던 시절. 고향땅에서 버텨봐야 지주의 횡포에 도저히 살아 낼 것 같지 못한 경상도 영주의 소작인은 강원도를 꿈꿨다. 누구나 마음속에 낙원 하나쯤은 그려놓고 살아가는 것이 아니겠는가. 특히 고달픈 인생일수록 그 낙원으로 절실하게 떠나고 싶은 것은 예나 지금이나 인지상정이다. 더 어려운 고생길일지라도 실낱같은 희망의 끈 하나라도 잡을 수 있는 곳이면, 희망을 잃은 사람들에게는 그곳이 낙원이다. 강원도에만 가면 울창한 수림이 있어 묵나물과 칡뿌리만으로도 겨울과 보릿고개를 넘길 수 있으리라 생각했다. 그뿐만 아니라 주인 없는 땅이 끝없이 펼쳐져 있어 누구나 불 지르고 말뚝만 박으면 내 밭을 만들 수 있으리라 믿었다. 물론 주인 없는 땅이니 소작료로 반타작하자는 사람도 당연히 없을 것이다.

신림은 낙원이었다. 신림은 경상도 영주 사람들의 강원도였다. 지도를 펴고 중앙선 철도를 따라 더듬어 올라가 보면 철도는 넓은 강원도 땅을 그냥 지나기 섭섭한 듯 강원도의 한쪽 끝자락 원주땅만을 살짝 걸치고 경기도로 들어가 버린다. 중앙선 철도가 걸친 원주 땅의 남쪽 끝, 치악산, 백운산, 감악산의 틈바구니로 난 삼거리, 그 옛날 산적 떼가 막을 쳤더라면 딱 좋을 듯 보이는 산골동네 그곳이 바로 신림이다. 귀신 신神에 수풀 림林, 신림神林. 원주로부터 오십 리, 치악산 시명봉과 백운산을 잇는 능선을 타고넘는 가리파재에 막혀 원주땅이었으나 원주와는 너무 떨어져 있던 곳. 그렇지만, 신림은 기차역이 있었다. 가는 곳이 어디든 기차역만 있으면 언제든지 돌아올 수 있으리라 믿었던 영주사람들이 마음 놓고 떠날 수 있는 중앙선 기차역이 있는 유일한 강원도 산골이 바로 신림이었다.

'해방이 되이께네 가슴이 철렁했데이.' '도저히 먹고 살기 힘들어 기차 타고 만주로 갈라 했는데 고마 길이 막힌 게라, 그래서 강원도로 왔제.'

대한민국 땅덩이에 그래도 주인이 없는 땅이 남아있을지도 모른다는 막연한 기대에 부응하는 곳이라고는 강원도밖에 없었고, 중앙선 열차를 타고 올 수 있는 강원도는 신림밖에 없었다는, 신림장터 안동고물상 할매의 푸념이다. 떠나고픈 영주 소작인은 안동 고물상 할매네처럼 단봇짐을 쌌다. 기차 타고 강원도로! 독하게 마음먹은 젊은 축들은 지긋지긋한 농사를 때려치우고 차라리 광부가 되기 위하여 영주에서 영동선 열차를 타고 황지, 철암, 장성으로 갔거나 중앙선 열차로 죽령을 넘어 제천역에서 태백선으로 갈아타고 영월 예미, 석항으로 갔다. 딸린 식솔들로 크게 움치고 뛸 형편이 못되어 어디 가나 땅이나 파먹고 살아야 하는 농투서니들도 산에 화전이나 놓을 요량으로 강원도로 가고자 기차를 탔다. 좀 더 젊고, 무리를 지을 수 있는 사람들은 강원도 깊숙이 들어갔고, 겁 많고 나이 들어서 고향을 떠난 축들은 기차 타고 들어올 수 있는 강원도 초입, 신림에 짐을 풀었다. 중앙선 열차의 기적을 들으며 고향의 끈을 놓지 않으려는 몸부림이었다.

신림이 과연 낙원이었을까? 신림역 플랫폼에 내려선 영주사람들을 반겨준 것은 오직 늦가을 찬바람 뿐이었을 것이다. 머잖아 겨울이 다가온다는 사실에 공포를 느껴 사람들은 서둘러 움막을 지었고 칡뿌리를 캤다. 싸들고 온 식량이 빠듯함에 첫겨울과 보릿고개를 칡국수, 칡죽으로 버텨야 했다. 화전이라도 일굴 요량으로 찾아왔겠지만 완만한 구릉은 이미 모두 개간되어 있었고 깎아지른 산비탈만 그들을 기다렸다. 결국, 마음에 그린 낙원을 찾아 신림 땅에 들어선 영주사람들 대부분은 일 년도 되기 전에 부부싸움을 해대고 이 년도 되기 전에 살아온 영주가 차라리 자신들의 낙원˚었음을 뼈저리게 깨닫고, 다시 보따리를 싸서 죽으면 죽었지 못 해먹겠다던 소작으로 돌아갔다. 그나마 돌아갈 수 있는 사람은 행복한 편이었고 이미 움치고 뛸 형편을 잃어버린 사람은 막걸리 한잔 걸치고 고향역 플랫폼을 그리며 그저 망향가나 부를 뿐이었다.

보슬비가 소리도 없이 이별 슬픈 부산정거장 잘 있어요 잘 가세요 눈물의 기적이 운다. 한 많은 피난살이 설움도 많아 그래도 잊지 못할 판잣집이여 경상도 사투리에 아가씨가 슬피 우네 이별의 부산정거장

경상도 영주에서 강원도 삼척 도계로, 영월로 휘돌아 신림에 정착하신 내 아버지가 걸핏하면 부르시던 남인수 씨의 '이별의 부산 정거장'이다. 아버지를 따라 어린 나도 제법 구성지게 이 노래를 부르곤 했는데, 그럴 때면 막연히 고향 영주에 갈 때 몇 번 들른 영주역의 플랫폼이 떠올랐다. 물론 플랫폼 가운데서 팔던 가락국수가 더 많이 떠오르긴 했지만. 내 아버지는 화전민이 되고자 신림으로 찾아드신 것은 아니었다. 멸치 떼를 쫓아 이동하는 삼치처럼, 기찻길이 있는 곳이면 어김없이 옮겨가 살았던 영주사람들 뒤를 쫓아 유랑하셨다. 갓 스무 살 때부터 정미소에서 직공으로 일하시며 발동기 일을 배우신 내 아버지는 기름 짜고 국수 만들고 떡방아 찧는 발동기를 이용하는 일이면 무엇이든 할 수 있었기에 옮겨 다니는 것에 큰 부담이 없었으리라 생각이다.

열다섯에 장가들어 서른네 살에 첫 아이를 낳으셨으니, 얼마나 단출하기까지 했겠는가. 한 곳에 흘러들어 방앗간을 차려 일하시다가 돈이

좀 모이면 또 다른 곳으로 옮겨가고 싶어 하셨다고, 아마도 역마살로 치자면 대한민국 대표선수이셨을 것이다. 내 아버지가 신림에 들어오신 이후로 더 움직이지 못하고 발이 묶인 것은 자식이 성장하여 학교에 든 탓도 있겠지만, 반드시 그런 것만은 아니다. 시골 구석구석 전기가 들어오게 되자, 따라 들어온 전기모터에 밀려 발동기가 설 자리를 잃었기 때문이리라.

유랑의 뒤끝은 항상 망향이다. 걸핏하면 중앙선을 지나는 열차를 바라보면서 '이별의 부산 정거장'을 부르시던 아버지는 1963년 고향을 떠난 이후 단 한 번도 고향에서 살아보지 못하셨다. 단지 중앙선 철도를 하염없이 바라보며 이별의 부산정거장만 몇 번이고 불러 젖히셔야 했다.

역마살도 진화를 하는 모양이다. 아버지의 아들인 나는 한 술 더 떴다. 아버지가 고향 사람들의 뒤를 쫓아 유랑하신 것이 비해, 나는 아예 대한민국 지도를 보며 아무 연고도 없는 곳을 떠돌았다. 결국 딸아이가 학교에 들어가게 되자 발이 묶였다.

"통영에도 기차가 있나?"

역마살 낀 아들을 따라 아무 연고도 없는 경상남도 통영땅으로 이주하신 내 아버지가 통영땅에 첫발을 내려놓으시며 나에게 던지신 말씀이다. 없다는 내 대답에 아버지는 서운한 표정을 감추지 못하셨다. 기찻길이 있어야만 고향땅으로 돌아갈 수 있는 시절은 이미 지났는데도 그러셨다. 그놈의 고향이란 게 무언지.

나 역시 아버지의 아들이다. 고달프다 느낄 때마다 내 마음의 낙원으로 고향을 꿈꾸고 있다. 내 고향이 경상도 영주인지, 강원도의 산골마을 신림인지 지금도 헷갈리지만, 고향이 그리울 때마다 봄날 벤치에 나른히 앉아 졸던 그 플랫폼을 눈앞에 펼쳐놓고 아득히 들려올 기적에 귀를 기울인다. 가끔은 이별의 부산 정거장을 흥얼거려보기도 한다. 아버지의 아들답게!

아! 아버지와 다른 점이 하나 있다. 내 딸아이 앞에서는 결코 '이별의 부산정거장'을 부르지 않는다는 것.

기찻길 위의 아이

거의 매일 되풀이 되는 일상이었지만 기찻길 위의 올망졸망 삼 형제는 재미있었다. 레일 위에 올라서서 마치 곡마단의 외줄타기처럼 두 팔을 벌려 휘휘 저어가며 이리 비틀 저리 비틀, 우리는 누가 더 멀리 더 빨리 가나 경주를 했다. 한참을 그러다가 시들해지면 기찻길 옆 둔덕에 비스듬히 누워 남쪽으로 봄 아지랑이가 피어오르는 것을 바라보며 나른함을 곧잘 즐기기도 했다.

"형아, 이쪽으로 쭉 가면 영주 나오나?"

"음."

"죽령은?"

"나오지."

둔덕에 누워 막내 놈은 신림역 대합실에서 본, 그 많은 지명을 아는 대로 다 물어보아야 질문을 끝내곤 했다.

"형아, 이 길을 따라 끝까지 가면 어디 나오지?"

"부산진."

"이쪽은?"

"청량리."

"서울은?"

"몰라."

당시 가끔 지나는 여객 열차의 옆구리에 '부산진-청량리'라고 쓰인 행선지 표지를 보고 자신 있게 한 대답인데 그 후로 한동안은 동생들의 놀림감이 되어야 했다. 심심하면 우리는 칼을 만들었다. 집에서 아버지 몰래 대못을 가지고 나와서 레일 위에 올려놓고 기차가 지나가면 레일 위에 붙은 납작해진 대못을 숫돌에 갈아 날을 세워, 나무를 깎아 만든 손잡이에 끼우면 되는 말로는 간단하나 만들기는 쉽지 않은 칼을 몇 개씩이나 만들었다. 레일 위에 일단 가래침을 탁 뱉고 준비해간 대못을 가래침 뱉은 위에 올려놓고 다시 가래침을 탁 뱉었다. 침을 뱉지 않으면 못이 기차 바퀴에 붙어 가버리던가 엉뚱한 곳으로 튀어버릴 염려가 있으므로 우리는 정성껏 의식을 치렀다. 이때 못의 방향도 매우 중요한데 뾰족한 부분을 기차가 오는 방향으로 놓아야 칼의 모양이 예쁘게 나온다. 의심이 들면 지금 당장에라도 해 보라. 기차의 속도도 빠른 놈보다 느린 놈이 좋아서 우리는 가리파재를 숨 가쁘게 올라가는 석탄 차가 좋았다.

'몇 시나 되었을까?' 누군가 시간을 물으면 우리는 바로 빠끔이네 언덕 밭으로 뛰어올랐다. 잠시 후 석탄기차의 앞대가리(기관차)가 지나고 꽁지의 차장 칸이 다가오면 우리는 일어서서 일제히 왼 팔뚝을 걷어 부치고 오른손으로 왼 팔뚝을 가리켰다. 차장이 손가락 열 개를 다 펴고 접었다가 다시 한 개를 펴고, 잠시 후 손가락을 다 편 채 세 번을 흔들면 11시 30분이다. 우리는 고맙다고 손을 흔들고, 차장이 다시 흔들고……. 차장이 시간을 안 가르쳐 주면? 우리는 일제히 팔뚝질을 했다. 엿 먹어라, 훌러덩!

　국민학교 2학년(1969년) 때, 우리 삼형제는 외릉골 골짜기에서 개구리를 잡았다. 열댓 마리나 되었는지 모르겠다. 그놈들의 입을 벌리고 아래턱을 철사로 꿰어 주렁주렁 매달고 빠끈이네 언덕 밭에서 시간을 잘 가르쳐 주던 차장을 기다렸다. 잠시 후 앞대가리가 지나고 맨 후미의 주황색 차장 칸이 지날 때 그 개구리를 던졌고, 이틀 후 그 차장으로부터 크림빵을 받았다. 셋이서 숨겨두고 야금야금 며칠 먹었으니 열 개쯤 되었지 싶다. 그 후로 우리는 더덕, 고사리, 가재 등을 던졌고 사탕, 빵, 크라운 산도, 공책, 고무로 만든 축구공 등을 받았다. 이익 본 장사였다. 가끔 편지도 주고받았다.

　가을쯤 공책, 연필, 연양갱 등이 든 작은 상자가 차장 칸에서 떨어졌다. 우리는 신이 났다. 동봉된 편지도 있었다. 예미에서 출발하여 서울로 가는 화물열차였는데 이제는 다른 차장하고 교대한단다. 다음에 탈 차장에게 우리 이야기를 해 두었다나. 섭섭했다. 막내 녀석은 울었으나 어쩌겠는가. 바뀐 차장과의 물물교환은 몇 번 지속하지 않았다. 우리는 곧 시간을 기다려 빠끈이네 밭에 올라 나란히 팔뚝질을 했고, 가끔 돌도 던졌다. 그 차장도 우리에게 웃으며 팔뚝질을 했다. 정말로 성을 내며 소리를 지르기도 했다. 그때의 그 차장님을 한 번쯤 보고 싶다. 지금은 70대 혹은 80대가 되셨을 텐데. 아니면 이 이야기를 들었을 그분의 자식이라도 보고 싶다.

내가 청량리역 앞의 맘모스 빌딩을 본 것은 스무 살도 넘었을 때이고, 부전역은 고등학교 2학년 때다. 잠시 신림서 기차로 원주까지 통학했었다. 밤 10시 40분 부산진행 보급열차를 탔는데, 그날은 이유도 없이 훵 떠나고 싶었다. 매표소에서 부전역 표를 사서는 그냥 신림역을 지나쳤다. 부산, 아주 멀었다. 밤새도록 달려 아침이 되어서야 부전역에 도착했으나 열차에서 내린 나는 갈 곳이 없었다. 배도 고팠다. 역 앞 광장의 시장통에 포장마차가 하나 있었는데 어묵을 사 먹고 나니 막막했다. 서너 시간을 역 앞의 광장에 앉아 있다가 괜한 설움에 눈물을 흘리며 부전역 청소년 상담소를 찾았다. 무진장 반가워했다. 가출 청소년이 제 발로 찾아와 실적을 올렸으니 말이다. 국밥을 시켜줘서 마파람에 게 눈 감추듯 해 치우고 나니 신림역 열차표를 끊어 주었다. 오후에 홍익회 김밥 아저씨들에 섞여 신림역에 도착했다. 한 구간을 더 가야 종착⁖인 부산진이지만 어쨌든 그렇게 보고 싶었던 종착역까지 와 본 셈이다, 집 떠나면 고생이라던 공순이, 공돌이 선배들의 말이 실감이 나는 하루였으나 가슴이 후련했다.

언젠가 기회를 만들어 마누라, 딸아이에게 기찻길에서의 내 기술을 전수해 줘야겠다. 칼도 만들고 시간 묻는 법도 가르치고, 열차가 지나가면 딸아이랑 나란히 서서 손을 흔들고, 마주 흔들어 주는 사람을 손가락으로 가리키며 너, 너, 그리고 너, 그리고는? 엿 먹어라, 훌러덩! 마누라에게는 기념촬영 부탁하고.

설날의 추억

탕! 탕! 탕!

"아주머이! 아주머이!"

탕! 탕! 탕! 탕! 탕!

"아주머이! 아주머이! 문 좀 열어 줘요, 얼어 죽겠네."

무거운 몸을 겨우 추스르고 시계를 보니 새벽 네 시도 채 안 된 시간이다. '환장하겠네. 도대체 지금이 몇 신데 벌써 와서 난리냐. 저 아주머이는 잠도 없나? 어젯밤 자정을 삼십 분이나 넘겨 겨우 일을 마쳤는데.' 잠에 취해 비틀거리는 무릎걸음을 걸어 방문을 열어젖혔다. 여기저기 어지러이 널려 있는 신발들. 겨우 내 신발을 찾아 발에 꿰고 방앗간의 문을 열었다.

"엄마는?"

"이제 일어나셨어요."

내 대답이 미처 끝나기도 전에 어머니는 방문을 여셨다.

"아주머이 춥지? 빨리 들어와."

엊저녁 불려 놓은 쌀을 건져 수레에 싣고 용소막 성당 동네에서 오 리도 넘는 새벽길을 걸어왔을 이 아줌마들은 얼굴이 퍼렇게 얼어 있었다.

이미 체면이고 뭐고 따질 상황이 아님에 어머니는 아줌마들을 방안으로 불러들였다. 이 소동에 일어나 앉아 있던 누이는 아직 잠을 자는 두 동생을 한쪽으로 굴려 자리를 만들었다.

"발 좀 이리 집어넣어 얼른!"

어머니의 재촉이 미처 끝나기도 전에 용소막 아줌마 서넛은 이미 이불 속으로 발을 디밀어 넣고 있었다.

잠시 후 아버지는 경유 버너에 불을 붙이셨고 이어서 발동기의 시동을 거셨다. 발동기의 탕탕대는 소리를 신호로 나는 미처 눈곱도 떼지 못하고 비틀비틀 롤러에 다가가 아줌마들이 가져온 쌀을 빻기 시작했다, 불만 가득한 눈으로 방안을 바라보면서.

작전이야 빈틈없이 짜여 있었다. 손님이 오기 전에 새벽밥을 먹고 동시에 일을 시작한다. 중학교 2학년이던 나와 국민학교 5학년이던 둘째는 떡쌀 빻기 담당, 고등학교 1학년 누이는 가래떡 자르기와 콩, 팥고물 담당, 아버지는 보일러와 떡 찌기 담당, 어머니는 돈 받고 아줌마들과 싸움(?) 담당, 국민학교 3학년이던 막내는 잔심부름과 새치기, 바꿔치기 감시……. 그러나 작전대로 된 날은 하루도 없었고 식사는커녕 지친 몸을 일으키기도 전에 항상 손님들이 먼저 와서 문을 두들겨댔다. 손님과 함께 밥을 먹고 일을 시작해도 별문제가 없었겠지만, 일감을 두고 미적거리는 것이란 성격 급하신 아버지께 애당초 무리였다. 가마솥에 돼지고기를 열댓 근쯤 삶아 놓았고, 밥도 그만큼 미리 준비되어 있었으나 어머니와 누이가 미처 그 밥을 푸기도 전에 항상 아버지는 보일러에 물을 채우고 경유 버너에 불을 붙이셨고 바로 발동기 시동을 걸어버리셨다.

공정의 시작은 떡쌀 빻기이니, 그 담당인 나는 죽을 맛으로 밥상 앞에 앉아 보지도 못하고 기계 앞에 설 수밖에 없었다. 그러다 보니 따뜻한 아랫목의 요 밑으로 기어들어가 엎드려 있는 두 동생 놈들이 부럽다 못해 얄밉기까지 했다.

"아주머이, 사람이 어째 그래? 내 뒤에 왔잖아!"

"그게 뭔 소리여 저 아주머이하고 내가 같이 왔구먼."

"아니 저 아주머이도 내 뒤에 왔는데 언제 떡쌀을 새치기했어?"

"뭔 소리야? 내가 먼저 왔구먼!"

"야, 이 년들이 오줌 누러 갔다 온 사이에 둘이 짜고 새치기야!"

"뭐, 이년?"

이건 숫제 약과다.

"아주머이, 그거 우리 쌀이야!"

"뭔 소리여? 우리 쌀이야!"

"참 내, 아주머이네 쌀은 정부미잖아!"

"뭐? 이년이 좀 잘 산다고 얕보는 거야? 이년아, 우리는 일반미가 숫제 없는 줄 알아?"

"아주머이네 쌀은 저거잖아! 보리쌀이 듬성듬성 섞여 있네!"

"이년아 보리쌀을 온 식구가 달라붙어 다 골라냈어. 저거는 우리 쌀이 아니야! 우리 쌀은 이거라고! 이년이 없이 산다고 아주 무시를 해?"

그 아줌마의 절규에는 벌써 울음이 섞여 버렸다. 가끔 정부 취로사업의 대가로 정부미를 주었는데 혼식장려운동이 한창이던 시절이라 정부미에 보리쌀을 섞어 배급을 주었다. 설날 떡이라도 흰 쌀로 만들어 보고픈 소박한 욕망에 온 식구가 달라붙어 보리쌀을 골라내도 30퍼센트나

들어 있는 보리쌀을 다 골라낼 수는 없었다. 어머니의 중재가 있어야만 이 문제는 해결이 되었다.

"아줌마, 이리 좀 와 봐."

"아줌마네 쌀은 저게 아니야. 보리쌀을 어떻게 다 골라내나. 그러지 말고 우리 먹으라고 손님들이 주고 간 떡이 많으니까 그것 싸 줄게. 아줌마는 이 방에서 그냥 한숨 자. 떡 다 해놓고 부를 테니 그때 나와 알았지?"

그 후로도 한참 아주머니의 흐느낌이 느껴졌다. 이번에는 내 어머니가 흥분하셨다.

"아줌마! 거기 서봐"

떡 시루 앞에서 정신없이 밀려나오는 떡가래를 자르시던 어머니의 귀에 막내 놈이 다가가 속닥속닥 하자 어머니는 얼른 가위를 누이에게 던져주고 방앗간 밖으로 뛰어나가셨다.

"아줌마 돈 주고 가야지! 떡을 네 말이나 하고 그냥 가면 어떡해?"

상습범 아줌마에게 달라붙어 있는 전담 감시역, 내 막내 놈의 존재를 학산의 진용이 엄마가 모르셨을 것이다. 끝없이 늘어서 있던 떡쌀 그릇도 짤막하게 줄어든 그믐날 오후. 아버지는 서둘러 옷을 갈아입고 영주의 큰댁으로 떠나셨다. 남은 우리는 맨 마지막으로 우리 떡을 한두 말 해놓고 방앗간 문을 닫았다. 그리고 정초부터 돈을 쓰면 안 된다는 어머니의 지론에 따라 방앗간 청소도 뒤로 미뤄둔 채로 세뱃돈을 미리 받았다. 둘째와 막내는 바로 만홧가게로 날랐고 어머니, 누이, 나 이렇게 셋은 일주일의 강행군으로 천근만근 무거워진 몸을 이불 속에 밀어 넣고 돈을 세었다. 어머니의 주머니 속에서 꾸역꾸역 밀려나오던 떡쌀로 코팅

된 지폐. 돈을 세면서 흐뭇해진 어머니는 한 말씀 하셨다.

"환아, 어떡하든 니 대학공부를 시켜 줄 테이께네 니는 몸 씨고(열심히) 공부해서 높은 사람 되어야 된데이. 아무리 힘들어도 니만 잘 되면 나는 괘얀타."

"엄마, 열심히 할게요. 엄마 소원대로 꼭 그리될게요!"

가끔, 가슴 깊은 곳으로부터 솟아오르는 뜨거운 마음으로 대답했다. 대부분은 짜증을 숨기고 억지웃음을 지으며 어머니께 다짐했다. 그리고 돌아서면 허허로운 마음에 눈물이 나왔다. 멀리 도망을 가고 싶었다. 그럴 때마다 신작로 다리에 나와 중앙선 철도를 바라보았다.

탕! 탕! 탕!

"아주머이! 아주머이!"

탕! 탕! 탕! 탕! 탕!

"아주머이! 아주머이! 문 좀 열어 줘요, 어유, 추워!"

무거운 몸을 겨우 추스르고 시계를 보았다.

벌써 열두 시가 다 되었다. '환장하겠네. 아직 어머니는 일어나지도 않았는데 벌써와서 난리냐, 피곤해 죽겠는데.' 새벽부터 일어나 감주도 퍼먹고, 떡도 주워 먹어 배가 불룩해진 막내 놈이 쪼르르 밖으로 나갔다.

"뭐야?"

"아주머이한테 세배 드리러 왔는데."

"야, 이 새끼들아! 우리 엄마 아파! 끙끙 앓는단 말이야. 내일 와, 알았지? 빨리 안가면 죽어!"

플랫폼의 상념

시리다 못해 아픈 발을 동동 구르며 목을 길게 빼고 플랫폼 저쪽 너머를 아무리 바라보아도 그놈의 기차는 쉽사리 들어오지 않았다.

"환아, 발 시리제?"

"대합실에 가서 기다려라, 건널목 종이 땡땡 친 다음에 천천히 나오면 된다."

눌러 쓴 빵모자 속을 파고드는 바람에 귀가 떨어질 듯 아파도 끝까지 플랫폼에서 버텼다. 한참 후 역무원이 붉고 푸른 깃발을 들고 나오면 나는 마치 운동회의 출발 신호인양 플랫폼의 북쪽 끝으로 내달렸다. 멀리서 기적소리, 곧이어 주황색 기관차가 보이고 까-익 브레이크의 신경질적인 긴 소음과 함께 기차가 서면, 칸칸이 바퀴에서 올라오는 새하얀 증기 속에서 하나 둘 사람들이 나타났다. 그 증기 속을 이리 뛰고 저리 내달렸다. 설날, 고향 땅 영주에 가려고 기차를 기다리던 마냥 즐겁기만 했던 내 유년의 신림역 플랫폼.

가지 말라는 누이의 앙칼진 목소리를 뒤로한 채, 두 동생을 데리고 한참을 걸어 신림역 플랫폼에 들어섰다. 4학년 나와 1학년 둘째, 청강생이던 막내, 올망졸망 삼 형제는 찬바람이 이는 신림역 플랫폼에서 보따리

장사를 떠나신 부모님을 기다렸다. 벤치에 앉아 노래를 부르다가 대합실에 들어가 시계를 보았다. 지나는 기차로 시간은 대충 짐작을 했지만, 역무원이던 고향 아재의 눈에라도 띄면 '크라운산도'라도 하나 얻어먹을 요량으로 대합실을 드나들었다.

"형아, 온다 와!"

"아이다. 아직 아이다."

막내 놈은 들리지도 않는 기차 소리를 자꾸만 들린다고 보챘다. 레일을 타고 오는 열차의 진동은 거의 4Km 거리 밖에서도 느낄 수 있기에 부모님이 타고 오실지도 모르는 기차가 어디쯤 오고 있을까 궁금하여 삼형제는 기찻길에 무릎을 꿇고 레일 위에 귀를 대고 한참을 엎드려 있었다. 뺨을 타고 느껴지던 레일의 싸늘한 촉감. 그러다가 맥이 빠지면 마냥 벤치에 앉아 있었다. 플랫폼에는 기다림이 있었다. 설렘도 있었다. 기차는 지나가고 또 한참, 플랫폼에는 절망도 있었다.

22시 40분, 원주역의 플랫폼, 둘째를 보냈다. 면접시험 보러 서울을 다녀오던 날 서둘러 원주에 도착하여 원주역 대합실에서 잠깐 본 둘째 놈. 입장권을 끊어서 플랫폼에 같이 앉았다. 만감이 교차했다. 참치잡이 배를 타겠노라며 싱가포르로 가겠다고 했다. 장남으로서 아무것도 할 수 없었던 미안했던 마음.

"미안하다 내가 장남인데. 어려운 집안일을 나 몰라라 하고."

"형, 나 싱가포르에서 멋진 사진 찍어 보낼게."

놈은 어색함이 싫었던지 철로로 뛰어내려 레일 위에 귀를 얹었다.

"형, 온다 와!"

둘은 어색하게 웃었다. 부산행 열차는 둘째 놈을 싣고 떠났다. 플랫폼에는 이별도 있었다. 미안함도 있었다.

〈갈촌역 플랫폼에서〉

오전 열 시 반. 안 그래도 손님이 별로 없는 시간인데다가 불경기까지 겹치니 참으로 평화로운 거리 풍경이다. 빈 택시들이 마치 어항 속의 붕어들처럼 이유도 모르고 그저 앞차의 꽁무니를 따라 이리저리 한가로이 거리를 지나고 있었다. 그래도 택시는 바퀴를 굴려야 하는 법. 가만 서 있는 택시는 택시가 아님에 혹시나 하는 기대로 열심히 정량동 기업은행 앞을 눈에 핏대를 세워가며 두리번두리번 지나고 있었다. 멀찍이 동료 하나가 손님으로 보이는 남녀와 흥정을 하고 있었다. 복도 많은 놈, 이 와중에 장거리 손님과 흥정을 하다니⋯⋯. 어디로 가는 손님인가 궁금함에 흘끗 쳐다보고 옆을 지나쳤다. 바로 경적소리, 차를 멈추고 내렸다.

"형님, 갈촌역이 어딘지 알아요?"

"사만 원 받고 갈래요?"

"나야 가면 좋지만 가지 왜?"

예의상 날려보는 속 보이는 한마디.

가을은 코스모스의 계절이던가? 갈촌역의 플랫폼에도 코스모스가 흐드러지게 피어 있었다. 코스모스가 흐드러진 텅 빈 플랫폼. 이놈의 플랫폼 벤치에 앉으면 기차가 다가오지 않아도 레일의 진동이 느껴진다. 기분 좋게 나른한 진동 속으로 빠져든다. 규칙적인 진동의 나른함 속에 눈을 감으면 지나간 내 유년과 청춘이 떠오른다. 웃자라 키만큼 커진 코스모스, 그 사이로 보이던 플랫폼 저 너머의 선로차단기, 휘어져 들어오던 기차. 텅 빈 신림역의 플랫폼이 떠올랐다. 역 주변에는 민가라고는 몇 채 없었으나 어디에 숨어 있다가 나타나는지 기차가 들어서기 한두 시간 전부터 하나둘씩 사람들이 플랫폼에 들어와 기차가 도착할 때엔 제법 북적거렸다. 혼자 말없이 구석에 앉아있는 사람, 보따리를 잔뜩 이고 와 목소리를 높이던 장사꾼 아줌마들, 찰싹 붙어 앉아 속삭이던 연인…… 남녀노소라는 말이 딱 맞을, 여기저기 둘러섰던 사람들. 기차가 플랫폼에 들어서서 머무는 1분, 그리고 다시 출발하여 플랫폼을 빠져나가는데 또 잠깐, 그 시간이 지나면 북적이던 사람들은 플랫폼에 등을 보인 채 흩어져 갔다. 그리고 플랫폼에 남은 사람.

고교시절 2년 간의 기차통학. 아침 6시 16분에 플랫폼에 들어와 17분에 떠나던 제천발 청량리행, 세 량짜리 짤막한 동차에 올라앉으면 기분 좋은 기차의 진동으로 나른함이 찾아왔다. 그 나른함에 눈을 감으면 나는 항상 기차에서 내리기 싫었다. 각박했던 내 일상에서 벗어나고 싶었다. 떨치고 멀리 가고 싶었다. 어두워 집에 도착하면 미닫이문을 통하여 들려오던 노곤한 몸을 뒤척이는 아버지의 끙끙 앓는 소리, 그리고 어머니의 사람 잡는 소리.

"환아, 니는 장남이니까 열심히 공부해서 높은 사람 되어서 집안을 일으켜야 된데이."

일으킬 만한 집안이라는 게 도대체 어디에 있었던가?

나는 플랫폼에서 공돌이, 공순이가 되어 열차에 오르는 내 친구들을 배웅했다. 플랫폼을 빠져나가 이미 멀어져 보이지도 않는 열차의 꽁무니를 바라보면서 항상 그들과 함께 떠나는 꿈을 꾸었다. 중앙선을 오르내리는 열차 옆구리에 붙어 있던 '청량리-부산진'이라는 행선지 표지를 볼 때마다 청량리역과 부산진역을 빠져나가서 도시의 사람들과 휩쓸려 TV에서 본 네온 불빛 번쩍이는 거리를 폼나게 걷고 싶었다.

성공한 내 모습이 어떤 것일지는 생각도 안 해 보았으면서도 성공하여 신림역 플랫폼에 내려서는 내 모습을 막연히 그려 보았다. 그러나 밤새 끙끙 앓던 아버지의 다정한 웃음과 나를 바라보시던 어머니의 글썽이는 눈물이 항상 뒷덜미를 붙잡았다. 부모님과 형제들의 맏이라는 핑계로 용기 없음에 떠나지 못했던 나 자신을 변명했다는 생각이 지배적이지만, 명절이 되거나 연휴로 한가로운 날에는 공연히 신림역 플랫폼 벤치에 앉아서 떠나간 사람들을 기다렸다. 기약도 없던 사람들.

그러나 나는 그들을 기다리면서 플랫폼 벤치에 앉아있는 나 자신을 안도했다. 떠났던 사람들의 얼굴에서 이제는 돌아왔다는 안도의 표정과 함께 떠나있던 동안의 고달픔과 절망이 느껴져서 그랬는지도 모를 일이다. 솔직히 말하면 나를 기다리며 애태울 내 가족들 앞에 초라해진 내 모습을 보여야 할 것이 지레 겁이 나서 떠나지 못했음에도, 남게 될 가족들의 걱정 때문에 떠나지 못했었노라고 자위를 하면서 플랫폼 벤치에 앉아 떠난 사람들을 막연히 기다렸다. 어쨌건 나는 신림역의 플랫폼에서 내 사람들을 떠나 보냈었고, 기약 없는 그들을 기다리기만 했었지 정작 나 자신은 훌쩍 떠나보지 못했다. 플랫폼에 앉아 있노라면 이제야 누군가 기다릴 사람도 없다다는 막연히 기다려진다. 마땅히 떠날 곳도 없다마는 지금도 어디론가 떠나고 싶어진다. 어찌 보면 노모와 아내와 딸아이의 가장이라는 핑계가 또 내 발목을 잡고 있기에, 못 가도 용기 없는 나 자신을 비난으로부터 회피할 가장이라는 확실한 핑계가 있기에, 내 상념의 사치로 떠나고 싶어지는지도 모르는 일이다. 하지만, 마음만 간절해서 떠나는 여행은 절망과 가족들에 대한 미안함만 가득 안고 떠난 자리로 돌아오는 것이라는 것을 나는 이미 알고 있다.

그래도 플랫폼은 나른히 아늑하다. 플랫폼 벤치에 앉아 마음으로 떠나는 여행은 즐겁다. 나는 지금도 여행을 꿈꾼다. 내 딸아이에게 날개를 달아 제 짝을 찾아 포로록 날려 보내고, 내 아내와 떠날 여행을 지금도 한결같이 꿈꾸고 있다. 갈촌역 플랫폼 벤치에서 두 시간을 앉아 있었다. 두 시간이면 돌아올 길을 네 시간이나 허비해 버렸다. 결국, 통영 시내에서 **삥삥**이 돈 만큼도 못 되는 수입이다. 장거리 갔다 왔다고 순대에 머릿고기 사 들고 들어가 자랑할 수도 없게 되어버렸다. 그렇지만 행복했다.

고향의 끈

"의성 김가 평장군과 오토산할배......"

귀에 딱지가 않도록 그놈의 족보이야기를 들을 때마다 지루하다 못해 짜증이 났었다. 대한민국 백성치고 김가 아닌 놈이 몇이나 되나.

"니는 의성 김가이기도 하지만 어우실 마을의 강릉 유가의 외손이다. 비록 니 외가는 못 살아도 처음부터 못 산 것은 아니었다. 내 고모부는 장군이고 또 누구는 고등법원 관사고…….

가난한 시집살이의 고단함에 서러워 어린 나를 앉혀 두고 하시던 어머니의 한풀이 역시 죽지 못해 들었다. 나이가 들어감에 따라 고향이란 것이 더 그리워지곤 하는데 도대체 내 고향이 어딘지 모르겠다. 가족을 이리저리 끌고 다니신 내 부모님 덕에 나는 강원도 삼척 도계에서 태어났으며 친가와 외가가 모두 있는 그야말로 고향이라는 경상도 영주땅에 잠깐 살아보고 영월로 떠돌다가 학교에 입학하기 이 년 전에 내 부모님은 산골마을 신림에 정착하셨다. 그래서일까, 누가 고향이 어디냐 물을 때마다 순간 망설임 끝에 그때의 기분에 따라 경상도 영주라고, 또는 산골 신림이라고 대답을 하곤 했다. 이상하게도 내가 태어난 곳인 도계는 한 번도 고향이라고 말해 본 적이 없다.

아주 어릴 적 도계에 살던 기억은 하나 달랑 남아있다. 누이가 나를 업고 휘어진 기찻길 옆에 서 있고 그 옆에 초가집이 있는 그림 같은 장면 하나. 나는 그것을 막연히 도계의 기억이라 생각을 했었다. 도계에서 내가 세 살 되던 해 이사를 나왔다니 그 기억이 불분명한 것은 자명한 일이었고, 어머니 역시 영동선 기찻길이 집 주변에 있긴 했지만, 우리 집은 초가집이 아니었다고 말씀을 하셨으니 그 기억이 옳을 리가 없었지만, 그래도 나는 그 기억이 정확한 기억이라고 굳게 믿고 있었다. 그러다가 내 나이 서른셋이 되던 해 도계 집터를 어머니와 함께 가 본 후에야 내 기억이 엉터리였음을 인정했다.

경상북도 영주군 이산면 신천리 새해 마을. 이곳이 일가붙이 모두가 살던 내 고향이다. 우리 집은 마을에서 이백 미터쯤 떨어진 산자락에 붙여 지은 외딴집이었는데 방 두 개와 부엌이 나란히 붙은 자그마한 집이었다. 닭장이 있었고 기르던 개가 있었으며, 가끔 늑대가 내려와 닭을 잡아갔으므로 늑대를 쫓기 위해 꽹과리와 6.25때 미 해병대가 쓰던 것을 주워 놓은 철재 창이 있었던 것으로 기억된다. 부엌에는 문턱 밑으로 개가 드나들게끔 뚫어 놓은 개구멍이 있었는데, 하루는 개가 낑낑거리며 부엌으로 쫓겨 들어오더니 가랑이 사이에 꼬리를 감추고 벌벌 떨며 부엌의 아궁이 속으로 숨어들었다. 그것을 보신 어머니가 늑대가 가까이 왔다고 밖으로 나가지 말라 하셔서 방안에 꼼짝없이 옹크리고 있었던 기억이 난다.

그리고 마치 풍경화처럼 뚜렷한 기억 한 편. 누이와 집 뒤에서 통곱살이(소꿉놀이)를 하려고 깨진 항아리를 갈아서 그릇을 만들고 있었는데 어머니가 한 말씀 하셨다.

"낼 모래 이사 갈껜데 통곱은 뭐 할라꼬 만드노?"

우리가 이사해야 한다는 말을 듣고 누이와 나는 막연히 슬퍼졌다. 그래도 우리는 통곱을 만들었다. 다시 영주로 이사를 오면 가지고 놀 거란 생각에 이사하기 전날 그 통곱을 집 뒤 커다란 바위 밑에 숨겨 두었다. 짐을 모두 달구지에 실어 건저 영주역의 소화물로 부치고 우리는 작은 솥 하나에 밥을 지어 둘러앉아 먹었다.

"강원도 영월로 이사한다. 거기는 단종임금 묘도 있고 발전소도 있고……"

아버지 말씀에 신이 나긴 했으나 얼른 밖으로 나가서 바위 밑에 숨겨둔 통곱이 잘 있나 확인했던 기억이 난다.

"내가 시집을 오니 하도 못사는 집이라 먹을 것도 제대로 없었고 집이라고는 비렁뱅이 집만도 못한 곳에 온 식구가 쪼그려 앉아있더라."

고향 이야기를 할 때마다 내 어머니가 서두로 꺼내시던 말이다. 내가 태어나기 전의 일이지만 어머니께 귀에 딱지가 앉을 만큼 수없이 들었던 이야기다. 하도 가난하여 내 외조부님이 집을 하나 지어주셔서 어머니는 당연히 당신이 이사를 나갈 줄 알고 있었는데, 그만 조부를 모시고 계시던 백부께서 입주하시고 말았단다. 그래서 할 수 없이 외조부님이 동네에서 떨어진 강릉 유가네 산자락에 손바닥만 한 방 두 개와 부엌이 나란히 붙어 있는 집을 다시 지어주셨다는데, 그 집이 내가 살던 집이다. 내 고향집.

우리가 이사를 나오자 살던 집은 이 년간 비어 있다가 숙부님이 이사 오셔서 살았는데, 나는 고향에 가면 큰집보다 작은집에 주로 머물렀다. 아마도 내 집이라는 생각에서 그랬을 것이다. 물론 바위 밑에 숨겨둔 통곱을 꺼내보았다.

중학교 삼 학년 겨울방학이던 1976년 12월 30일 밤에 다시 새해 마을에 도착했다. 아버지께 인사를 드리고 나니 담배를 피우시며 한 말씀 하셨다.

"너희 집은 이제 뜯겼으니 여기서 자라."

이제는 고향 땅에 내 집이 없어져 버린 것. 다음날 새벽에 밤새 내린 눈길을 걸어 내 집터를 찾으니 집은 흔적도 없었다. 내 통곱을 숨겨두었던 바위도 산자락 아래로 굴러 나자빠져 있었다. 나는 그 길로 어우실 마을의 외가에 가서 그 해의 마지막 밤을 보내고 다음날 신림으로 올라왔다. 그리고는 다시 고향에 가 보지 않았다. 친구들이 고향이 어디냐 물어올 때도 내 고향은 신림이라고 말을 했으며 나 스스로 성씨조차 의성 김가라고 말하기를 꺼렸다. 한동안 고향으로부터 버림받았다는 생각을 했던 것 같다.

아버지를 화장하여 집 뒤 대숲에 흩어 드리고 나서 그 허전함을 달래고자 어머니, 그녀, 딸아이와 함께 실로 삼십오 년만인 2007년 새해 마을을 찾았다. 어머니는 숙부님 댁에 계셨고, 딸아이와 그녀를 데리고 내 집터를 찾았다. 이미 큰어머니가 누워계신 내 집터를 신나게 딸아이에게 자랑하고 싶었던 내 유년의 기억, 방학 때만 되면 와서 살았던 그 기억들을 한마디 꺼내지도 못했다. 다섯 달 후에 큰아버지가 돌아가셔서 그 자리에 누우시는 것을 보러 다시 그 자리를 찾았으나 잠시 인사만 나누고 또 그냥 통영으로 돌아오고 말았다.

이제는 떨쳐버릴 만도 한 그 자리에 무슨 미련이 남았는지 모른다. 어쨌거나 두 분 작은아버님과 한 분 작은어머니가 살아계시니 세 번은 더 올라가야 할 테고, 그 후에는 내가 또 영주의 새해 마을을 찾게 되는지는 모르겠다. 이제 내 어머니 또한 연로하시니, 어머니 가시고 나면 그나마 있던 고향의 인연이 완전히 끊어져 버리게 되는데 지금에 와서 고향을 자꾸만 떠올리는 내 심사가 참 묘하다.

"나중에 어디 산기슭에 찻집이나 하나 내자. 손님 오면 차 팔고 안 오면 둘이서 한잔하면서 놀지 뭐."

허전할 때마다 넋두리 삼아 한마디씩 하곤 했던 이 말 끝에 그녀가 토를 달아 온다.

"어디에 자리 잡을 건데?"

"응, 그냥 원주도 싫고 영주도 싫고 소백산맥 언저리 아무 곳이나……."

말꼬리를 흐리는 나에게 얄미운 그녀가 또 한마디 덧붙인다.

"전에는 바닷가라고 그러더니 영주에 많이 가까워졌네!"

글쎄 내가 그렇긴 한 모양이다. 고향의 끈이란 게 뭔지, 참 질기기도 하다.

초가집 추억

　초가집 지붕 갈이는 새끼 꼬는 일로 시작이 된다. 실한 볏짚을 골라 물을 축여 거꾸로 들고 손으로 훑어 내려서 말끔하게 정리하여 쌓아두고, 바닥에 퍼질러 앉아 발꿈치로 누르고 양손에 침을 퉤, 퉤 뱉어 가며……. 마당을 깨끗이 쓸고 이엉을 엮었다. 아버지의 어깨너머로 흘끗거리며 내 딴에는 아무리 꼼꼼히 엮는다 해도 아버지의 나무람을 면하기 어려웠다. 드디어 아버지의 용마루 만들기가 끝나면 모든 준비는 완료된 것이다. 동네의 장정들이 모여 묵은 이엉을 벗기고 엮어 둔 새 이엉을 올리고, 삶은 돼지고기가 나오고 양조장에서 받아온 막걸리도 돌고, 우리 악동들도 돼지고기 한 점씩 받아들고 신나는 풍성한 하루였다.

　눈이 오기 시작하면 가지런히 잘라 둔 이엉의 가장자리로 굴뚝새나 참새들이 찾아온다. 따뜻이 보온도 되고 볏짚 부스러기가 먹이도 될 터. 이놈들이 찾아오면 그냥 바라보고만 있는 촌놈들이 어디 있겠는가? 밤에 플래시를 들고 집을 한 바퀴 돌면 족히 서너 마리는 잡았다. 누이와 남동생 둘 그리고 나, 옹기종기 아궁이에 둘러앉아 그놈들을 구워 먹었다. 매운 연기 고소한 냄새!

운치 있어 보일지는 모르나 살아보면 불편하기 짝이 없는 초가집. 비라도 오려는 날이면 군불의 연기가 하늘로 날아오르지 못하고 낮게 깔렸는데, 매캐한 연기와 벽의 흙냄새가 서로 어우러져 막연한 서러움의 냄새가 났다. 장마철이 되어 며칠을 두고 비가 내리면 지붕의 이엉을 적시던 빗물이 차차 아래로 스며져 결국은 한 방울 두 방울 방 안으로 떨어졌다. 이불을 한쪽으로 밀고 떨어지는 물방울을 받았는데, 처음에는 세숫대야로 나중에는 여기저기 사는 곳이 늘어나서 양동이, 그릇, 내 도시락까지 동원되곤 했다. 그래도 아이들은 즐거웠다. 방바닥의 그릇을 치워버리고 손에 하나씩 그릇을 들고 떨어지는 물방울을 받으며 신이 났었다. 한 방에 올망졸망 아이들이 넷이나 되었는데, 머스마 셋은 레슬링을 한다고 바닥을 굴렀고 가끔 누이도 거들었으니 물 받는 그릇이 안녕할 리가 없었다. 그릇이 넘어져 물이 밀어 둔 이불을 적셨고, 우리는 눕지도 못하고 벽에 등을 기대고 앉아 밤을 보냈다. 이불이 온전히 젖지 않고 있다고 해도 바닥의 그릇 때문에 온전하게 누울 자리도 없었지만 서도.

일렁이는 촛불로 손 그림자놀이도 했었는데 지금도 손 그림자로 나비와 쥐, 개는 만들 줄 안다. 벽에 도배지가 없었고 신문지를 얻어다가 벽지 대용으로 발라 두었음에 누이의 공짜 한글 과외 시간도 있었다. '경제개발 5개년 계획' '산불조심' '울진, 삼척 무장공비 침투'

천장을 보면 물이 샌 곳에 얼룩얼룩 그림이 그려져 있었다. 마치 여름날 냇가에 누워 '하늘에 흐르는 구름이 토끼 닮았네 우리나라 지도

닮았네.' 하던 것처럼 우리는 천장에 생긴 얼룩을 쳐다보며 저것은 소
똥모양, 저것은 크림빵모양. 빗방울이 그릇에 떨어지는 소리를 가만
히 듣고 있노라면 실로폰 연주처럼 느껴진다. 그릇의 모양과 재질에
따라 소리가 참 다양하게 들렸다.

　풍당풍당 돌을 던지자 누나 몰래 돌을 던지자…….
　우리 누나 손등을 간질여 주어라.

　우리는 누가 먼저랄 것도 없이 노래를 부르곤 했고 막내 녀석의 무
용까지 곁들여 제법 그럴듯한 '비와 음악의 밤'을 열었다. 음악의 밤
은 항상 건넛방으로부터 '시끄루와!' 하시는 아버지의 호통으로 막을
내렸지만 밤새 킥킥거리다가 새벽녘이 되어서야 잠이 들곤 했다.

　그 불편했던 초가집. 다시 초가집으로 돌아가고 싶다. 딸아이 얼른
키워 제 꿈 좇아 제 짝 찾아 포로로 날려 보내고, 그녀와 단둘이 초가
집에 살고 싶다. 내 어릴 적 먹던 누룽지랑 도토리묵을 만들어 오시는
손님 대접을 하고 싶다. 손님이 없으면 그녀랑 단둘이 차 마시며 그냥
놀지 뭐. 눈이 오면 굴뚝새, 참새구이에 쐬주 한 잔, 비가 오면 그릇이
만들어 주는 빗방울 연주를 들으며 그녀의 무릎을 베고 '풍당풍당' 노
래도 불러 줄 수 있는데… '모옥 쑴 걸고 싸아 올린 싸나이에 처엇 싸
아랑…' 이 노래는 어떨까. 별로 가진 것도 없고, 그저 마음뿐인 강원
도 산골 촌놈 출신 통영 택시기사의 간절한 꿈.

얼레리꼴레리

모든 것이 그 돼지고기 때문이었다. 엉덩이로부터 허벅지 안쪽으로 오금으로 종아리로, 처음에는 뜨겁게 나중에는 차갑게 흘러내리던 그 짜릿한 자극!

열차는 이리저리 휘어지며 잘만 달렸다. 창문 틈으로 찬바람이 횡횡 들어와 발은 시리다 못해 눈물을 찔끔거려야 할 정도로 아팠지만, 그래도 삶은 달걀과 사이다와 노란 단무지 물이 밴 김밥은 꿀맛이었다. 이른 새벽 칼바람에 길을 나서 2km나 되는 길을 걸어야 했지만 바로 이 맛에 기차 타고 가는 고향길이 즐겁기만 한 것이 아니겠는가. 영주역에서 시오리 길을 걸어 신천거리를 지나 새해 마을, 큰댁에 도착했다.

"내일 아침 설 제사에 어른들이 모두 오실 텐데 가만 앉아서 기다리면 안 된다."

할아버지와 백부님께 절을 하고 나니 아버지는 50호가 넘는 마을의 의성 김가 어른들께 인사를 드려야 한다고 성화를 하셨다. 별로 할 이야기도 없는 듯했는데도 아버지는 얼른 일어나실 생각을 하지 않으셨기에 엉덩이 들썩이며 아버지를 재촉하다가 몇 번이나 아버지께 주의를 받은 것 같다. 항렬이 높은 분들만 찾아다녔는데도 참 지루했다. 세뱃돈을 미리 받는 쏠쏠한 수입도 있었으나 안전하게 보관하신다는 명분으로 아버지의 주머니에 다 들어갔다. 당연히 한번 들어간 돈은 내게 절대로 돌아오지 않았다.

다음 날 새벽에 일어나서 할아버지가 계신 사랑방에 군불 넣기를 맡았는데 불이 잘 들어가는지 내 알 바가 아니고 어제 아버지랑 사 들고 들어온 돼지고기에 온통 신경이 쓰였다. 설 제사를 지내고 아침을 먹는 둥 마는 둥 했다. 젯상에서 당연히 옮겨 왔으리라 믿었던 돼지고기가 없었다. 다른 고기도 아니고 어제 아버지가 돈 내시고, 내가 시오리 길을 들고 온 그 돼지고기 말이다. 일 년에 몇 번 밖에 먹어 볼 수 없는 내 돼지고기가 없어진 판에 떡이니 전이니 하는 다른 것들이 눈에 들어올 리가 있겠나? 놀러 가자는 사촌들의 말에도 막무가내로 안 갔고 아버지의 곁을 졸졸 따라다니며 큰어머니의 동태를 예의 주시했다. 드디어 전을 가져오라는 큰어머니의 심부름. 잽싸게 고방으로 달려가니 돼지고기가 대바구니에 담겨 있었다.

신문지가 귀하던 시절이었는데 큰어머니는 어디서 구하셨는지 신문지를 조금씩 잘라 부뚜막에 펴 놓고는 장만한 음식을 조금씩 올려 놓으셨다. 밤도 몇 개, 곶감도 두세 개, 전도 잘라 놓고, 떡도. 그런데 돼지고기도 잘라서 올려놓으시는 것이 아닌가. 펼쳐진 신문조각은 스무 장도 넘는데 돼지고기를 잘라서 올려놓으면 남는 것이 있겠는가?

가져온 돼지고기는 금방 동났다.

"제사에 오셨으면 제사만 모시면 되지 남자들이 쫀쫀하게 음식을 싸 준다고 달랑 들고 가기는……. 채신머리없이."

무지 속이 상했다. 내 아버지가 사시고 내가 들고 온 돼지고기인데. 그렇지만 좌절만 하고 아무것도 먹지 않으면 나만 손해! 나는 남아 있는 전과 떡, 약과를 마구 먹어댔다. 고기를 잃어버린 것에 대한 원수를 갚는다는 심정으로 마구 마구.

전날 아침부터 기차 타고 큰댁으로 온다는 기대로 매일 보던 '응가'를 생략한 채 온종일, 그리고 설날 아침에도 응가를 안 하고 있었다. 또 마구 주워 먹은 음식들이 배를 압박해서 그런지 뒤가 묵직해져 변소(화장실이 아니고)에 가려는데 큰어머니의 말씀.

"환아, 형이 고기 가지고 작은집에 가는데 같이 가서 먹어라!"

큰댁에서 400여 미터 떨어진 작은댁에는 내 또래의 사촌들이 올망졸망 딸만 넷이 있었고 사촌형 둘, 사촌 누나 하나까지 가세해서 올라가는데, 응가를 하고 따라가면 고기가 남아 있겠는가? 사촌형을 따라 부지런히 걷는데, 미처 백 미터도 가기 전에 급해졌다.

"형 먼저 가라 똥 누고 따라갈게."

말을 마치기도 전에 볼일을 봐 버렸다. 일행에 뒤처져 궁둥이를 쑥 빼고 외가가 있는 어우실 마을로 갈라지는 삼거리의 물도랑에 몸을 숨기고 두리번거리며 뒤처리를 했다. 마른 풀로 건더기(?) 들어내고 살얼음을 깨고 다시 풀을 적셔 엉덩이를 씻었다. 막 바지춤을 추스르는데 멀리서 아버지의 목소리.

"환아, 외가 가자!"

수건이 있었던 것도 아니고 젖은 풀로 처리한 엉덩이, 볼일 볼 때 빠져나와 버린 약간의 쉬로 인하여 엉덩이, 허벅지, 오금이 따갑게 느껴졌다. 아버지께 똥 쌌단 말씀은 못 드리겠고. 결국, 나는 돼지고기 먹으려다가 먹어보지도 못하고 바지에 똥만 쌌으며 젖은 내복으로 달달 떨며 외가로 걸었다. 오 리나 되는 길을 그렇게 걸었다. 외가에 도착하여 다시 변소로 가서 바지 벗고 냄새 먼저 확인했다. 다행히도 다른 사람에게 들킬 것 같진 않았다.

외할아버지 신축생 소띠(1969년 당시 69세)

아버지 을축생 소띠(45세)

나 신축생 소띠(9세)

소띠 셋이 상에 둘러앉아 푸지게 먹었다. 외할아버지는 얇게 썬 고기를 싫어하셨다. 말술에 고기를 좋아하셔서 외할아버지의 상에 앉으면 살판났다. 열다섯 살 난 딸을 시집보내고 19년 만에 본 외손자, 환갑잔치하기 두 달 전에 본 외손자가 어찌 안 귀여우시겠는가? 집에 돌아와 옷을 모두 갈아입고 석고대죄하는 심정으로 어머니 눈치를 살폈다. 아셨는지 모르셨는지 어머니는 말씀이 없으셨다.

마치 동영상을 보듯이 지금도 그때의 기억을 생생하게 갖고 있다. 그도 그럴 것이 글짓기 숙제가 있을 때마다 똥 싼 이야기를 써 냈었고, 그럴 때마다 내 별명은 똥싸개가 되었었다. 서로 주먹다짐으로 며칠 가지 못하는 별명이었지만 말이다. 지금 또 우려내고 있다. 진국은 진국이라. 이참에 별명을 똥싸개로 바꿔?

얼음 배 타기

-악동들의 겨울이별

 산도랑 얼음 아래로 쪼르륵 물 흐르는 소리가 들리고 양지 편의 나무에 움이 움직였다고 해서 산골 신림의 악동들에게 봄이 온 것은 아니었다. 단지 겨울이 가는 중일 뿐이다. 막바지 겨울 가뭄에 개울물이 줄어 물가의 얼음이 갈라지기 시작하면 악동들은 바빴다. 모두 톱과 쇠메(해머)를 들고 개울로 모여들었다. 기슭의 얼음을 잘게 부수고, 물 가운데 두꺼운 얼음은 톱으로 지름 3, 4미터 되게 원형으로 몇 개씩 잘라놓고 원 가운데 구멍을 하나씩 뚫어야 했다. 개울가에 땔감으로 쓸 나뭇가지도 모아놓고 나서 우리는 산기슭의 잔설이 녹아 개울물이 늘기를 기다렸다. 마치 가뭄에 비를 기다리며 논둑을 서성이는 어른들처럼 우리는 물이 늘기를 기다리며 개울가를 서성였다.

 어쩌다가 비라도 내려주면 악동들은 더욱 신이 났다. 비에 잔설이 더욱 빠르게 녹아 개울물이 눈에 띄게 늘어났기 때문이다. 모두 그 비를 맞으며 개울로 모여 잘게 부수었던 얼음조각을 물에 띄워 보냈다. 그리고 우리는 산골 촌놈에서 멋진 해적으로 변신했다. 칼싸움에 쓸 목검을 하나씩 허리에 꿰어 차고 얼음 배 위로 올랐다. 학교 앞 담, 뒷담, 양조장 앞 담, 뒷담, 모두 네 패로 나뉘어 사파전의 해전을 벌였다. 악동들의 마지막 겨울향연이 시작되었다. 나와 두 동생 뒷집의 종선이 그리고 그 뒷집의 진옥이, 우리 다섯은 양조장 앞 담의 기치를 걸고 출항을 했다. 상앗대(장대)를 얼음 배 구멍에 넣고 힘차게 밀어 속도를 높였다. 마치 날랜 해적처럼 적선에 뛰어올라 백병전을 치렀고, 전세가 불리하면 마지막 돌격을 감행하였다. 이때 고도의 기술이 필요했다. 적선에 부딪히기 2~3초 전에 모두 배 뒷전으로 몰려야 배의 앞이 적선의 위로 올라탈 수 있으며 다시 잽싸게 앞으로 뛰어야 적선은 갈라지고 우리는 안전할 수 있었다. 만일 뒤로 몰리는 시간이 너무 늦으면 우리 배가 밑에 끌려 낭패를 당하게 되고, 너무 빠르면 미처 적선에 다가가기 전에 우리 배가 먼저 갈라져 버리고 만다. 그래서 고도의 숙련된 선장이 필요한 것이다.

양조장 앞 담의 선장은 나였는데 얼음판 발구 타기에 귀재였던 나는 불행하게도 얼음 배 운전에는 젬병이라 항상 적선에 부딪혀 보지도 못하고 우리 배는 갈라져 버리곤 했다. 물이 허리 높이로 깊었으니 얼음 배가 갈라지면 운이 좋아야 모자만이라도 안 젖을 수 있었다. 얼음조각 뜬 지저분한 물을 먹어가며 겨우 물 밖으로 기어 올라온 양조장 앞 담의 떨거지들은 미리 피워둔 모닥불에 옷을 말렸다. 그래도 우렁차게 노래는 잘 불렀다.

화톳불에 살찐다
화톳불에 살찐다

온몸에서 김이 모락모락 오르기를 한참, 여기저기 물에 빠진 놈들이 가세하고 땔나무는 더 얹어지고, 노랫소리는 높아만 갔다.

화톳불에 살찐다
화톳불에 살찐다

축제의 뒤끝은 항상 불안했다. 삼 형제 모두 입고 간 것 전부 버린 채로 집으로 돌아오면 우리를 기다리는 것은 당연히 불호령이었다.
"아이고 이누무 자슥들 옷을 몽땅 버리면 어찌 말릴 거고."
운 좋으면 어머니께 몇 대 맞는 것으로 끝이 났고, 운이 좀 안 좋으면 아버지께 얻어터지고 발가벗긴 채로 뒷마당으로 쫓겨나야 했다. 문제는 뒷집의 영란이와 그 계집아이의 언니 경란이였다. 꼭 싸릿담 사이로 얼굴을 디밀고 노래를 불러 주었다.

참새 조개 못 봤다
환이 고추 못 봤다

부끄러워 비비 꼬다가 성질나면 발가벗은 채로 싸릿담을 넘어 쫓아가 영란이 계집애를 주먹으로 몇 대 패 준 적도 있다만 그 다음에 오는 창피함은 낭패스러웠다.
"환이가 발가벗은 채 영란이를 쫓아왔으니 둘이 혼인시켜야 하겠네."
영란이의 할머니의 말씀에 울음을 터트린 적이 꽤 여러 번 있었다.

얼음 배 타기가 끝났으니 겨울은 간 것이었지만 악동들에겐 아직 봄이 온 것은 아니었다. 지루한 기다림이 남아 있었다. 우리는 마냥 심심했다. 마당으로 논둑으로 밭으로, 온통 해동에 진창으로 변해 버렸다. 고무신 위로 질척이는 진흙이 올라와 양말을 모두 버리니 맨발로 다니기엔 아직 쌀쌀한 날씨였고 그냥 다니자니 어른들의 성화에 견딜 수가 없었다. 장화가 있던 놈들이야 마음껏 뛰어놀았지만, 악동들 대부분은 처마 밑이나 뒷산의 산소에 기대어 병든 병아리 꼴로 마냥 꾸벅꾸벅 졸면서 해바라기를 했다. 배는 금방 고팠고 잠은 왔고 오라는 봄은 안 왔고…….

어른들이야 마늘 밭에 덮어둔 볏짚을 태우고 보리밟기를 하면 봄이 온 것이겠지만 악동들에게는 절대로 봄이 온 것이 아니었다. 겨울도 아니었다. 겨울과 봄 사이에 산골마을 악동들의 지루한 기다림이 있었다. 그렇게 기다리고 기다리고 또 기다려서 밭에 보리가 자라 바람에 일렁이고야 봄바람을 타고 악동들의 가슴에도 진정 봄이 찾아온 것이다.

제6부

촌놈의 순정

어린이날의 궁상

'날아라 새들아 푸른 하늘을······'

아무런 의미를 못 느낀 채 따라 부른 어린이날 노래다. 어린이날은 그냥 달력에 표시된 어린이날 이외에 아무런 의미가 없었다. 대처의 아이들이 어린이날을 어떻게 보내는지 알 도리가 없는 TV는커녕 라디오도 제대로 없던 산골 신림의 아이들.

도회지 아이들의 풍경은 학급문고에서 한참 지난 어깨동무라는 어린이 잡지를 통해서나 알 수 있었던 또래의 아이들. 어쩌다가 어깨동무 책을 하나 얻으면 그 내용을 읽기보다는 빳빳한 책장을 찢어서 딱지 만들기에 더 열중이었다. 어깨동무 잡지의 내용 중에 고우영 씨가 그린 홍길동 만화가 연재되었다. 그 만화의 상단에 '몸이 튼튼 진주햄 소시지'라는 광고가 만화로 그려져 있었는데, 신림 촌놈들은 아무도 소시지가 먹는 것이라는 것을 알지 못했다. 무엇인지 모르니 먹고 싶지도 않았고 부럽지도 않았다. 당연히 어린이날은 아무도 몰랐고 신경 쓰지도 않았으며 씩씩하게 뛰어놀라는 말을 안 해도 매일매일 열심히 새벽부터 깜깜해진 후까지 잘도 알아서 뛰어놀았다. 예나 지금이나 무식(?)하면 용감하고 행복한 법이다.

그런 나에게 어린이날 시련은 5학년 때 찾아왔다. 4학년을 신림에서 마치고 5학년이 되면서 원주로 이사했다. 6학년 2학기가 되면서 다시 신림으로 이사를 했으니 1년 반 동안 원주시민이 된 것이다. 우리 집이 있던 곳은 원주시 봉산동, 부유한 것과 거리가 먼 사람들이 살던 동네였다. 원주의 땅덩이를 세로로 길게 흘러내려 못사는 집 아이들을 시내의 동편 제방에 고립시키던 봉천내. 방과 후 아이들은 봉천내 둑길에 나와 놀았다. 그날은 학교에 갔었는지 안 갔었는지 기억이 나질 않고 어쨌건 그날도 나는 두 동생과 함께 봉천내 둑길에 나와 앉았다. 아무리 기다려도 아무도 나타나지 않았다. 심심했다. 셋은 둑길에 나란히 쪼그리고 앉아 반대편의 둑길을 바라보았다. 건너편은 시장이 있는 원주시의 번화가였다.

반대편 둑길을 부모님의 손을 잡고 걷는 아이들의 손에는 하나같이 풍선이 들려 있었다. 어린이날인지는 알고 있었으나, 부모님의 손을 잡고 풍선을 들고 둑길을 걸어서 어디론가 가는 날인지는 모르고 있었다. 올망졸망한 우리 삼 형제는 단지 심심했다. 노래를 불렀다. 아마도 한 시간 이상을 우리가 아는 노래는 다 불렀지 싶다. 학교에서 배운 동요, 군가, 유행가, 마지막으로 어린이날 노래를 불렀다. 그냥 불렀다. 아무런 의미도 모르고, 알 필요도 없었다. 날아라 새들아 푸른 하늘을…… 우리들 세~에~사~앙

"애들아, 너희 노래를 참 잘 부르는구나!"

웬 아줌마가 우리를 보고 참견을 했다.

"집이 어디냐? 엄마, 아빠는?"

"우리 집, 조기예요. 엄마 아부지는 일해요."

출싹거리며 나서기를 좋아했던 여덟 살 막내가 대꾸했다. 우리는 그 아줌마의 자가용차를 타고 어디론가 갔다. 그 '어디론가'가 지금 돌이켜 생각해 보아도 교회 같기도 하고 그 동네에 있던 교육장님 집 같기도 하고 정확한 기억은 없다. 하여간 우리 삼 형제는 그 아줌마를 따라 원주 치악산 밑의 못사는 떨거지들이 타 본 적이 없을 자가용차를 타고 '크~은' 집으로 가서 노래를 몇 곡 부르고 푸지게 먹었다. 돌아올 때 '종합선물세트'라는 오만가지 과자가 가득 들어 있는 상자를 하나 받아들고 한참 걸어왔다. 뜯어서 조금만 먹어보자고 보채는 막내 녀석의 투정도 외면한 채 누나랑 엄마 아부지랑 같이 먹으려고 참았다.

자랑스레 돌아온 우리를 기다린 것은 어머니의 회초리였다. 웬 아줌마의 자가용차를 타고 갔다는 아이들이 두 시간 가까이 돌아오지 않고 있으니 집에서 난리가 났던 모양이었다.

"당신이 돈을 못 벌어, 아이들에게 아무것도 못 해줘서 그렇다."

어머니는 아버지께 한바탕 퍼부으셨다. 놀러 나갔다가 돌아온 누이는 어머니의 엉뚱한 화풀이를 당하고는 우리 셋을 찾아 동네를 몇 바퀴나 돌았다. 어머니는 우리가 얻어 들고 온 선물세트상자를 문밖에 집어던지고는 우리 셋을 한꺼번에 안고 우셨다. 나는 어머니가 안고 계시는 동안에도 문밖에 버린 과자 상자를 누가 집어가면 어쩌나 하는 생각에 눈길을 자꾸만 밖으로 돌렸다. 한참 우시던 어머니를 바라보며 담배만 피우시던 아버지. 어머니는 방에서 '라면땅'을 가져오셔서 하나씩 주셨다. 나와 둘째 녀석은 분위기상 받았고, 막내 놈은 상자에 든 과자가 아니면 안 먹는다고 버텼다. 결국 눈치만 보시던 아버지가 문밖에 버린 상자를 들여 놓으셨고, 온 가족이 둘러앉아서 먹었다. '종합선물세트'

어린이날이란다. 오 년 전 딸아이 1학년 어린이날에 처음으로 택시에 올라앉아 벌써 6학년이다. 이상하게도 어린이날은 항상 근무일이었고 올해도 어김없이 근무일이다. 어린이날 엄마의 손을 잡은 남의 애들만 죽어라 태워주고, 정작 내 아이는 그 흔한 공원에 한 번도 못 데려다 준 비정한 아빠.

올해도 그녀가 딸아이를 데리고 나갔으니 잘 놀다 오겠지만, 점심 먹으러 혼자 집에 들어와 앉은 내 마음은 만감이 교차한다. 날아라 새들아 푸른 하늘을……. 오월은 푸르구나……. 어린이날이든 아니든 신경 안 쓰고 맨날맨날 열심히 뛰어놀기만 하던 그 시절이 한없이 그립구나. 딸아이 6학년이던 2008년 어린이날에 혼자 식탁에 앉아 궁상떨었다.

촌놈의 순정

내가 촌놈이긴 한 모양이다. 며칠 전 쉬는 날이었다. 딸아이와 방에서 이런저런 이야기를 하고 있는데 그녀가 퇴근해 오더니 별반 바쁜 일도 없는데 딸아이와 내 앞에서 옷을 훌떡 벗는 것이 아닌가? 부부라는 것이 서로 알몸을 보고 알몸을 탐하고 그래서 아이도 낳고 그랬겠지만, 딸아이가 있는데 내 앞에서 훌떡 벗어버리고 팬티 바람에 코앞으로 다가오니 이놈의 여편네가 제 혼자 뭘 먹고 회춘하나 싶어 겁도 나고 괜스레 딸아이 앞에서 조금 부끄러워졌다. 일어서서 나가려고 하니 그녀가 불러 세웠다.

"당신 내 등 좀 봐, 뭐가 났어?"

"벌게지긴 했는데 별거 아닌데."

일어서려는데 그녀 팬티가 닳아서 고무줄 부근이 많이 낡아 있는 게 눈에 띄었다.

"새 빤쓰 없나? 이게 뭐냐? 궁디에 바람은 잘 통하겠다만······."

"이게 편해서"

달리 부부가 아니라 바로 이래서 부부인 모양이다. 그까짓 싸구려 팬티야 집에 몇 개나 쌓여 있는지 관심도 없고 그저 눈앞에 있는 놈만 주워 입어서 그놈이 닳아 구멍이 숭숭 나고 그녀의 핀잔을 받아야 갈 아입는 것이 내 습성이다. 은연중에 내 습성을 여편네가 따라온 모양이다. 왜 입었던 놈만 자꾸만 주워 입냐면 이유는 간단하다. 편해서.

웬 팬티 타령이냐고? 어제 우편물이 하나 날아왔다. 물론 우편물이야 숱하게 날아온다. 돈 준다는 소리는 없고 맨 돈 내란 이야기, 가끔은 돈 안 내면 죽인다는 이야기. 그런데 돈하고 무관한 놈이 있어 무엇인가 뜯어보았다. 홈쇼핑 카탈로그였다. 여자 팬티가 참 다양했다. 게다가 팬티 브래지어만 속옷인 줄 알았는데 잠자리 날개 같은 천으로 된 러닝에 또……. 또……. 그러다가 문득 이런 생각이 들었다. '나 유부남 맞아?' 아, 나도 저런 속옷을 입은 여자랑 한 번 살아봤으면……. 눈을 감고 허름한 마누라의 옷을 모두 벗기고 홈쇼핑 카탈로그의 그 옷을 하나씩 입혀봤다. 아직은 그런대로 그림이 괜찮게 그려졌다. 나는 그동안 뭐하느라 저런 옷 입은 여자랑 나란히 누워 사랑도 한번 못해봤을까. 이미 머리 허예지고 몸뚱이는 더욱 구부정해지고 눈은 자꾸만 흐려지고 있는데.

가만 돌이켜 보니 덜떨어진 내가 세파에 휘둘려가며 가족이란 것을 유지해 온 것만도 다행이었다. 우선 내 가족이 똘똘 뭉쳐 살아내고 나면 그녀와 꿈같은 세월은 나중에라도 맞을 수 있겠거니, 그렇게 생각을 했던 것 같다. 구식 부모님을 모시고 살아온 촌놈. 그것도 머리에 상투가 들어 있는 촌놈인 나는 그녀가 안쓰러울 때도 부모님의 눈치를 보느라 어깨에 손 한번 제대로 얹어주지도 못했다. 그래서일까?

딸아이의 앞에서도 쭈뼛거려져서 그녀의 손이라도 잡아줄라치면 딱 삼 초 이상은 버티지 못하고 공연히 그녀 뒤통수에 꿀밤을 한 대 먹이고 일어서고 만다. 이제는 그녀도 내 마음을 아는지 꿀밤을 맞고도 별로 삐치지도 않는다. 가만 생각해 보면 나는 그녀가 곁에 있음에도 예쁜 속옷을 입고 내게 찰싹 달라붙어 있는 그녀를 그리워하며 살아온 것 같다. 언젠가 그 시절이 오리라. 홈쇼핑 카탈로그에 있는 그 여인의 차림을 한 대관령에 있던 눈매 선하던 아직 처녀 적 그녀와 분위기 있는 밤도 맞아보고, 내가 좋아하는 테이스터스 초이스도 한 잔씩 나누는 그런 시절이 오리라.

지금도 딸아이와 그녀 그리고 나, 셋이 한 방에서 바글거린다. 딸아이가 잘 방이 따로 있지만 매몰차게 딸아이를 쫓아내는 것이 싫고 잠들기 전에 도란도란 이야기 나누는 것이 무엇보다도 좋아서 그런다. 쫄로리 셋이 누워 있는 것이 좋다. 좁은 방에 맨 오른쪽에 나, 곁에 그녀, 왼쪽 끝에 딸아이, 이렇지 나란히 누워 잠을 잔다. 그런데 언제부터인지 모르겠으나, 내 등뼈가 보기 좋게 S라인으로 휘어져 굳어 버렸다. 갈비뼈와 등뼈도 붙어서 굳어져 버렸다. 그러다 보니 왼쪽 갈비뼈 아랫부분이 플레어스커트의 아랫단처럼 펼쳐진 채 굳어서 내가 그만 왼쪽을 보고 눕지 못하게 되었다. 딸아이 몰래 그녀 쭈쭈도 살짝 건드려 보고 하는 재미가 괜찮았는데…… 물론 이것도 벌써 사오 년 전의 이야기다만. 그러다 보니 그녀에게 등을 돌리고 오른쪽으로 돌아눕는 것이 편하고 그렇게 누울 수밖에 없다.

내 몸의 불편을 느끼고부터는 내가 그리워하는 것이 변해 버렸다. 멋있는 속옷 입은 그녀와의 분위기 있는 밤이 아니고 딸아이 어릴 때 이곳저곳 돌아다니며 그네도 태워주고 도시락도 먹고 하던 시절을 그리워한다. 멋진 속옷의 그녀랑 분위기 있는 밤은 이미 그리움 속에서도 사라져 버리고 말았다. 도대체 뭐하고 살아왔는지 모르겠다. 젊을 때에는 오지도 않은 미래를 그리워하며 살았고, 이제는 이미 지나버린 예뻤던 시절을 그리워하니 말이다. 내 나이 아직 창창하다고 하지만 몸뚱이가 이미 삭아가는 놈이라 나는 이미 틀린 것 같고, 내 그녀는 아직 마흔셋의 그래도 탄력이 남아있는 예쁜 색시인데…….

문득 몹시 어렵던 시절에 슬그머니 그녀를 놓아줬어야 했다는 생각이 든다. 어찌 보면 아직은 늦지 않은 것 같기도 하다. 나 아닌 딴 놈에게 찰싹 달라붙어 히히덕거리는 그녀를 상상하면 얄밉기도 하겠지만 나는 이미 틀려버린 놈이고 그녀만이라도 잠자리 날개 같은 속옷 입고, 보란 듯 폼 나게 살아보게 하고 싶기도 하다. 서글픈 생각이다. 내 아버지가 가실 때부터 머릿속에 맴돌던 생각이다. 내 사주팔자를 보실 때마다 떠돌이 중 팔자란 이야기가 매번 나왔다고 어머니가 서운해 하셨다는데 딱히 그래서 하는 말은 아니지만, 처자식 없이 이곳저곳 떠돌며 그저 덕담만 해대고 밥 얻어먹는 떠돌이 중팔자가 상팔자다. 딸린 식구 없으니 빌어야 할 일도 없을 테고……. 하긴 중질하는 동창 놈 보니 자기 상좌 스님 눈치를 무진장 보는 것 같고 새파란 신출내기 스님들에게도 무게 잡느라 사서 고생하니 안쓰럽기도 하더라만. 그래도 어디 머리 깎고 산에 들어가야 할 것 같다. 아궁이에 불

이나 때 주고, 이것저것 잔심부름해주며 밥술이나 얻어먹고 사는 아
궁이 주지가 제일 편할 듯하다.

사실은 말이지 아궁이 주지보다는 오가는 빈 가슴의 아줌마들에게
허튼 눈길 맞추며 빙긋 웃을 수 있는 찻집 주인장이 더 좋은데, 그놈
의 돈이 뭔지…….

비오던 날의 수채화

"엄마, 나 10원만."

"요노무 자슥, 아침부터 돈을……. 가서 동생들이나 데리고 놀아!"

안방 문턱을 베고 누워 졸고 있던 어머니는 기다리기라도 하였듯 벌떡 일어나 앉으며 소리를 빽 지르셨다. 어머니는 이상하리만치 그 날 마수걸이를 하지 못하면 절대로 용돈 주시는 일이 없었다. 이왕 돈 10원 주시는 것 아침에 주시면 좀 좋아, 아무 소리 못 하고 돌아 나와 처마 밑에 섰다.

참 장하게 비가 왔다. 처마 밑에 파인 물골을 따라 벌써 빗물이 흘러 내려가고 있었고 이엉 끝을 타고 떨어지는 물방울이 물골에 보기 좋게 왕관을 만들고 있었다. 왕관은 물방울을 만들었고 물방울은 물골을 따라 수채까지 흘렀다. 심심했다. 어머니는 안방에서 코까지 골아가며 주무셨고, 아버지는 공연히 국수틀을 뜯었다가 맞추었다가 했다. 그러다가 가끔 당신 성질을 못 이겨 들고 계시던 몽키스패너를 팽개치셨다. 두 동생 놈은 조용한 걸 보니 분명히 내 딱지를 훔쳐 양조장 뒤 톱밥창고로 날라버릴 궁리를 하는 듯했다. 누이는 보나 마나 그

놈의 책을 끼고 로미오를 그리고 있을 것이다. 쏟아지는 비는 열 살
사나이의 심사도 울적하게 만들었다. 우산을 챙겨 들고 장터를 향했
다. 주머니에 용돈 10원이 없으니 만홧가게에도 못 갔다.

　　당신을 알고부터 당신을 알고부터
　　사랑을 알았습니다~
　　사랑을 알고부터 사랑을 알고부터
　　눈물도 알았습니다~
　　아~ 난생처음 사랑합니다,
　　그대를 그대를 정말

　역시 장터의 주천집은 성황이었다. 젓가락 두들기며 부르는 유행가
가 비 오는 장터로 울려 퍼지고 있었다. 논물 보러 나갔다가 바로 주
천집으로 출근한 영훈이 아버지와 광수 아버지는 둥둥 걷은 젖은 바
짓가랑이를 하고 삽자루는 미닫이문에 세워둔 채 벌써 거나한 상태였
다. 오늘의 전주錢主는 영훈이 아버지인 듯 제천에서 왔다는 색시 아
줌마는 영훈이 아버지에게 찰싹 달라붙어 애교를 떨고 있었다.
　"여보, 아~"
　영훈이 아버지는 벌게진 얼굴에 입을 하마처럼 쩍 벌리고 색시 아
줌마가 넣어 주는 계란말이를 넙죽 받아 물고는 연방 색시 아줌마의
허벅지를 쓸어 올리고 있었고 그럴 때마다 색시 아줌마는 움찔거리
며,
　"아이~ 짓궂기는!"

하며 눈을 흘겼다. 열어젖힌 유리문 사이로 안을 들여다보던 열 살 사나이는 더욱 쓸쓸해졌다. 젓가락 장단에 유행가는 더욱 높아졌고……. 이 한밤도 마시고 싶다. 취할 때까지 에레나도 가고 없는 쓸쓸한 항구밤거리…….

열 살 사나이는 빨리 어른이 되고 싶었다. 왜냐고? 그냥 아무 생각 없이, 하여튼. 중앙선 철교 밑을 지났다. 농협창고 처마 밑에 진옥이 형제가 있었다. 그 옆에 쭈그리고 앉았다. 진옥이 녀석은 벌써 눈깔사탕을 하나 다 녹이고 또 하나를 입에 넣었다. 형이 나머지 하나의 눈깔사탕을 입에 넣는 것을 본 놈의 동생 진수는 얼른 사탕 하나를 입에 마저 털어 넣었다.

작은 입에 눈깔사탕이 두 개나 들어갔으니 입이 다물어지지도 않았고 벌어진 입으로 사탕 물이 흘러내렸다.

"형아, 승환이는 뭐해?"

"몰러, 인마."

"같이 딱지치기하려고 하는데……."

"우리 집에 가봐, 일환이랑 집에 그냥 있어."

진옥이 형제는 일어서려다가 한마디 덧붙인다.

"형아네 엄마 아부지는 그거 안 해?"

"이 씨발로미, 빨리 안 꺼져?"

산골마을 아이들이 순진하다고? 누가 그래? 말을 안 해서 그렇지, 알 건 이미 다 알아! 모를 거로 생각하는 어른들이 순진한 거지.

열 살 사나이는 더욱 쓸쓸해졌다. 이미 진옥이 엄마 아부지가 궂은 날만 되면 아이들 10원씩 줘서 쫓아내는 것, 우리 국수공장에 온 동네 할머니들의 입방아를 엿들은 터라 익히 알고 있었다. 부아가 치밀었다. 내 엄마 아부지도 그리 금슬 좀 좋으면 얼마나 좋을까. 벌써 10원을 얻어 만홧가게에서 몇 권을 보았을 거고, 꾸벅꾸벅 조는 빼빼 영감탱이 몰래 '오뎅'도 서너 개는 훔쳐 먹었을 것인데…….. 발걸음을 만홧가게로 옮겼다.

"환이구나, 어여 와."

평소와 다름없이 만홧가게 빼빼 영감은 화들짝 반겨 주었고, 마침 교회에 갈려는지 예쁜 양장차림에 가방까지 어깨에 메고 문턱을 나서던 뚱보 할멈은 마치 똥 본 표정으로 열 살 사나이의 비 맞아 후줄근해진 몰골을 못마땅한 듯 아래위로 훑고 나가버렸다. 벌써 꼬맹이들이 꽤 모여 있었고 동네 형들도 옆방에서 무협지를 읽느라 정신이 없었다. 그 옆에 있는 빼빼 영감의 아들 펠레형의 이발관에서는 이미 화투패가 돌고 있었다. 빼빼 영감과 그 단짝 새텃말 최 영감이 선데이서울을 보며 구시렁거렸다.

"야, 요년 허리 빠진 것 좀 봐라 기가 막히제?"

"이쁘긴 한데 저런 년은 데리고 살면 재미 없을겨 금방 끝나서……."

두 영감탱이가 선데이서울에 코 박고 있을 때가 기회였다. 꼬맹이들은 연탄 화덕 위에 있는 오뎅 솥으로 손을 바쁘게 움직였다. 얼른 오뎅 꺼내 먹고 빈 꼬치는 다시 솥에 꽂아두고…….

"아저씨, 오늘은 외상으로 할래요. 돈이 없어요."

"응, 그래. 내일 갖다 줘!"

나도 어른들이 하듯 단골집에 외상을 긋고 서너 개 훔쳐 먹은 오렝과 국물로 뜨끈한 배를 슬슬 문지르며 비에 젖어 기분에 취해 흔들거리며 장터를 가로질러 집으로 돌아왔다.

이 풍진 세상을 만났으니
너에 희망이 무엇이냐…….

세상에서 가장 순진한 사람은 단연코 내 어머니였다. 어머니는 솥뚜껑을 뒤집어 걸고 배추전을 붙이시느라 정신이 없었다.

"이누무 자슥아, 비 오는데 어델 그리 쏘다니노. 어여 이것 좀 먹어라."

이미 배 속이 가득 들어 있었으나 만들어 주신 것 목숨 걸고 맛나게 먹어주는 것이 효도임을 내 이미 알고 있던 터. 신나게 주워 먹었다.

"형아, 이거 형 돈 10원."

나는 외도 끝에 집에 돌아와 본처의 환대에 조금 미안해지는 동네 어른들의 심정이 되었다. 딱 그 심정이 되었다. 왜 이런 말을 하냐면, 수중에 들어온 10원은 이미 외상으로 써버려서 내게 땡전 한 푼 남는 게 없다는 사실이 너무나 슬퍼져서 말이지……. 자꾸만 어머니가 놓아두신 동전 통에 눈이 갔다는 사실. 기나긴 외도 끝에 집에 돌아와 토끼 같은 새끼와 여우 같은 마누라의 환대 속에 잠깐 미안해하고, 또 돈을 꿍쳐 새 여자와 함께 허니문을 떠나고픈 심정이 남정네의 머리에 살그머니 고개를 든다는 사실을 순진한 여인들이 알려나 몰라······.

　비 오던 날 산골마을의 풍경은 을씨년스러웠다. 모두 생각지도 않던 휴일. 노곤한 몸을 낮잠 늘어지게 자고 쉬면 얼마나 좋겠는가만, 오히려 쉬는 날이 익숙하지 않아 당황해 했던 것 같다. 집에서 전을 부쳐놓고 막걸리를 한 잔씩 들이키고는 모두 발동이 걸렸다. 장터의 술집은 흥청거렸고 마을 회관은 아줌마들의 음담패설로 북적거렸다. 젊은 것들 아니꼬워 회관에 끼지 못하는 노인네들은 사랑방으로, 아이들은 집에서 쫓겨나 비 오는 처마 밑으로 나앉았다.

　이 모두가 새마을 운동이 본격화되기 전의 이야기, TV가 없던 시절의 이야기다. 초가집도 고치고 마을길도 넓히는 새마을 운동이 산골마을 사람들의 생활 자체를 바꾸어 버렸다. TV 역시 사람과 부대끼며 살아가던 사람들을 각자의 안방에 감금해 버렸다는 생각도 들었다. 이제 와서 생각하면, 이리 사나 저리 사나 한 세상 살아가기는 비슷한 것인데 아둥바둥을 들여놓고 나름의 흥청망청, 멋스러움은 내쳐 버린 듯······.

호박에 줄긋기

"당신, 뭐해?"

"줄 그어."

"뭐라고?"

"호박에 줄긋기 해."

얼씨구, 이놈의 여편네 말하는 것 좀 보소. 나이가 들어가면서 수줍어하던 옛 모습은 모두 어디로 출장을 보냈는지, 점점 이웃집 아줌마를 닮아가니 원. 신랑이 밥 먹는 자리에 마주 앉아 방귀를 뿡뿡 뀌어 대질 않나, TV 보고 앉아 열심히 코딱지를 파내질 않나. 하긴 뭐, 나 역시 이 여편네보다 열 배쯤 더한 놈이니 누구를 탓할만한 상황이 아니긴 하다. 그러고 보면 우리는 이미 한물간 유행어처럼 잘 어울리는 한 쌍의 바퀴벌레임에는 틀림이 없는 것 같다. 만 원짜리 지폐 몇 장 아껴보려고 욕실에 붙여 둔 손바닥만 한 거울을 들여다보며 염색하는 꼴이 좀 안쓰러웠다. 딱히 할 말도 없고 해서 내 딴에는 그래도 큰맘 먹고 애정표현이라고 한마디 했는데 호박에 줄긋기라니, 젠장. 내 마음과 다르게 다음 말을 뱉어버렸다.

"그래, 당신 수박이다. 요즘은 호박에 줄을 긋는 기술이 워낙 뛰어

나서 수박이 된다 하더라!"

심사가 씁쓰레해져서 돌아 나오며 한마디 덧붙였다.

"그냥 살자. 나이 들면 머리 허예지는 것이 정한 이치지."

바로 직격탄이 날아왔다.

"당신 내 나이가 몇 살인지 알기나 해? 마흔셋이다. 내가 칠십이냐? 팔십이냐? 마흔셋이면 아직 처녀야!"

급변하는 세상을 내가 못 쫓아가는 것을 깨달았다. 요즘은 애 낳고 드문드문 새치가 허연, 마흔하고도 세 살의 아줌마를 처녀라고 그러는지 미처 몰랐다. 처녀면 처녀답게 내숭도 좀 떨고 그러지, 신랑 앞에서 방귀 뺑뺑 뀌고 콧구멍 후비니 아줌마인 줄 알았지. 그래도 내가 처녀랑 사네. 마흔아홉의 이 나이에! 지난여름 아내가 요즘 아이들이 입는 옷, 뭐더라? 답답하네. 거 왜 있잖은가? 여자들 속옷처럼 생긴 옷, 어깨에 끈만 달린 거, 그놈을 하나 주워 입고 있었는데 촌년이 장에 갈려고 검버섯 핀 얼굴에 분홍색 스웨터를 입고 입술만 시뻘겋게 칠한 모습, 내 눈에는 딱 그 모습으로 보였다.

순간, 대관령의 아리따웠던 처녀 적 그녀의 모습이 떠올랐다. 무슨 옷을 입어도 예뻤던 그녀, 항상 잔잔한 미소를 보여 주었던 그녀가 불과 십칠 팔 년 만에 '웰컴 투 동막골'의 '나 이쁘나?'의 여인이 되어 있었다. 모두 사내를 잘 못 만난 탓! '내 맴이 마이 아파!' 공연히 담배만 피웠다. 해 준 것이라고는 쥐뿔도 없으면서 걸핏하면 소리나 꽥꽥 질러대는 무식한 놈 만나서 화장품 하나 고르더라도 싸구려에 샘플병 많이 주는 집만 찾아다니니. 하기사 들인 돈이 있어야 얼굴도 예뻐지지. 언젠가 아내랑 딸아이가 나란히 감기에 걸려 콧물 찔찔 흘리다가 잠이 들었는데, 코가 뺨에 말라붙어 있는 모녀의 모습에 이상하게도 안쓰러움보다 푸근함이 느껴졌다. 그러고 보면 나도 반성하고 아내의 외모에 투자할 놈은 아닌 듯싶다. 오히려 나는 그 모습을 예뻐하는 좀 돈 놈이 아닐까. 투자할 돈도 없다마는.

입술에 빨간 립스틱을 잔뜩 바르고 눈에 퍼렇게 그림자를 만들고, 예쁜 옷에 하이힐로 잔뜩 무장을 한 여인네들을 택시에 올라앉아 물끄러미 바라보면서, 그 옛날 정육점에 걸려 있는 고기껍데기에 찍어둔 뻘겋고 퍼런 '검' 자 도장을 떠올려 본다. 억지로! 안 꾸며서 그렇지 저런 옷 저런 화장이 어울리는 여자는 세상에 하나밖에 없어. 비록 지금은 사내를 잘 못 만나 콧구멍이나 후비고 있지만 말이야. 솔직히 말해서 아주 조금 서러운 것은 다른 게 아니고 이미 촌 아줌마가 되어버려서 내 아내에게 예쁜 옷, 비싼 화장품을 사 주어도 아무래도 뻘겋고 퍼런 '검' 자 도장같이 보일 것 같다는 생각이 든다는 것이다. 동막골의 '나 이쁘나?'로 살아온 시간이 너무 길어서 말이지. 그래서 '내 맴이 마이아파……'

딸아이의 브래지어

재작년 가을날, 그녀는 마트에 들렀다며 장 보따리를 풀면서 한마디 한다.

"남주 스포츠브라 하나 샀어."

"뭐라고?"

"뭘 그래 놀라는 눈으로 봐, 스포츠브라 말고 성인용 브라를 입고 다니는 애들도 있는데."

"초등학교 4학년 애들이 브라를? 별 희한한 놈의 세상이지 애들이 무슨 브라는……."

아니나 다를까 딸아이는 갑갑했던지 그놈의 스포츠브라를 입는 둥 마는 둥 했다. 제 아비 닮아 몸에 꽉 끼는 옷을 싫어하는 딸아이를 보며 나는 그것 보란 듯이 웃으며

"애가 갑갑해 하잖아, 쓸데없이"

이른 봄날.

"마트 나가는 길에 남주 브라 사줄려는데……."

"이놈의 마누라가 또 쓸데없이 그러네."

덤덤한 마음으로 그녀를 옆자리에 모시고(?) 미수동의 탑마트에 갔다. 촌놈은 참 어쩔 수 없다. 누가 볼세라 공연히 쭈뼛거려져 먼발치에서 브래지어를 고르는 그녀를 그저 바라보고 있었다. 먼발치에서 겉도는 나를, 그녀가 놀리듯 불렀다.

"자기, 이리와 봐 내 것도 하나 사고 싶은데 마음에 드는 것 하나 골라봐."

망할 놈의 여편네 같으니 슬그머니 마트 주차장에 나와 담배 하나 물었다. 하기사 이런 촌놈이니 연애할 때 속옷 사달라고 곧잘 조르던 그녀도 이미 포기하고 말았겠지만, 그렇다고 내가 전혀 브래지어에 관심이 없었던 것은 아니었다. 내가 무슨 부처님 가운데 토막도 아니고 TV만 켜면 나오는 울긋불긋, 야시야시할 뿐만 아니라 감질나게 속이 들여다보일 듯 말 듯한 여인네의 속옷에 눈길을 전혀 주지 않았겠는가. 그렇지만 TV의 여자는 단지 TV의 여자이고, 내 그녀에게는 그저 하얀 속옷이 제일 어울린다고 생각했다. 그녀의 흰 브래지어를 볼 때마다 마치 목련꽃잎으로 가슴을 감싸고 있는 듯 느껴져 마냥 좋았다.

브래지어가 참 앙증맞았다. 딸아이는 문제의 브래지어를 입고 제 딴에는 속옷 모델처럼 섹시하게

"아빠, 저 어때요?"

그러면 그렇지 애가 무슨 브래지어는……. 그런다고 바로 어른이 되나?

"이쁘다."

뒤로 돌아가 끈을 당겼다가 고무줄 총을 쏘듯 탁! 딸아이는 삐치고,

어쨌든 즐거웠다. 저녁식사 후 늘 그래왔듯 온 식구가 둘러앉아 딸아이가 타주는 커피를 마셨다.

"불편해?"

"아니요."

"이젠 행동도 좀 조심하고……."

마주 앉은 두 모녀가 하고 있는 짓거리를 보고 있노라니 슬슬 속이 끓었다.

"이놈!"

"네"

딸아이는 아빠 눈치를 보면서 약속된 하루치 공부 30분을 하러 나갔다.

"남주가 브라 하니까 좋냐?"

딸아이가 정상적으로 성장하는 걸 보는 엄마의 마음이 어떻고……. 자기가 처음 브라를 했을 때가 어떻고……. 주절주절. 에라, 이놈의 여편네야. 내 마음 어떤지 지금 알기나 하냐? 내 마음이 답답해졌다. 분명 브래지어는 딸아이의 가슴을 감쌌는데, 내 가슴에도 브래지어가 하나 입혀졌는지 가슴이 답답했다.

"자긴 왜 그래?"

신나게 설레발을 떨던 마누라가 내 표정이 심상찮음을 느끼고 물었다.

"뭘 왜 그래!"

담배 하나를 물고 마당에 섰다. 아니 딸아이가 크는 게 그리도 좋나? 내가 말을 안 해서 그렇지, 자기가 이뻐서 사는 줄 아나? 서글퍼졌다. 이럴 줄 알았으면 그저 3년마다 하나씩 쑥 쑥 낳아서 스페어로 많이 데리고 있어야 했는데, 나이 서른일곱에 얻은 딸아이 딸랑 하나 보고……. 나중에 남자 친구가 어쩌고저쩌고 하기만 해봐라. 어떤 놈인지 다리몽둥이를 확!

일주일의 희망

-주택복권

"천복 노이 만복이요!"

'천 가지 복을 놓으니 만 가지 복이여 어서 오시라.' 라는 새벽의 외침이다. 국민학교 2, 3학년 대 월요일 새벽의 내 일과는 정해져 있었다. 일단 주변의 집들과 일찍 문 열기 경쟁에서 선두 다툼을 하고, 제일 먼저 문을 연 날은 신작로에 서서 가게 안을 향하여 삼태기로 복을 퍼 넣는 흉내를 내어가며 '천복 노이 만복이요.' 라고 소리치는 일, 그리고 종이와 연필을 챙겨 들고 신문지국으로 뛰어가서 일요일 저녁에 추첨한 주택복권의 당첨번호를 신문에서 찾아 적어 오는 일이었다.

'떨어져서 이웃 돕고, 붙어서 내 집 마련'

정확한 기억은 아니나 당시 주택복권의 표어였다. 어머니는 표어대로 붙어서 내 집 마련은 못하셨으나 계속 떨어져서 이웃돕기 혹은 남의 집 마련에 일조하신 것만은 틀림이 없다. 언젠가 어머니는 외가에 전보를 치러 우체국에 가셨다가 우체국 직원의 판촉에 넘어가 복권을 한 장 사오셨다. 임 그리는 사춘기 소녀의 표정으로 복권을 가슴에 감싸 안고 조바심하시던 어머니는 급기야 가설극장에서 본 '원효대사'

에 나오던 보살처럼 온화한 얼굴로 당신의 자식들에게 용돈 인심조차 후해지셨던 것 같다.

"적어왔나?"

그 다음 주 월요일 집 앞 신작로에 서성이던 어머니는 하굣길에 내가 우체국에 들러 당첨번호를 적어 온 쪽지를 낚아채시고는 복권을 대조하셨다. 복권은 5등에 당첨되었고 이것이 계기가 되어 어머니는 매주 주택복권을 사셨다. 한 장에 100원인가 하던 주택복권을 처음에는 한 장씩 사시더니, 한 번은 4등에 당첨되었고, 그 당첨금을 모두 복권 다섯 장으로 바꿔 오셨다. 그 후로는 매주 다섯 장이 정례화 되었다. 후에 안 사실이지만 일요일마다 TV에서 후라이보이 곽규석의 사회로 거창하게 쇼프로로 주택복권 추첨을 하였고, 후에는 '허참과 정소녀'가 진행하는 '쇼 주택복권'이라는 프로도 방영되었다. 그러나 당시의 산골 신림에는 전기조차 들어오지 않아 촛불이나 호야를 켜야 했으니 TV는커녕 라디오조차도 건전지가 닳을까 봐 벌벌 떨면서 들어야 했다. 당연히 주택복권 당첨번호는 새벽에 신문지국이나 아홉 시 넘어서 우체국에 가야 알 수 있었다.

내가 신문을 보고 써 온 번호를 확인하시고 이내 서운한 표정을 감추지 못하시던 어머니. 후에는 어머니의 꿈자리에 따라 베팅하시는 복권의 수량이 달라지셨다. 어머니 자신의 꿈자리는 물론이고 마치 열병식을 하듯 아들 셋 딸 하나를 일렬로 집합시켜 놓고

"아무도 입을 열지 말고. 꿈을 입으로 옮기면 복이 날아가니까, 엄마가 물으면 손을 들어 알았지?"

"엄마, 나 돼지꿈 꿨어요."

어쩌다가 동생이 일어나자마자 돼지꿈을 꾸었다고 호들갑을 떨면 복이 날아간다고 궁둥이를 철썩하셨다. 이어서 설문조사를 하듯 '예, 아니요'의 심문이 시작되었다.

"몇 마리 봤노?"

손가락 두 개 펴고.

"품으로 들어 오더나?"

뭔 태몽을 꾸는 것도 아니고. 어떨 때는 보채시는 어머니가 하도 안쓰러워 꾸지도 않은 돼지꿈을 꾸었다고 허위보고를 하기도 했다. 이어지는 '예, 아니요' 식의 심문을 거친 후, 어머니는 복권을 사셨고 당연히 당첨은 안 되었다.

"거 이상타. 니 돼지꿈 꾼 거 맞나?"

누이 5학년, 나 3학년, 두 동생이 미취학이던 때. 아들 셋이 나란히 이불 하나 누이는 옆에서 작은 이불 하나, 그렇게 좁은 방에 넷이서 뭉쳐 지냈는데 우리는 정말로 용꿈이나 돼지꿈을 꾸어서 어머니께 복권당첨을 선물해 드리고 싶었다. 서로 잘 자라는 인사 대신에

"환아, 돼지꿈 꿔."

"음, 누야도."

"누야, 나는?"

"응, 니도."

"응, 나는 용꿈 꿀게."

어느 날, 모두 눈을 감고 누이가 간절히 소원을 빌었다. 다 같이 눈을 감고 정말로 간절히 빌었다. '천지신명이시여, 우리 집을 지켜 주

시는 터줏대감이시여, 부디 우리 사 남매 중 한 명에게 용꿈이나 돼지꿈을 꾸게 해 주세요. 나중에 은혜는 꼭 갚겠습니다. 만일 못 갚게 되면 내가 대신 인당수에 빠져서라도…….' 우리는 모두 울었다. 누이는 천지신명, 터줏대감께 간절히 기도하다가 감정이 격해져서 울었고, 나는 누이가 인당수에 빠진다는 대목에서 다시는 못 볼 것을 상상해서 울었고, 동생 둘은 형과 누이가 우니까 그냥 따라서 울었을 거고, 옆방에서 어머니가 들어오셔서 자초지종을 들으시고는 같이 우셨다. 그날 이후 어머니의 복권 사기는 뜸해졌다. 가끔 사셔도 한두 장이었고 절대로 꿈 이야기는 하지 않으셨다.

나도 그녀도 복권을 사 보았다. 서로 몰래, 서로 들통이 났지만 말이다. 멀쩡한 직장 때려치우고 농사짓다가 쪽박 차고, 보일러 기름은 바닥을 보이고, 딸아이를 이불에 둘둘 말아 꼬마 에스키모처럼 만들어 놓고 그러던 시절. 그날은 그녀가 평소에 안 하던 짓을 했다. 2연식 주택복권을 1,000원 주고 한 장 사서 지갑에 넣어두곤 미처 확인을 못 했는데 하필이면 그녀가 내 지갑을 확인했고 그 복권을 발견했다. 나는 내 지갑을 뒤진다고 화를 벌컥 냈고 민망함에 그날 외박을 했다. 트럭에서 한밤 꼴딱, 달달 떨면서 지새고 새벽에 들어갔다.

"붙지도 않은 것을 뭐 하러 가지고 있어 바보처럼."

그러면서 그녀도 복권을 한 장 보여줬다.

"지지난 주에 산 건데 버리기 아까워서."

당첨되지도 않은 복권이 뭐가 그리 아까운지. 그날 그녀와 나는 나란히 가서 복권을 한 장씩 샀다.

"이 복권 붙었으면 좋겠다."

바보처럼 그녀는 행복한 표정을 지었다.

"복권 당첨되면 뭐할까?"

"보일러 기름 넣어야지, 남주 예쁜 옷도 사 주고 그리고 당신, 나랑 나란히 팔짱 끼고 영화 보러 가자."

그녀와 나는 즐거웠다.

요즘 주택복권이 없어지고 로또만 있다나, 공연히 서운했다. 작년 그녀를 꼬여서 로또 한 장을 샀었다. 보일러 기름도 가득 채워 두었고, 남주 옷도 입을 만한 게 있는데도 역시나 즐거웠다.

어떤 대물림

　유달리 촌놈 출신의 유학생이 많던 고교시절. 아들을 대처의 고등학교에 보냈다고 동네에 온갖 자랑을 하고, 그 아들이 다니는 학교가 얼마나 보고 싶었겠는가? 초라한 모습의 촌 아낙들이 보따리를 하나씩 안고, 고개를 빼고 앉아 있는 모습은 학년 초 토요일. 학교 앞에서 흔히 보는 풍경이었다. 아이들이 몰려나오면 교문 앞은 온통 이산가족면회소처럼 북적거렸다. 똑같은 교복에 똑같은 까까머리, 촌 아낙의 눈에는 아들의 모습이 쉽게 눈에 띄지 않았다. 자꾸만 먼 교실을 바라보며 학교 앞으로 한 걸음씩 다가서고……

　초라한 어머니의 모습이 눈에 들어오면 너나없이 촌놈들의 얼굴에는 당황과 부끄러움이 스쳤다. 슬그머니 어머니를 피해 후문으로 빠져 버리는 놈도 있었고, 뭐 하러 오셨느냐 핀잔주는 놈, 어머니의 손을 꼭 쥐고 우는 놈, 어머니를 업고 학교 운동장을 한 바퀴 도는 오버액션파까지. 반응은 다르더라도 마음속에 초라한 부모에 대한 부끄러움은 모두 같았을 것. 아무도 그것에 대하여 말하지 않았다. 심지어 선생님들까지도. 이미 매년 되풀이해 오던, 말하자면 연례행사였음에.

드디어 내 어머니도 학교에 오셨다. 어느 토요일 마지막 교시.
"니네 엄마 오셨다."
같은 중학교 출신 급우의 귀띔으로 어머니의 존재를 확인했다. 어머니로서는 한껏 멋을 부리셨으나 코고무신에 빛바랜 한복! 양장에 예쁜 화장을 한 시내의 어머니들과는 너무도 대조적인 촌 아낙의 전형적인 모습이었다. 당연히 부끄러웠다. 나는 잠시 고민에 빠졌다. 그러나 부끄러우면 오히려 더 큰소리치는 것이 내 스타일, 나는 어머니가 오셨으므로 나가 봐야겠다고 말씀드리고 교문으로 나갔다. 아이들이 창밖으로 흘끗거렸다. 어머니 손을 잡고 현관으로 들어섰다. 2층에 있던 교장실로 갔으나 교장선생님은 안 계셨다. 교무실로 찾아가서 담임선생님께 어머니를 학교에서 제일 높은 분께 인사시켜 드리고 싶다고 말씀드렸다. 교무주임 선생님을 만났다. 어머니는 커피를, 나는 주스를 마셨다. 어머니는 생애 최초의 커피를 아들이 다니는 학교의 제일 높은 분께 얻어 마신 셈이다.

딸아이가 영재교육원 초등과학반에 선발되었다. 토요일 오후에 노는 시간을 빼앗기는 것이 좀 싫었으나 한 학년이 30명도 채 안 되는 촌 학교에 다니는 딸아이에게 시내의 아이들과 사귈 기회라는 그녀의 말에 그냥 보내기로 했다. 어차피 근무일이고 저녁 먹으러 집에 들어갈 시간이 다 되어 딸아이를 데리러 갔다. 그 사이에 친구를 사귀었는지 딸아이는 재잘재잘 거리며 아이들과 어울려 나왔다. 녀석이 아빠와 마주쳤음에도 잠시 머뭇거리더니 곧이어 큰 소리로 '아빠아' 부르며 구르듯 달려왔다. 내가 누군가? 내 딸아이의 아빠가 아니던가. 녀석의 오버액션이 내 눈에 안 띌 수가 있겠는가. 하긴, 택시기사가 자랑스러운 직업이 아니란 걸 알 나이도 되었지. 아빠가 구부정하기도 하고. 오버액션 뒤에 오는 허전함과 죄의식, 딸아이가 한없이 안쓰러웠다. 나는 별 요상한 것을 다 대물림하고 있구나!

다음날 머리 깎아야겠다는 내 말에 평소 내 몰골에 잔소리하다가 지쳐버린 그녀가 한마디 했다.

"왜? 더 기르지 않고, 면도도 하지 마!"

"누가 당신 보라고 머리를 깎냐, 이……!"

여름날의 촌놈 유감

　피선지 뭔지 오는 시내의 샌님들은 좌우간 싫었다. 물가에 놀러 오려면 그냥 애들끼리 오면 되지, 다 큰 새끼들이 꼭 자기 엄마 아빠의 손을 잡고 우르르 개떼처럼 나타났다. 샌님들이나 우리네 촌놈들이나 고추는 꼭 번데기만 하기는 매 한가지인데 그 새끼들은 꼭 수영복인지 반바지인지를 입고 개폼을 잡았다. 우리는 발가벗고 있는데……. 미울 수밖에.

　물에 들어오는 것도 그렇다. 우선 옷을 벗어 놓고 신랑바위에 올라가 소리치며 냅다 뛰어들면 되겠구먼, 자기들끼리 모여 하나, 둘, 셋, 체존지 무용인지 한참 난리를 치다가, 살금살금 물 옆에 다가와서 손발 적시고 가슴 적시고……. 그것도 맨발로 그냥 들어오면 되지 쓰레빠지 샌달인지... 마음에 드는 구석이라고는 없었다.

　촌놈들은 발가벗고 있어도 물에서는 도사였다. 여기서 잠수했다 싶으면 저쪽에서 대가리가 쏘옥 나오고, 손에 한두 개씩 따가지고 간 자두를 물에 던져 놓고 바위 위에서 다이빙해서 먼저 잡는 놈이 한 입

베어 물고, 하얀 차돌을 물속에 던져 놓고 먼저 찾기를 하느라 이리 밀치고 저리 밀치고…….

샌님들 노는 꼴이라고는, 그냥 잠수부터 하면 되겠구먼, 꼭 써먹지도 못할 평영이니 접영이니 더럽게 떠들다가 막상 물에 기어들어오면 튜브 끌어안고 꼼짝도 못했다. 마치 그거 놓치면 뒤지는 것처럼. 자연 샌님들은 촌놈들의 기세에 눌려 점점 물가로 밀려나갔다. 아나나 다를까 장님처럼 눈깔에 시커먼 안경을 낀 아줌마가 나와서 참견을 했다.

"애들아! 너희는 여기서 맨날 노니까 오늘은 원주 친구들에게 양보 좀 해 줘라! 이쪽에선 원주친구들이 놀고 저쪽에선 너희가 놀고……."

샌님은 애나 어른이나 좌우간 금 긋고 구별하는 것 꽤 좋아했다. 왜 어른들의 말이라면 대꾸도 못하고 밀려났는지 지금도 모르겠다. 그게 촌놈의 특성인지. 주섬주섬 옷을 챙겨 들고 입으면서 걸으면서 우리는 신랑바위에서 철수했다. 바위에서 다이빙을 안 하고 텀벙거리지 않고, 그게 무슨 물놀이인가? 얼마쯤 오다가 모두 돌아섰다.

"엿 먹어라 새끼들아!"

훌러덩, 팔뚝질.

"애 새끼들이 아유! 촌놈들, 어째 저래?"

샌님들의 엄마 아빠들이 뭐라 소리쳤지만 우리는 신나게 도망 왔다. 우리의 놀이터를 빼앗기고 무에 그리 즐거운지. 점심을 먹고 촌놈들은 다시 모였다. 허리춤에 빠까총(고무줄 총)을 하나씩 차고 소똥을 잔뜩 주워 바가지에 가득 담고 우리는 신랑바위 뒤에 숨었다. 빠까총으로 물에서 노는 샌님들을 겨냥해 쏘기 시작했다. 샌님의 엄마 아빠들이 소리를 질렀지만 아랑곳하지 않고 빠까총을 쏘았다. 결국, 샌님들 몇 놈이 울고 놈들의 엄마 아빠들이 소란스러워지는 꼴을 보고서야 우리는 의기양양하게 산 두로 철수했다.

학급문고에서 빌려 온 김좌진 장군의 전기 서문에 실려 있던 말. '민족의 자존심을 살린 영웅, 줏대 있게 삶을 살아온…….' 이 글을 읽으며 나는 동네 꼬맹이들에게 김좌진 장군처럼 위대한 투사가 되겠다고 큰소리를 쳤었다. 독립투쟁을 해야 하기 때문에 한때는 일본이 우리나라를 다시 식민지로 만들어야 된다고 생각한 적도 있었다. 어릴 적, 좀 억울한 일이 있거나 어려운 일을 극복(주로 매 맞는 일)했을 때, 어디 처박아 둔 일기를 기를 쓰고 찾아내어 '나는 줏대 있게 살았다' 라고 쓰곤 했다. 그날 저녁 꿍쳐 박아 놓은 일기장을 찾아내어 일기를 썼다.

"나는 오늘도 줏대 있게 살았다. 씨발."

모이자 여름 성경학교로! 마을회관 담벼락에 방이 붙었다. 원주감리교회에서 봉사활동 겸 수련회를 온 김에 신림감리교회에서 여름성경학교를 연다나. 평소에는 이 새끼 저 새끼 하던 동네 아줌마들이 갑자기 웃음을 실실 흘리면서 애들이 모여 있는 곳을 찾아다녔다.

"얘들아, 다음 주 월요일부터 성경학교를 여는데 교회에 꼭 와라. 원주 친구들도 오는데 사탕도 주고 수영복도 준대."

사나이가 줏대가 있어야지 수영복과 사탕 때문에 교회를……. 촌놈들을 소집했다.

"교회 가는 놈들 앞으로 나한테 걸리면 뒤질 줄 알아라! 도망 다녀도 개학하고 학교에서 걸리는 놈들은 뼈도 못 추릴 줄 알아!"

멋들어지게 연설을 했다. 때로는 자기들 아버지의 말보다 내 말이 더 무서울 때도 있었는데, 물욕은 참기 어려웠나 보다. 월요일 개울가에 놀러 나갔더니 개미 새끼 한 마리 보이지 않았다. 비가 오나 눈이 오나 나를 따를 수밖에 없던 두 동생과 뒷집 종선이, 그리고 그 뒷집 진옥이, 딸랑 다섯은 신랑바위로 못 가고 반대쪽 칼바위에서 놀았다, 홀딱 벗고, 니나 나나 번데기 만한 고추, 부끄러워해야 할 이유는 없었지만 그래도 수영복은 무지 입고 싶었다.

"형아, 그 수영복 미국 놈들이 입다가 내버린 걸 거야!"

"아니다, 미국 놈 빤쓰에 뺑끼칠한 거다."

한결같이 내 편을 들어준 촌놈들이 고마웠지만, 그놈의 사탕과 수영복이 왜 싫었겠는가? 그래도 촌놈들은 결사적으로 줏대 있게 살았다.

사탕도 몇 개 얻어 먹어보니 그 맛이 그 맛이고 계속 주는 것도 아니고, 수영복은 얻어 입었으나 물놀이는 조금이고 모여앉아 찬송가나 배우고 무용하고, 촌놈들 죽을 맛이었던 겐지 하나 둘 우리 편에 투항하는 놈들이 늘었다.

"수영복 입고 오는 놈들은 간첩으로 간주해서 반쯤 죽인다."

포고령을 내렸다.

'우리 편 숫자가 좀 더 늘면 신랑바위 밑으로 쳐들어간다.' 라는 원

대한 계획을 세우고 우리는 칼바위에서 신나게 놀았다.

 그렇게 소강상태 끝에 감리교회의 성경학교도 끝났고 방학도 끝났고 여름도 갔다. 개학 후 학교에 오는 촌놈 중 상당수는 당연히 수영복이 교복이었다. 결국 줏대 있게 끝까지 버티면 이기지는 못해도 최소 비기기는 하는 법. 수영복 교복을 입은 떨거지들이 나에게 곤욕을 치른 것도 역시 당연한 일이었다.

 나의 성격적 결함이기도 하겠지만 촐싹거리며 이리저리 바꾸는 것을 좋아하지 않는다. 오히려 뒤처짐을 사랑한다. 솔직하게 말하자면, 첨단을 가지 못할 바에야 뒤처져 두리번두리번 느릿느릿 살아가는 것 또한 멋이라고 여기고 있다. 무르팍 쑥 삐져나온 추리닝의 그녀가 촌스런 나를 핀잔은 주지만, 별 갈등없이 촌놈 곁을 지켜주기에 고맙다.

 "어디서 무엇이 되어 살아가든 촌놈으로 줏대 있게 살기 위하여 공부를 해야 한다."

 딸아이의 귀에 딱지가 앉도록 떠들곤 한다. 하지만, 변화하는 세태에 적응하지 못하고 뒤처지므로 촌스럽게 되는 것조차도 멋이라고 생각할 것 같아 내심 걱정도 된다. 그렇더라도 내 딸 남주는 너무 변화에 민감하지 않고, 불편하더라도 좀 뒤처지는 그런 멋을 지닌 촌놈으로 자라기를 바란다. 또 그런 촌놈을 만나기를 바란다. 불가능한 일일까?

밤, 비, 커피, 그리고

    칠흑 같은 어둠. 보슬비가 내리는 산골 신림의 밤길을 걸어 산 밑 외딴곳에 있던 내 집을 찾아 돌아가노라면 맺힌 빗방울의 무게에 나뭇가지는 길 가운데로 축 늘어져 뺨을 훑고, 푹 젖은 풀잎이 바짓가랑이를 휘감아 오르기도 했다. 아직 귀가하지 않은 나를 위해 어머니가 처마에 등을 켜 놓았을 것이지만 산모퉁이를 돌 때까지는 그 불빛은 보이지 않고 사위는 글자 그대로 칠흑 같은 어둠이었다. 가끔 어둠이 코앞에 바짝 다가와 축축한 공기를 따라 내 폐 속 깊숙이 들어오는 것처럼 느끼곤 했으며, 어떨 때는 그 어둠이 등 뒤에 붙어서 목덜미에 뜨겁고 축축한 입김을 부는 듯 후~욱, 숨을 크게 내 쉬는 소리가 들리는 듯했다. 길옆에 여기저기 흩어져 있던 야트막한 봉분에서 등 뒤로 다가와 내 발목을 잡아당길 듯 느껴졌던 마을의 혼령들. 가끔 산짐승들……. 그러나 그 느낌이 아주 싫지는 않았다. 마치 칠흑 같은 어둠이 나와 함께 산골길을 걸어주는 듯 다정하게 느껴지기도 했었다. 코가 닿을 듯 가까운 거리에서 연인을 바라보는 느낌이랄까. 정인情人의 폐 깊숙이 들어갔던 공기를 내 가슴 깊이 들이마시는 이 기분. 그럴 때마다 어둠은 생명을 감싸는 참 포근한 존재일지도 모른다는 생각을 하곤 했다. 특히 이미 세상을 버린 사람들이나, 너무 멀리 떨어져 있어 볼 수 없는 사람들, 심지어 이미 지나버린 옛 추억도 눈앞에 끌어다 주는 묘한 존재인 것 같았다.

어젯밤에 비가 내렸다. 차창 가득 습기가 달라붙어 겨우 전조등 불빛 속의 사물만 보일 뿐 좌우의 시야는 이미 구별할 수 없었다. 마주 오는 차의 전조등이 젖은 아스팔트에 반사되어 언뜻언뜻 움직이는 그림자를 만들기에 눈이 그리 좋지 않은 나는 그 그림자를 행인으로 착각하는 경우가 종종 있었다. 불안해지기 시작했다. 우산이 없는 행인은 택시의 빈차등을 보면 불나방처럼 무작정 달려들고 나는 거북이처럼 기면서도 맞은편에서 다가오는 차의 전조등 사이로 언뜻 비치는 그림자에 신경을 쓰기에도 바빠 때로 옆에서 달려드는 손님을 못 봤는데도 문이 덜컥 열리는 경우도 있으니 말이다.

길거리가 어두워졌다. 빈차등을 꺼버리고 차를 한적한 곳에 붙인 후 지갑에 돈을 세었다. 얼마나 벌었는가. 사납금은 채웠나. 그녀에게 줄 쥐꼬리만 한 자존심은 세웠나. 그리고 나서 차를 천천히 몰아 철공단지 입구의 패밀리마트 앞으로 갔다. 맑은 날은 해양공원 옆 내성마트의 자판기에서 커피를 뽑아 미수동 바닷가로 가지만 보슬비가 내리는 날은 백 원 비싸기는 하지만 통영 최고의 커피맛을 내는 정량동 철공단지 앞 패밀리마트가 나는 좋다. 시원하게 배설을 한후, 커피를 한 잔 뽑아들고, 마음속에 한 잔 더 뽑고 차에 올랐다. 그리고 담배 한 대 물고 그리운 그 옛날의 대관령 그녀를 초대하여 정담을 나누었다. 지금은 손에 김칫물이 배어버린 아줌마가 되었지만, 누구나 한때는 아름다웠으므로, 그 시절의 그녀를 불러 나누는 밀어는 참으로 정겨웠다. 어둠이 좋아졌다. 차창 가득 달라붙은 어둠은 차 안을 더욱 좁게도 만들지만 더욱 아늑하게 만들어 주기도 한다. 코가 닿을 듯 가까운 거리에 그리운 이와 나란히 앉아 습기 가득한 공기를 서로의 폐 속에 나누고, 마음을 나누……. 그 옛날 그리운 이와 함께 덮었던 이불처럼 포근하게, 어둠이 커피를 사이에 두고 나란히 앉은 그리운 이와 나를 감싸주는 듯 느껴졌다. 지붕 위로 떨어지는 보슬비의 아주 작은 '싸아~' 하는 소리는 마치 옛, 정겨운 밤의 이불 사각거리는 소리로 들렸다.

보슬비 내리는 밤은 촌놈에게는 다정함이다.
보슬비 내리는 밤은 촌놈에게는 그리움이다.
보슬비 내리는 밤은 촌놈에게는 서러움이다.

어제 트라이애슬론 국제 경기에, 초파일에, 황금연휴에, 통영 택시 기사에게 환장하게 즐거운 날이었다. 다들 신나는 얼굴로 피로를 풀기 위해 선술집에 떠들썩하게 자리를 잡고 앉을 무렵 나는 그들과 다른 즐거움으로 그리운 이를 가슴에 담고 조용히 집으로 돌아왔다. 둔전마을 산꼭대기의 내 집으로 돌아오는 길. 칠흑 같은 어둠이 아직 깔려 있고 아카시아의 잎이 보슬비에 젖어 얼굴을 쓸어도 그리운 대관령의 그녀와 함께한 밤이 과히 싫지는 않았다.